AVEC
OU
SANS TOI

Donna Freitas

AVEC OU SANS TOI

Traduit de l'anglais (États-Unis)
par Camille Bocquillon

19 février

La lame appuyait contre ma gorge.

Je restais immobile, paralysée par la peur, mais aussi parce que je savais qu'au moindre mouvement, elle s'enfoncerait un peu plus dans ma chair. Mon agresseur la maintenait fermement. Il se tenait derrière moi, pressé contre mon dos. Je ne voyais pas son visage. Je ne voyais rien, hormis le bout de sa chaussure droite, renforcé d'une plaque de métal et couvert de neige fondue.

— S'il vous plaît, ai-je chuchoté. Laissez-moi partir.

Mais il m'a ignorée. Du moins au début. L'homme – je ne savais pas s'il était jeune ou vieux – aboyait des ordres aux autres, son horrible voix s'élevant par-dessus le vacarme des chaises qui volaient en éclats et des livres qui s'écrasaient sur le sol.

Dehors, la neige tombait à gros flocons. La vue ressemblait à un décor de carte postale, si paisible, à des années-lumière de ce qui se passait dans la maison.

Un vase s'est brisé. Je n'ai pas pu m'empêcher de sursauter.

Mais j'ai eu de la chance – enfin autant qu'on peut en avoir quand on a un couteau sous la gorge – car la lame ne s'est pas enfoncée. Pas tout de suite, en tout cas, mais autre chose s'est produit. Une chose que je redoutais encore plus.

Mon agresseur a laissé échapper un rire sans joie.

— C'était quoi, ça ? a-t-il murmuré d'un ton moqueur, son souffle chaud sur mon oreille.

Une faible odeur émanait de lui. Une odeur de sucre et de pourriture. Une odeur d'eau de Cologne et de poisson avarié.

J'ai essayé de ne pas tressaillir.

Je l'ai senti s'agiter, comme s'il cherchait quelque chose – j'ignorais quoi, peut-être son gant ? – mais j'ai réalisé ensuite qu'il essayait de glisser sa main sous mon pull. J'ai pensé que j'allais mourir, que je devrais crier avant que le pire ne se produise, quand un des autres a pris la parole. Je n'ai pas compris ce qu'il a dit, mais cela ressemblait à une question – une question pour mon agresseur.

Pour détourner son attention.

Avant de répondre, il a chuchoté à nouveau.

— Maintenant, sois une gentille fille, a-t-il ordonné. Et il ne t'arrivera rien.

Mais il était déjà trop tard, n'est-ce pas ?

Il ne m'a pas lâchée. La lame était toujours appuyée contre ma gorge, mais son autre main était à présent occupée ailleurs, à s'emparer de tout ce qui se trouvait à sa portée. Il s'est tourné, juste un peu, et le couteau a tranché la chaîne de mon collier. Mon petit cœur en nacre a glissé sur ma poitrine et fini sa course sur le sol avec un faible *chink*. J'ai fermé les yeux, regrettant de ne pouvoir être aussi légère et insaisissable que les flocons de neige qui s'abattaient sur la fenêtre puis disparaissaient en un battement de cils, comme s'ils n'avaient jamais existé.

1

C'était un jour comme les autres, le jour où il m'a parlé pour la première fois.

Ce garçon.

Celui qui allait changer ma façon de voir la vie, l'amour, le bien, le mal.

Celui pour qui j'allais changer.

Quand c'est arrivé, cela ne paraissait pas si fou. C'était même banal : la gentille fille qui sort avec le mauvais garçon. Tout le monde connaît cette histoire. L'été venait de commencer ; mes copines et moi avions pas mal de succès avec les garçons, à cette période. Au lycée, ils nous tournaient sans cesse autour. C'était presque comme si nous le méritions, comme si je le méritais, après un hiver où j'avais failli perdre tout ce que je connaissais. Je m'accrochais à l'intérêt qu'ils me portaient comme à une bouée de sauvetage. Mais il peut être dangereux pour nous, les filles, de laisser un garçon réparer ce qui a été brisé. Cela nous rend vulnérables. Et laisse des cicatrices indélébiles.

— Jane, a-t-il dit comme ça, comme si nous nous connaissions.

Et c'était le cas, en quelque sorte.

Je marchais tranquillement sur la plage. L'air était lourd et humide, signe qu'une vague de chaleur ne tarderait pas à arriver. Je portais un bikini bleu foncé, rien d'ostentatoire. Une serviette de plage pendait à mon bras.

Il a ri.

— Jane.

Mon prénom, une deuxième fois.

Je me suis arrêtée et l'ai regardé. La brise marine caressait ma peau nue.

— Handel, ai-je dit, comme si je le connaissais aussi, ses étranges yeux noirs me paralysant.

Je l'avais déjà vu au lycée. Il jouait au hockey. Il avait eu son bac l'année dernière et travaillait sur les docks. Le mauvais garçon dont toutes les filles parlaient. Que toutes les filles désiraient. Pas moi, cela dit. Pas avant cet instant précis, où mon prénom s'est posé sur ses lèvres.

— À plus, ai-je dit ensuite, parcourue d'un léger frisson.

— À plus, a-t-il répondu tandis que je m'éloignais d'une démarche chaloupée, qui faisait rebondir les ficelles de mon Bikini sur mes cuisses et le creux de mon dos.

— Salut, les filles, ai-je lancé cinq minutes plus tard, le visage fendu d'un large sourire.

Tammy, longs cheveux blonds jusqu'au milieu du dos, s'est tournée vers moi, faisant voltiger quelques mèches par-dessus son épaule.

— Oh, Jane a quelque chose à nous raconter !

Tamra, dite Tammy, fille d'immigrants russes, était l'autoritaire de la bande. Autoritaire et loyale. Les garçons l'adoraient mais ne savaient jamais comment s'y prendre pour l'aborder. Elle pouvait être intimidante quand on ne la connaissait pas.

Je me suis laissée tomber sur sa serviette à côté de Bridget, une autre de mes amies. La plus douce d'entre nous, celle que les garçons draguaient le plus. Elle étalait de la crème solaire sur sa peau délicate d'Irlandaise. L'odeur de soleil et de beurre de cacao se répandait autour de nous.

— En effet, ai-je confirmé. Mais ce n'est vraiment pas grand-chose.

Bridget m'a tendu la crème.

— Du moment que ça me distrait de cette chaleur. Depuis quand est-ce qu'il fait aussi chaud en juin ?

— N'exagère pas, Bridget.

Ça, c'est Michaela. Elle a remonté ses lunettes de soleil sur son nez, les genoux pointés vers le ciel azur. Michaela était la terre-à-terre du groupe, la rationnelle. Celle qui endossait le rôle d'arbitre. De protectrice.

— Il ne fait pas si chaud que ça.

— Facile à dire quand on a hérité de la peau italienne de sa mère, a répliqué Bridget.

Notre ville de Nouvelle-Angleterre formait un mélange traditionnel de familles d'immigrés irlandais, italiens et d'Europe de l'Est. Je faisais partie des Italiens. À cent pour cent. Il y avait aussi des vacanciers. Des gens qui venaient ici chaque été, louaient la même maison, traînaient les mêmes chaises longues et les mêmes parasols sur le sable jusqu'à leur endroit préféré. Mais le reste de l'année, il n'y avait que nous : les locaux, pêcheurs de père en fils et amateurs de ragots, amoureux de la plage même sous la pluie ou la neige, amoureux de notre ville, un endroit si isolé qu'il nous donnait l'impression de vivre hors du temps. Pour nous, l'été était sacré.

— Est-ce qu'on peut se concentrer, s'il vous plaît ? est intervenue Tammy. Vas-y, Jane, raconte.

J'ai pris mon temps pour installer ma serviette, me délectant du suspense que je leur imposais. Puis j'ai glissé mes lunettes de soleil sur mon nez, me suis appuyée sur mes coudes, et, finalement, j'ai prononcé son nom.

— Handel Davies.

Je n'avais pas besoin d'en dire plus.

Bridget a poussé un petit cri.

— J'y crois pas !

J'ai souri.

— Eh bien, quoi ? a demandé Tammy, impatiente d'en savoir plus.

Michaela n'a pas réagi.

— Je marchais sur la plage pour venir ici, ai-je commencé, savourant chaque mot comme un bonbon. Je ne l'avais pas vu, pas au début. Puis j'ai entendu mon prénom. Je l'ai entendu dire « Jane ».

— Handel Davies connaît ton prénom ?!

Le ton de Bridget était plein de points d'interrogation et d'exclamation. Elle s'exprimait toujours de cette façon.

— Je sais, ai-je répondu. C'est dingue, non ?

— Ce garçon hante mes nuits.

Sa voix était devenue rêveuse.

— Garde tes fantasmes pour toi, s'il te plaît, est intervenue Michaela.

Michaela était sortie avec pas mal de garçons, mais jamais sérieusement, du moins pas à notre connaissance. Elle ne nous racontait pas tout, contrairement à Tammy et Bridget. Elles n'étaient jamais avares de détails quand il leur arrivait d'embrasser un garçon dans le placard du concierge pendant le cours d'histoire (Bridget), ou lors d'un bain de minuit le premier soir de juin (Tammy), ou à l'arrière d'une voiture sur le parking du lycée (encore Bridget). Moi, en revanche, je n'avais pas grand-chose à raconter. Pas dernièrement, en tout cas.

— Je suis sûre que je rêverai de lui cette nuit, ai-je dit en me tournant vers Bridget. J'ai donc entendu mon prénom, puis une deuxième fois, alors je me suis arrêtée pour voir de qui il s'agissait, et il était là.

Bridget s'est couvert la bouche pour étouffer un nouveau couinement. Tammy ne me quittait pas des yeux. Michaela était silencieuse. Je ne parvenais pas à déchiffrer son expression.

— Il m'a regardée comme si on se connaissait depuis toujours, ai-je ajouté. Alors j'ai répondu « Handel » sur le même ton, comme si on se connaissait vraiment, genre, évidemment qu'il connaît mon prénom.

— Et après ? a voulu savoir Bridget.

— Après rien. Je suis partie.

— Bien joué, a déclaré Tammy.

Michaela m'observait, le visage fermé.

Bridget était outrée.

— C'est tout ?

— Je vous avais bien dit que ce n'était pas grand-chose.

Michaela a enfin pris la parole.

— Je ne l'aime pas. Tu aurais pu choisir n'importe quel garçon. Mais lui ?

— Arrête de la materner, est intervenue Tammy.

Mais Michaela avait préparé sa défense. Elle a regardé Tammy, puis Bridget.

— Handel traîne avec les frères Quinn. Et les Sweeney. Réveillez-vous, c'est un Davies !

13

Après avoir mentionné les trois noms de famille les plus impopulaires de la ville, elle s'est tournée vers moi.

— Il n'est pas fréquentable, Jane.

Mais le regard de Bridget était toujours rêveur.

— N'est-ce pas pour cela qu'on les appelle « mauvais garçons » ?

— Tu parles comme la fille d'un flic, ai-je taquiné Michaela pour couvrir le malaise qui s'était installé.

— Tu sais ce que c'est, a-t-elle répliqué.

Un frisson m'a parcourue, mais je n'ai pas relevé.

Je ne parlais jamais de mon père.

— Il ne s'est rien passé, Michaela, l'ai-je rassurée. On s'est à peine parlé. Et puis, Handel n'a pas l'air de ressembler à ses frères.

— Tu n'en sais rien, et tu n'as vraiment pas besoin d'un autre drame, a-t-elle dit doucement. Pas après ce qui s'est passé.

Malgré le soleil brûlant, mon sang s'est glacé.

Il fallait qu'elle aborde le sujet, elle ne pouvait pas s'en empêcher.

— Michaela ! a grondé Tammy.

Bridget a posé sa main sur la mienne.

— D'ailleurs… comment tu te sens ? a-t-elle murmuré.

Délicatement, pour ne pas la froisser, j'ai retiré ma main et l'ai posée sur ma serviette. Je suis restée silencieuse un long moment, tandis que mes amies retenaient leur souffle. J'ai fini par mentir.

— Bien. Très bien.

— Maman ? Tu es là ? ai-je appelé, plus tard.

Pas de réponse. La maison était vide. Elle était toujours à la plage.

Le vieux plancher craquait sous mes pieds. J'ai jeté mon sac sur le canapé rabougri du salon et fait trois pas jusqu'à la cuisine pour me servir un verre d'eau. Notre maison était petite. La cuisine donnait sur le salon, qui desservait quatre autres pièces : la chambre de ma mère, la mienne, l'atelier de couture où ma mère travaillait et la véranda. Je venais de m'y installer avec un bouquin quand j'ai entendu quelqu'un gravir les marches du perron.

Seamus McCormick regardait par la fenêtre de la porte d'entrée, une main en visière pour se protéger du soleil. Nous suivions des cours avancés ensemble, réservés aux meilleurs élèves de première. Seamus avait toujours été notre admirateur le plus dévoué, avant même que les autres garçons ne commencent à nous remarquer. Pour cette raison, il avait gagné notre affection.

— Seamus, je peux savoir ce que tu fais ? ai-je crié quand j'ai vu sa tête à la fenêtre. Je pourrais être toute nue ! Ou pire : ma mère pourrait être toute nue !

— Jane, salut…

— Pourquoi tu ne sonnes pas comme une personne normale ? Tu prévois de voler quelque chose ? ai-je poursuivi pour le taquiner, regrettant aussitôt mes paroles.

Je venais de retourner le couteau dans ma propre plaie.

Seamus a sursauté, horrifié par mon accusation.

— Je suis désolé, Jane, vraiment désolé. Je voulais juste voir s'il y avait quelqu'un. Je ne voulais pas te faire peur.

J'ai pris une grande inspiration pour chasser la douleur.

— Non, bien sûr que non. C'est moi qui devrais m'excuser. Tu veux entrer ?

La porte s'est ouverte dans un grincement. La seconde d'après, Seamus était là, sa silhouette dégingandée, ses yeux bleus timides posés sur moi, ses taches de rousseur

15

rougies par le soleil. Mains dans les poches, il a dégagé une mèche qui lui tombait sur le front.

J'ai tapoté la place à côté de moi.

— Assieds-toi.

L'assise du canapé s'est affaissée sous son poids.

— Je ne vous ai pas vues à la plage, les filles et toi.

J'observais Seamus tandis qu'il fixait le mur comme s'il s'agissait d'une télévision.

— Tu n'as pas bien regardé. On y était.

— Tammy aussi ?

J'ai tapoté son genou.

— Évidemment.

Il n'a rien dit, mais il n'en avait pas besoin.

— Elle a rompu avec Devin, ai-je lâché.

Devin était l'ancien partenaire de bain de minuit de Tammy. Elle avait flirté avec lui ces six derniers mois avant de décider, une semaine avant la fin des cours, qu'il l'ennuyait.

— Tu comptes inviter Tammy à sortir ?

— Pourquoi tu me demandes ça ?

— D'accord. Ne me dis rien.

Le genou de Seamus tressautait comme l'aiguille de la machine à coudre de ma mère.

— Je te dis tout, Jane.

L'accusation était à peine perceptible dans sa voix, mais elle ne m'avait pas échappé. Seamus me confiait tous ses secrets, pas moi.

— Je n'en suis pas si sûre.

— Pourtant, c'est le cas. Et si j'avais quelque chose à te dire au sujet de Tammy, je le ferais. Mais je n'ai rien pour toi.

J'ai esquissé un sourire.

— Quand tu seras prêt, je serai là, ai-je chantonné dans une tentative d'alléger l'atmosphère.

Seamus a plongé ses yeux timides dans les miens.

— Pareil pour toi, Jane. Je suis sérieux.

Les mots se sont coincés dans ma gorge. Seamus et moi sommes restés assis là, muets. Seul le bruit des voisins jouant au hockey dans la rue venait troubler le silence.

— Je dois y aller, a-t-il finalement lâché quand il a compris que je ne dirais rien.

Il s'est dirigé vers la porte, puis m'a lancé un regard qui voulait dire *Tu peux me faire confiance, Jane*, avant de partir.

Mais je n'avais plus confiance en personne. Plus maintenant.

2

— **B**onjour, Madame Levinson, ai-je lancé avant de déposer le contenu de mon panier à la caisse de la supérette.

Midi approchait en cette deuxième journée officielle de l'été, et il faisait encore plus chaud que la veille.

— Bonjour, Jane chérie, a-t-elle répondu d'un ton enjoué. Tu vas faire cuire un poulet par cette chaleur ?

Mme Levinson appelait tout le monde « chéri ». J'ai jeté un œil au poulet qui commençait déjà à transpirer dans son emballage sous vide.

— Hmm… Ce n'est peut-être pas une bonne idée, finalement.

Mme Levinson a posé le poulet derrière elle.

— La chaleur du four va transformer ta maison en sauna. Larry ! Il te reste du poulet rôti ?

— Une minute ! a-t-il crié depuis la réserve de sa voix rocailleuse de fumeur.

— Vous n'êtes pas oblig…

— Ne t'inquiète pas, chérie, m'a-t-elle coupée. Je reviens tout de suite.

Elle s'est éloignée dans un bruissement de tissu, me laissant seule à la caisse. La clochette au-dessus de la porte a retenti, et mon cœur s'est arrêté. Handel Davies venait d'entrer dans la supérette. Il a disparu dans la première allée.

La conversation des Levinson se mêlait au bruit de la radio. Mes pommes de terre et mes oignons me regardaient fixement. Mon corps tout entier s'était figé. Un frisson m'a parcourue et j'ai regretté de n'avoir rien enfilé d'autre qu'une robe pour me couvrir.

Derrière moi, des pas lents et assurés se sont approchés du réfrigérateur où se trouvaient le lait, les yaourts et les sodas. J'ai prié pour que Mme Levinson revienne, ou peut-être pour qu'elle ne revienne pas.

Un souffle discret a effleuré ma nuque.

— Jane, a dit Handel, d'une voix rieuse.

Mon prénom sur ses lèvres, une troisième fois.

Je me suis tournée. Juste un peu. Assez pour que mes cheveux continuent de masquer mon visage.

— Je t'ai vu entrer.

Pas très original, je sais.

Handel a fait un pas de côté pour mieux m'observer.

— Je t'ai vue aussi.

Je l'ai détaillé discrètement. Sa peau d'Irlandais, ses cheveux blonds, longs et épais, ses yeux trop sombres pour quelqu'un à la peau aussi claire. J'ai esquissé un sourire, mais je n'ai rien dit.

Le bruissement s'est à nouveau fait entendre et Mme Levinson a réapparu, du poulet rôti entre les mains, brisant ainsi la magie qui s'était installée à l'entrée de sa supérette.

— Voilà, chérie. Ça t'évitera d'avoir à le préparer,

a-t-elle dit en déposant le poulet devant moi. Il fait bien trop chaud aujourd'hui.

— Merci, Madame Levinson. Merci beaucoup.

Je l'ai payée puis elle m'a tendu un sac par-dessus le comptoir.

— À bientôt, ai-je dit en me dirigeant vers la porte.

Puis, à l'attention de Handel : « Salut », comme si lui parler était tout ce qu'il y avait de plus naturel.

Avant que la porte ne se referme, je l'ai entendu demander :

— Un paquet de Marlboro, Madame Levinson.

J'ai posé le sac de courses sur un banc et trouvé un élastique pour attacher mes cheveux.

Est-ce que je m'attardais délibérément ?

Peut-être.

Quelques pêcheurs se sont rassemblés sur les docks pour faire une pause. Les fils Sweeney étaient parmi eux. Le vieux O'Connell et ses garçons, aussi. L'odeur de l'iode, des algues et de l'océan emplissait l'air lourd. M. O'Connell a levé une main dans ma direction. Je lui ai rendu son salut, puis j'ai repris mon sac.

— Tu rentres chez toi ?

Handel est apparu, une cigarette aux lèvres. Il a recraché la fumée.

— Comment peux-tu fumer par ce temps ? ai-je demandé.

— Question d'habitude.

Il a pris une autre bouffée.

— Je vais faire un bout de chemin avec toi.

J'ai désigné les docks d'un signe de tête.

— Tu ne vas pas travailler ?

— Ils m'attendront.

— D'accord, ai-je accepté.

Et soudain j'étais là, remontant la rue, Handel Davies à mes côtés, comme s'il savait déjà où j'habitais, ce qui était peut-être le cas.

Nous sommes passés devant les commères du coin, assises sous leur porche. De vieilles Irlandaises et de vieilles Italiennes qui ont chuchoté sur notre passage.

C'est Jane Calvetti avec le jeune Davies, ai-je entendu l'une d'elles commenter. *Je pensais qu'elle sortait avec ce gentil garçon, Seamus McCormick.* Les gens pensaient tout le temps que je sortais avec Seamus, mais ils se trompaient. *Ces Davies ne sont pas fréquentables. Ils ont le chic pour s'attirer des ennuis.*

— C'est ton dîner ? a demandé Handel après un long silence, sa cigarette toujours pendue à ses lèvres.

Il a désigné mon sac.

— Oui.

J'ai rejeté ma queue-de-cheval en arrière.

— Pour ta famille ?

— Ma mère et moi, ai-je précisé.

Une pause. Puis :

— Oui, j'ai lu ça.

— J'imagine.

C'était dans tous les journaux.

Une autre pause.

— Je ferais sûrement mieux d'y aller, a finalement dit Handel.

Ce qu'il n'a pas dit, c'est *Désolé pour ton père*, et je lui en étais reconnaissante.

Je me suis arrêtée et il m'a imitée. Nous n'étions plus qu'à deux rues de chez moi ; Handel avait fait plus qu'un bout de chemin.

— OK. À plus, alors, ai-je simplement dit.

J'ai essayé de ne pas croiser son regard, en vain. J'ai soudain eu envie de me hisser sur la pointe des pieds, de me presser contre lui et de l'embrasser.

Handel a tiré une nouvelle fois sur sa cigarette, ses yeux sombres me clouant sur place pour la deuxième fois.

Puis, il m'a demandé :

— Je peux te voir demain ?

— D'accord.

J'ai esquissé un sourire. Il a étudié mon visage et m'a souri à son tour.

— Je passerai te prendre.

Quelque chose en moi a résisté.

— Je peux te retrouver sur les docks.

— Je préférerais venir te chercher.

— Très bien. Si tu insistes. J'habite près…

— Je sais où tu habites.

— Bien sûr.

D'une certaine façon, je le savais déjà. Je l'avais accepté, sans question ni crainte.

Il a acquiescé.

— Huit heures ?

— Huit heures.

— À demain, Jane, a dit Handel.

Mon prénom, une quatrième fois.

Tôt ou tard, je devrais arrêter de compter. Mais pas encore.

— À demain, Handel.

Puis il est reparti dans la direction opposée et j'ai poursuivi mon chemin.

Tammy et Bridget n'allaient pas en revenir.

J'avais un rendez-vous avec Handel Davies.

Michaela désapprouverait, mais je m'en fichais.

Depuis cette nuit de février, j'avais voulu que ma chance tourne et ma chance était sur le point de tourner. Avec Handel Davies. Je savais que ce serait avec lui. Je le sentais. J'ignorais encore de quelle façon et, à cet instant, il ne m'est pas venu à l'esprit que la chance pouvait aussi, parfois, nous jouer des tours.

3

Des coups ont retenti à la porte.
Je me suis réveillée en sursaut, mon roman posé sur l'estomac.

— Jane ? a appelé ma mère. Tu peux ouvrir ? Je suis sur ma machine.

— Bien sûr, Maman.

J'ai posé mon livre sur la table basse, à l'envers pour ne pas perdre ma page. Mme McIntyre me regardait à travers la fenêtre, agrippée à son sac à main comme si elle craignait que quelqu'un surgisse pour le lui arracher.

— Bonjour, ma chère Jane, a-t-elle dit avec un fort accent irlandais. J'ai un rendez-vous avec ta mère. Le mariage de Sara approche.

— Bonjour, Madame McIntyre, ai-je répondu en l'invitant à entrer. Quand est-il prévu ?

Elle a soupiré.

— Le dernier week-end de juillet. Le vingt-neuf. Tout le monde s'arrache les cheveux pour que tout soit prêt à temps.

— J'imagine. Attendez une minute, je vais prévenir ma mère.

— Merci, trésor.

Elle s'est assise sur notre vieux canapé, son sac toujours serré contre elle.

J'ai passé ma tête dans l'atelier de couture. Penchée sur sa vieille Singer, ma mère assemblait des kilomètres de satin rose foncé.

— Maman ?

Elle a retiré les épingles de sa bouche.

— Dis-lui qu'il me faut encore cinq petites minutes, tu veux bien ?

— Bien sûr.

Ses yeux marron se sont plissés.

— Viens faire un câlin à ta vieille mère.

— Tu n'es pas vieille, ai-je protesté en me frayant un chemin à travers une mer de tissu rose.

— Je t'aime, tu sais.

— Moi aussi.

Après un instant dans ses bras, je me suis écartée.

— Mme McIntyre a l'air stressée. Tu devrais t'y remettre.

Ma mère a levé les yeux au ciel.

— Elle est *toujours* stressée. Pas seulement à cause du mariage. Le stress coule dans ses veines.

J'ai déposé un rapide baiser sur son front avant que l'aiguille de sa machine ne se remette à piquer le tissu à un rythme effréné.

— Arrête de gigoter, s'est plainte ma mère, plus tard.

— Quoi ?

Je rêvassais. Handel occupait toutes mes pensées. C'était

si bon de se perdre dans des scénarios romantiques. Ils repoussaient le mal, la pénombre et la peur qui depuis cet hiver m'habitaient.

Maman a placé la traîne de la robe de Sara McIntyre et j'ai senti son poids tirer dans mon dos.

Comme souvent, je jouais pour ma mère le rôle de mannequin pour robe de mariée. Mme McIntyre, ravie, poussait des « Ah ! » et des « Oh ! » ; moi, je trouvais la robe hideuse. Elle avait trop de paillettes, de nœuds et de perles, et presque autant de froufrous qu'une robe de princesse.

Ma mère a déplacé la traîne sur la gauche.

— Si tu continues de bouger, Jane, je n'y arriverai jamais.

— Désolée, me suis-je excusée en m'efforçant de rester immobile.

— Jane me rend un immense service en remplaçant ma Sara, est intervenue Mme McIntyre.

Elle m'a dévisagée avant de reporter son attention sur ma mère, un sourire suffisant aux lèvres.

— Votre fille vous a-t-elle dit qu'elle se baladait en ville avec Handel Davies ?

Mes joues se sont enflammées.

— C'est vrai, Jane ? a demandé ma mère d'un air faussement absent.

— Ce n'est arrivé qu'une fois.

Je détestais cet endroit, parfois. Les gens parlaient trop et rien ne passait inaperçu.

Mme McIntyre m'a étudiée, et j'ai su que ce n'était plus la robe de sa fille qu'elle passait en revue.

— Ce garçon a de drôles de fréquentations.

J'ignorais si c'était ma mère ou moi qu'elle voulait

27

informer. Comme si je ne le savais pas déjà. Comme si tout le monde, ici, ne le savait pas déjà.

— Très bien, a dit ma mère, imperturbable. Ce sera tout pour aujourd'hui.

J'avais envie de l'embrasser.

— Ça veut dire que je peux y aller ?

— Oui, mais tu dois d'abord te changer.

— Évidemment.

J'ai rassemblé la traîne sur mon bras et filé dans ma chambre sur la pointe des pieds pour ne pas trébucher sur la robe. Je m'en suis débarrassée en veillant à ne déplacer aucune épingle. Des murmures étouffés me parvenaient depuis l'atelier tandis que je passais un débardeur et un short en jean. J'ai pris la robe délicatement et rejoint ma mère et Mme McIntyre en douce pour tenter d'entendre ce qu'elles se disaient.

— … Il n'y en a pas eu depuis, disait Mme McIntyre.

Je me suis arrêtée devant l'atelier. Je les apercevais par l'entrebâillement de la porte. Ma mère s'est agitée sur sa chaise.

— Je… Je n'aurais jamais pensé que ce genre de chose puisse un jour arriver à ma fille. Quant à son père…

— Et vous, ma chère, comment allez-vous ? Quelle perte tragique ! Pauvre Jane.

— Oh, c'est difficile, vous savez, a répondu ma mère. J'aimerais tellement que les responsables soient arrêtés.

Ma gorge s'est serrée. J'arrivais à peine à respirer.

Parfois, je souhaitais moi aussi qu'ils soient arrêtés, mais franchement, la plupart du temps, je souhaitais surtout que les gens oublient. Moi y compris. Parce que s'ils étaient arrêtés, je serais forcée de revivre ce qui s'est passé.

Mme McIntyre secouait la tête.

— Tous ces cambriolages, jamais personne, et là...
Quelles étaient les chances que Jane se retrouve au milieu
de tout ça ? Elle est peut-être même encore en danger ?
Vous n'avez pas peur pour elle ?

La robe s'est soudain changée en sac de pierres. Je ne
voulais plus entendre parler de danger et de cambriolages.
J'ignorais ce qui était pire : les commérages sur Handel
et moi ou les commérages sur la tragédie de la ville – *ma*
tragédie. Notre tragédie, si l'on considère que ma mère
avait un jour été mariée à mon père. J'ai poussé la porte
du genou. Les charnières ont grincé, faisant cesser la
discussion. Des yeux inquiets, coupables, se sont tournés
vers moi. J'ai tendu la robe d'un bras tremblant.

— Qu'est-ce que je fais de ça ?

Ma mère a battu des paupières.

— Je m'en occupe.

Je la lui ai passée doucement. Si seulement le poids
qui pesait sur ma vie pouvait être transmis à quelqu'un
aussi facilement, aussi littéralement !

— Elle est magnifique, Molly ! s'est extasiée Mme McIntyre, soulagée de pouvoir revenir à la véritable raison de
sa visite.

Elle s'est approchée et a pris un morceau de tissu entre
ses doigts pour inspecter les broderies.

— Quel travail formidable ! Sara va être splendide
pour son mariage.

— Je dois rejoindre les filles au Slovenska, ai-je annoncé
à ma mère.

— À tout à l'heure, Jane, a-t-elle répondu en haussant
un sourcil.

Elle cherchait à savoir ce que j'avais entendu. Elle
voulait s'assurer que j'allais bien.

J'ai acquiescé brièvement, puis, après avoir déposé un baiser rapide sur sa joue, j'ai quitté l'atelier, mais pas sans avoir eu le temps d'entendre Mme McIntyre chuchoter :

— C'est une jeune fille si adorable, Molly, mais ses yeux... ils sont si tristes.

J'ai refermé la porte d'entrée d'un mouvement brusque, laissant ma mère et Mme McIntyre à leurs cancans. Ses mots, cependant, me suivaient comme mon ombre, comme la traîne de cette horrible robe de mariée.

19 février

L a nuit du cambriolage, j'avais travaillé plus tard que d'habitude.
Avant que tout ne bascule, je veillais souvent sur les maisons des habitants les plus riches quand ils étaient absents. Je m'occupais du chien, du chat, j'arrosais les plantes... Je ne craignais pas l'obscurité à cette époque. Je me sentais en sécurité et considérais tout le monde comme un ami potentiel, même les gens que je connaissais très peu. Voire pas du tout.

Cette fois-là, je gardais la maison des O'Connor, un couple âgé qui comptait parmi mes clients les plus réguliers. Ils étaient toujours gentils avec moi, lui surtout. Il savait que j'étudiais sans relâche pour aller à la fac et que j'avais toujours le nez fourré dans un bouquin.

Leur maison était gigantesque, construite sur trois étages et soutenue par d'immenses colonnes. Elle était située dans le quartier le plus agréable de la ville dont les demeures élégantes, avec leurs pelouses parfaites et leurs façades ouvragées, illustraient le charme typique de la Nouvelle-Angleterre.

La nuit était tombée tôt et dehors la neige se mêlait à

la pluie, formant une fine pellicule de glace sur la végétation. De temps à autre, par la fenêtre de la bibliothèque du troisième étage, j'observais les pêcheurs quitter le port gris et lugubre à la fin de leur journée. Parfois, je restais là pendant des heures, perdue dans un des vieux romans que le professeur O'Connor m'avait prêtés.

— Profitez-en bien, lui avais-je dit tandis que sa femme et lui s'apprêtaient à partir pour leurs vacances d'hiver.

Leurs valises étaient bouclées, et ils avaient laissé les clés sur le comptoir de la cuisine, à côté de la liste des choses à faire en leur absence.

Le professeur y avait jeté un œil une dernière fois.

— Si tu as besoin de quoi que ce soit, n'hésite pas à nous appeler.

— Ne vous inquiétez pas. Tout se passera bien, l'avais-je rassuré.

— Je t'ai laissé quelques romans en haut, avait-il poursuivi. Il y en a un qui devrait te plaire. Je l'ai mis au-dessus de la pile.

J'avais souri.

— Merci.

Il s'était penché sur le comptoir.

— Ne reste pas après vingt et une heures, avait-il dit de son ton paternel en me rendant mon sourire. Il faut que tu te reposes.

— Oui, avait renchéri sa femme. Ta mère va s'inquiéter, sinon.

— D'accord. Je ne resterai pas une minute de plus.

Ils avaient encore vérifié deux ou trois choses avant de partir, puis j'avais refermé à clé derrière eux.

J'aurais dû les écouter. J'aurais dû partir avant vingt et une heures. Pendant qu'il était encore temps.

Mais je ne l'avais pas fait.

À vingt heures, ce soir-là, la neige avait recommencé à tomber.

J'avais enfilé l'épais pull gris que je gardais dans mon sac en hiver. Les O'Connor avaient coupé le chauffage en partant, et je ne m'étais pas donné la peine de le rallumer. Je pourrais bientôt voir mon souffle dans la faible lueur de la lampe de lecture. Une mince couche de neige recouvrait les alentours. La température chutait et tout se transformerait en glace durant la nuit. La vue sur les quais était magique. Les lumières éclairaient les flocons tandis qu'ils se déversaient sur l'océan, avant de disparaître dans le néant.

Le livre ouvert sur mes genoux m'avait captivée au point que je n'avais pas vu la pluie se changer en neige, pas jusqu'à ce qu'elle tombe à gros flocons. Les météorologues n'avaient pas prévu de tempête, mais ils se trompaient souvent dans la région. Près de l'océan, le temps pouvait changer à tout moment.

Je suis allée me préparer du thé à la cuisine et suis revenue m'asseoir, une tasse brûlante entre les mains. Je l'ai déposée près des livres et j'ai contemplé la neige par la fenêtre, bien emmitouflée dans mon pull. Le thé me réchauffait à chaque gorgée, à tel point que j'ai dû étouffer un bâillement. J'ai appuyé ma tête contre le mur et j'ai fermé les yeux. Je les ai rouverts pour regarder le tourbillon blanc et les ai fermés à nouveau. Mes paupières étaient si lourdes.

J'ignore quand j'ai fini par sombrer.

Tout ce que je sais, c'est que c'est arrivé.

4

Les frères McCallen traînaient au coin de Maple, à deux rues de là, bière à la main et cigarette aux lèvres. Joey McCallen, le plus vieux, était aussi le plus affreux. Tête carrée, cou épais, tout chez lui était anguleux et grossier. Brendan, un de ses plus jeunes frères, avait été plus chanceux, avec ses yeux bleu ciel et sa silhouette élancée, mais les cinq McCallen partageaient cet air constamment menaçant, même le plus jeune. Les voir vous donnait aussitôt envie de changer de trottoir, mais évidemment, il valait mieux éviter. Cela n'aurait fait qu'attirer davantage leur attention.

Le Slovenska se trouvait juste après, il n'y avait donc aucun moyen de les contourner. J'ai fait glisser mon sac sur mon autre épaule pour avoir l'air occupé et dissimulé mon visage sous une mèche de cheveux.

— Hé, Calvetti ! s'est exclamé Joey de sa voix dure et profonde.

Ses frères m'observaient entre deux gorgées de bière. Patrick, le plus jeune, me regardait sans ciller.

— Salut, Joey, ai-je lancé en poursuivant mon chemin.

Il a écrasé sa cigarette sur le trottoir et relevé les yeux sur moi.

— Tu es prudente, en ville, j'espère ?

Je me suis arrêtée. Mon sang s'était changé en glace. Je pouvais presque l'entendre se figer dans mes veines.

— Oui. Bien sûr.

— Ça m'étonnerait, Calvetti. Fais attention à toi, OK ?

Mon souffle s'est coincé dans ma gorge.

— Qu'est-ce que tu essaies de me dire, Joey ?

— Rien, rien.

La menace dans son regard avait disparu, remplacée par quelque chose de plus sérieux. De l'inquiétude.

— Je me disais juste que ton père aimerait que quelqu'un veille sur toi.

Malgré l'évocation de mon père, j'ai presque ri. Que mon père, un flic, veuille que Joey McCallen veille sur moi était aussi improbable que le gel de l'océan Atlantique.

— Pourquoi, Joey ? Tu te portes volontaire ? ai-je demandé, plus septique que jamais.

Pendant une seconde, l'idée m'a traversée qu'il cherchait peut-être à me faire parler pour obtenir des infos. Que peut-être, il savait quelque chose que j'ignorais. J'ai enregistré cette pensée pour plus tard.

Joey était silencieux, un débat semblait faire rage sous son crâne. Patrick s'est approché et a porté sa bière à ses lèvres pour étouffer un murmure. Joey m'a dévisagée avant de hausser les épaules.

— Je veille sur toutes les filles du coin, a-t-il déclaré avant d'éclater de rire.

Ses frères l'ont imité et j'ai levé les yeux au ciel.

— C'est ça, à plus, ai-je conclu en reprenant mon chemin.

Puis j'ai jeté un dernier regard aux McCallen, soulagée de pouvoir mettre un peu de distance entre eux et moi.

C'est à ce moment que mes yeux se sont posés sur Patrick, attirés par un infime détail : les boots noirs qu'il avait aux pieds. Ce genre de chaussures était courant par ici ; de nombreux garçons en portaient, même l'été, lorsqu'ils travaillaient sur les docks. C'est l'éclat métallique sur le bout de la chaussure qui avait attiré mon attention. Mon cœur s'est accéléré et ma tête a commencé à tourner. Je me suis appuyée contre le mur du bureau de poste pour reprendre mes esprits. Il s'agissait forcément d'une coïncidence. Cette nuit était si floue dans ma mémoire que mon imagination me jouait des tours. Alors que je me répétais ces mots, pourtant, le trou qui s'était formé dans mon estomac des mois plus tôt s'est encore agrandi.

Je connaissais ces chaussures.

L'air conditionné du Slovenska m'a fait frissonner. Tammy et Bridget étaient déjà installées à notre table préférée. Bridget portait un débardeur tout simple et une jupe en jean, mais avec sa peau délicate et ses longs cheveux, elle parvenait à être magnifique sans le moindre effort. Tammy, elle, portait une robe jaune pâle achetée quelques jours plus tôt, et, avec le teint déjà hâlé de sa peau, elle était belle d'une tout autre façon. Seamus et ses amis Roger et Anthony étaient assis à une table proche. Seamus s'était installé de façon à pouvoir observer Tammy ; Roger et Anthony, eux, étaient tournés vers Bridget. Seamus m'a fait signe et je l'ai salué à mon tour, sans m'arrêter pour lui parler. La façon dont Bridget et Tammy m'étudiaient ne me disait rien qui vaille.

— Salut, les filles ! ai-je lancé, déterminée à agir normalement.

Je me suis glissée sur la banquette à côté de Bridget, qui a immédiatement entamé la conversation.

— Tu as vu les Mc...

Tammy l'a stoppée d'un regard.

— Doucement, Bridget.

— Oui, j'ai vu les McCallen, ai-je confirmé en haussant les épaules. Pourquoi ?

Tammy a joué avec la cuillère de son café frappé avant de répondre :

— Ils semblaient d'humeur bavarde, aujourd'hui.

Bridget a pincé les lèvres avec l'air de vouloir en dire plus.

La serveuse est arrivée. J'ai désigné le café frappé de Tammy et elle a fait demi-tour vers le bar.

— Comment ça ? ai-je repris, essayant de ne pas paraître trop intéressée.

— Est-ce que je peux parler, maintenant, Tammy ? a demandé Bridget d'un ton sarcastique.

Elle a pris le silence de Tammy pour un « oui ».

— Quand on est passées devant eux, ils nous ont dit « salut », alors on leur a répondu, bien sûr, mais du coup ils ont engagé la conversation. Devine sur qui ?

Avant que j'aie le temps de deviner, Tammy s'est penchée vers moi.

— Notre amie Jane Calvetti.

La serveuse a déposé mon café frappé avant de s'éloigner vers une autre table. Les battements de mon cœur se sont à nouveau accélérés, l'éclat métallique de la chaussure de Patrick me revenant à l'esprit.

— Pourquoi voudraient-ils parler de moi ?

— Je ne sais pas, Jane, a dit Bridget. Mais ils ont commencé à nous poser des questions, du genre où tu es, ce que tu fais, si on te voit souvent. On ne leur a pas dit grand-chose, juste le strict minimum. Mais on devait quand même répondre, je veux dire, c'est les frères McCallen.

Tammy a glissé un regard en coin à Bridget.

— C'est surtout moi qui ai parlé, Jane. Bridget était trop occupée à faire du charme à un des frères, Jimmy, je crois. Ou c'était peut-être Brendan. Je les mélange tous.

La bouche de Bridget s'est ouverte en grand.

— Je ne lui faisais pas du charme !

— Bien sûr que si. Tu lui faisais tes yeux de biche, comme chaque fois que tu trouves un mec mignon.

— N'importe quoi !

Tammy a penché la tête et battu des paupières.

— Bien sûr, Marcus ! a-t-elle imité d'une voix douce et haut perchée. J'adorerais te retrouver dans le placard du concierge pendant le cours d'histoire. Oh, regarde, j'ai justement la clé !

Les joues de Bridget se sont empourprées.

— Tamra Komarov, n'essaie pas de me faire croire que ce n'est pas la planque idéale. Tu y as toi-même passé beaucoup de temps, et grâce à moi, je te signale !

J'ai donné un coup de coude à Bridget, contente que la conversation ait pris une autre tournure.

— Du calme, Bridget, c'est cool de faire craquer tous les garçons.

— Peu importe.

Bridget s'est enfoncée sur la banquette, bras croisés sur la poitrine. Code universel pour : *Cette conversation est terminée.*

Tammy a reporté son attention sur moi.

— Revenons-en aux McCallen.

— Joey m'a parlé, aussi, ai-je soupiré. On aurait dit qu'il voulait me protéger. Mais je n'ai pas l'intention de m'en soucier.

Je savais que c'était faux. Tammy aussi.

— Qu'est-ce que tu ne nous dis pas, Jane ? Est-ce qu'il s'est passé... autre chose ?

J'ai frissonné. Le restaurant était glacial. J'aurais mieux fait de prendre une boisson chaude. J'ai poussé mon verre vers Bridget, qui avait déjà fini le sien.

— Prends-le, Bridget, ai-je offert en signe de paix et pour éviter d'avoir à répondre.

Elle s'est redressée et a plongé ses yeux dans les miens.

— Tu sais qu'il n'y en a pas eu d'autres depuis ? Il y avait un article dans le journal qui disait que, euh... le tien était le dernier.

Apparemment, mes amies considéraient aussi ce cambriolage comme *le mien*.

Tammy s'est rapprochée et elle a chuchoté.

— Tu ne crois quand même pas que les McCallen pourraient être impliqués, si ? Tout le monde se demande ce que tu te rappelles de cette nuit...

Elle s'est interrompue.

C'était le moment ou jamais. Le moment de leur dire ce qui me tracassait, de leur confier mes peurs et mes soupçons. Et j'allais le faire, j'étais à deux doigts, mais à la dernière seconde, je n'ai pas pu.

— Non ! ai-je répondu, trop vite.

Puis je me suis levée.

— Il faut que j'aille aux toilettes. Je reviens.

Je me suis passé de l'eau sur le visage et séchée avec du papier toilette. Si je jetais un œil rapide au miroir, une fille qui me semblait familière me rendait mon regard, mais si je m'attardais, je voyais quelqu'un que je ne reconnaissais plus. Une fille qui cachait des choses à ses amies, des choses importantes. Mais pouvais-je vraiment leur parler de Patrick McCallen ? Et si ça les mettait en danger ? Si ça me mettait, moi, encore plus en danger ? J'ai pris une grande inspiration et poussé la porte des toilettes pour retrouver l'air froid du restaurant.

Michaela était arrivée et sirotait ce qui restait de mon café frappé. Tammy et Bridget lui avaient probablement déjà tout raconté.

J'ai plaqué un sourire forcé sur mon visage en approchant.

— J'ai une autre histoire à vous raconter, et elle n'est pas aussi courte que celle de la dernière fois, ai-je annoncé avec un peu trop d'enthousiasme en reprenant ma place à côté de Bridget. Ce matin, je suis allée à l'épicerie, et devinez sur qui je suis tombée ? Handel Davies.

Il y a eu un moment de silence, puis Bridget a bondi sur son siège.

— Tu lui as parlé ?

Je pouvais toujours compter sur elle.

— Oh oui. Et cette fois, nous avons échangé plus que nos prénoms. Il m'a proposé de sortir avec lui. Il doit venir me chercher demain soir à huit heures.

C'était au tour de Tammy.

— Toi ? Un rendez-vous ? Avec Handel Davies ? s'est-elle exclamée d'une voix aiguë.

J'ai hoché la tête. Et j'ai attendu que Michaela réagisse, mais je n'ai eu droit qu'au son disgracieux de sa paille aspirant le fond du verre. Puis elle a haussé les épaules en me regardant par-dessus son verre vide.

41

Bridget me donnait des coups de coude.

— Où va-t-il t'emmener ?

— Je n'en ai aucune idée. Je n'ai même pas pensé à lui demander.

— Il faut que tu portes un truc sexy, a poursuivi Bridget.

Tammy a acquiescé.

— Pourquoi pas ce haut en satin vert que tu as mis à la fête du printemps ?

Je lui ai lancé un regard désapprobateur.

— Eh bien, je l'aurais mis, chère Tammy, si je ne te l'avais pas prêté le soir de ton tristement célèbre bain de minuit et que je ne l'avais pas revu depuis.

Sa bouche s'est ouverte pour protester mais elle s'est reprise :

— Désolée.

Puis elle a fermé les yeux, le sourire aux lèvres.

— J'en ai vraiment fait bon usage ce soir-là, Jane. Hmm.

J'ai secoué la tête en riant. Tammy adorait se vanter de ses aventures.

Bridget a pouffé avant de lui jeter l'emballage de sa paille en pleine poitrine.

— Ça, on s'en souvient. Dans les moindres détails.

Elle s'est tournée vers moi.

— Revenons-en à Handel et à ta tenue sexy.

Mais j'étais concentrée sur Michaela. Elle n'avait pas détaché ses yeux de la table, comme si les serviettes en papier déchiquetées, les cuillères à café et les grains de sucre éparpillés étaient plus intéressants que notre conversation. Son silence m'énervait.

— Tu veux bien nous dire ce que tu as en tête, s'il te plaît ? Je sais que tu penses que je ne devrais pas sortir avec lui.

Son visage est resté inexpressif.

— Je n'ai rien à dire à ce sujet, Jane. Vraiment.

Elle a repoussé son verre.

— Je te donnerai mon avis quand tu nous auras raconté comment ça s'est passé. Peut-être que Handel se révélera être un parfait gentleman.

— Qui veut d'un gentleman ? s'est indignée Bridget. Jane, j'espère qu'il sera aussi chaud qu'on le prétend. Et je veux un compte-rendu pour demain.

Tammy a tapé dans ses mains.

— Moi aussi ! Si tu voulais un gentil garçon, tu pourrais sortir avec Seamus.

Elle l'a désigné d'un signe de tête, et lorsque leurs yeux se sont croisés, le visage de Seamus s'est illuminé.

— Je ne pense pas que ce soit à moi qu'il s'intéresse, ai-je répondu en regardant Tammy.

— À qui, alors ? a-t-elle demandé.

— *Sérieusement ?*

Bridget, Michaela et moi avions crié en chœur.

Tammy a froncé les sourcils, comme si quelque chose lui échappait.

— Quoi ? Seamus et *moi* ?

Comme nous ne répondions pas, elle a levé les yeux au ciel.

— Il est bien trop gentil pour moi. Pas mon genre.

Bridget a soupiré.

— Pour une fille qui prétend tout savoir des garçons, tu es vraiment à côté de la plaque, Tammy.

43

Avant que celle-ci ne proteste, Bridget a reporté son attention sur moi.

— Parlons un peu de ce que Handel et toi pourriez faire demain.

Elle a posé ses coudes sur la table et son menton sur ses paumes d'un air rêveur.

— Peut-être qu'il t'emmènera sur le bateau de pêche de son père. Vous irez faire un tour en mer, et il te volera ta virginité !

— La Terre appelle Bridget, a dit Michaela, et nous avons éclaté de rire.

Michaela m'a adressé un regard entendu.

— Peut-être qu'il t'entraînera dans un coin sombre pour boire des bières et fumer des cigarettes devant le coucher de soleil.

— Je te déteste, ai-je répliqué en souriant.

Au moins, elle participait.

— Je ne comprends toujours pas pourquoi vous pensez que Seamus m'aime bien, est intervenue Tammy alors que nous avions déjà changé de sujet, ce qui nous a fait rire de plus belle.

Tandis que nous papotions, notre conversation au sujet des McCallen s'effaçait peu à peu de ma mémoire. Mais au moment de nous séparer, Michaela m'a interceptée.

— Mon père aimerait que tu retournes au commissariat. Pour voir si tu te souviens d'autre chose.

Elle avait parlé d'une voix douce, comme pour me rassurer.

— Jane ?

J'ai haussé les épaules. De nombreux cambriolages avaient eu lieu avant le mien, mais j'étais la seule à avoir vu les voleurs. Et pour la première fois depuis cette nuit de février, j'avais peut-être un détail important à rapporter.

— D'accord, j'irai. Mais plutôt après-demain, ai-je ajouté avant de lui dire au revoir.

Il était hors de question que je risque de gâcher ma soirée avec Handel.

5

Quand je suis rentrée de la plage le lendemain, ma mère mangeait les restes du poulet de la veille, assise au bar de la cuisine. Elle m'a souri.

— Tu es allée te baigner ?

— Oh oui !

J'ai tiré un tabouret et me suis assise de l'autre côté du bar. J'ai jeté un œil à l'horloge. Six heures et quart.

— Et toi, qu'est-ce que tu as fait de beau ?

— Cousu. Découpé. Piqué. La routine.

Elle s'est léché un doigt.

— Mme Levinson est une sainte.

— Je sais. C'est encore meilleur le lendemain. J'en ai mangé ce midi.

Ma mère a avalé une autre bouchée. Puis elle a levé un sourcil.

— Il y a quelque chose dont tu veux me parler ?

J'ai pris une grande inspiration.

— Oui. Je sors avec Handel Davies, ce soir.

Elle m'a tendu une aile de poulet. J'ai secoué la tête. Elle a haussé les épaules et mordu dedans à pleines dents.

— Intéressant.

— Encore plus que ce que je pensais, visiblement.

Elle s'est essuyé la bouche avec une serviette en papier.

— Eh bien, tu sais comment sont les gens, ici, a-t-elle commencé.

— Malheureusement. Il sera là à huit heures, Maman.

Elle m'a regardée de haut en bas. Depuis mon débardeur jusqu'à mon mini-short.

— Tu vas y aller comme ça ?

— Non ! Je vais me changer.

Elle s'est levée, s'est lavé les mains dans l'évier et les a séchées.

— J'ai quelque chose qui devrait t'aller.

— Vraiment ?

— Bien sûr. Viens.

La chambre de ma mère était petite mais bien rangée. Lit impeccable. Jolis rideaux. Pas un seul vêtement ne dépassant de la commode ou traînant dans un coin. L'ordre est essentiel quand on vit dans une petite maison, disait-elle toujours.

Elle a ouvert son armoire. Je me suis assise sur le lit, en veillant à ne rien froisser. Je la regardais passer ses robes en revue, fascinée par ses courbes italiennes et ses épais cheveux bruns tombant en cascade sur ses épaules et dans son dos. Ma mère avait trente-cinq ans. Elle m'avait eue à dix-huit, s'était mariée à dix-neuf et avait divorcé à vingt et un. Je tenais de mes deux parents – les yeux et le nez de ma mère, ses cheveux aussi, mais j'avais la silhouette de mon père, grande et élancée.

Ma mère s'est tournée. J'ai aperçu son profil et les

larmes me sont soudain montées aux yeux. J'avais pris conscience, dernièrement, que la vie pouvait basculer à tout instant. Je savais que je pouvais perdre une chose précieuse en un battement de cils, alors je me suis imprégnée de cette vision de ma mère comme si je la voyais pour la dernière fois. Comme si j'avais besoin de me souvenir de chaque détail, au cas où.

Chaque détail.

Le père de Michaela. Il voulait plus de détails.

Comme la chaussure à bout métallique de Patrick McCallen ?

Mais ça, c'était pour demain. Je devais profiter de ma soirée.

— Je l'ai trouvé, a annoncé ma mère, interrompant mes pensées.

Elle a sorti un petit débardeur en soie bleu ciel. Quelque chose qu'elle avait cousu elle-même.

— Décontracté et joli, et tu pourras le mettre avec un short. Il sera parfait sur toi. Sur moi, il fait un peu vulgaire.

— N'importe quoi ! ai-je rétorqué en riant.

Elle s'est mise à rire aussi.

— Je t'assure !

J'ai pris le débardeur, et me suis approchée pour la serrer dans mes bras.

— C'était pour quoi, ça ? a-t-elle demandé, la tête penchée sur le côté.

— Juste parce que je t'aime. Merci pour ton aide.

— Je t'en prie. Maintenant va te préparer. Je resterai dans mon coin quand il sera là, d'accord ?

— Tu es la meilleure ! me suis-je exclamée avant de disparaître dans ma chambre, en pensant à quel point il

pouvait être étrange de se sentir aussi chanceuse et mal-
chanceuse en même temps.

Mon cœur battait à tout rompre. Il ne voulait pas
ralentir. J'ai posé ma main sur ma poitrine.

Handel Davies et moi marchions à travers la ville. Il
ne m'avait toujours pas dit où nous allions.

— Alors comme ça, il n'y a que ta mère et toi dans
cette maison ? a demandé Handel.

Je l'ai regardé allumer une cigarette.

— Tu penses qu'on pourrait y cacher quelqu'un
d'autre ?

Le coin gauche de sa bouche s'est légèrement retroussé.

— Je suppose que non.

— Il n'y a que nous deux. Ma mère n'a pas eu d'autre
enfant après son divorce.

Nous avons tourné sur la rue Chestnut.

— Ma mère la connaît.

— Vraiment ?

— Je crois que toutes les femmes d'ici ont déjà eu
affaire à ta mère, pour une raison ou pour une autre.
Mariage. Baptême. Enterrement.

Nous sommes passés devant la maison de Mme O'Brian,
qui arrosait les plantes sous son porche. Elle nous a dévi-
sagés d'un air sombre. Je lui ai adressé un signe de la
main, accompagné d'un regard qui disait *Mêlez-vous de
vos affaires*, et elle est retournée à son arrosage.

— Pourquoi est-ce que ta mère a eu besoin de la
mienne ?

— Des retouches sur la robe de bal de ma sœur. Et
il y a eu l'enterrement de mon oncle Billy.

— Oh. Je suis désolée.

Il a haussé les épaules et tiré une dernière fois sur sa cigarette avant de l'écraser sur le dessus d'une poubelle et de jeter son mégot. Je me souvenais d'avoir lu que Billy Nolan s'était fait abattre en pleine rue, mais j'ignorais que Handel et lui étaient liés. Cependant, tout le monde ici savait que la famille de Handel – du moins sa famille éloignée – trempait dans des affaires douteuses. Parfois, vivre dans cette ville était comme vivre dans un film. Nolan devait être le nom de jeune fille de sa mère. Je n'étais pas sûre de vouloir en apprendre davantage sur la famille de Handel et leur, euh… business.

Handel a glissé son pouce dans le passant de son jean.

— Quelques amis se sont donné rendez-vous dans les dunes, ce soir.

Nous avons atteint le bout de la rue Chestnut et il s'est arrêté.

— Je me suis dit qu'on pourrait les rejoindre.

— Ah oui ? ai-je répondu d'un ton faussement détaché.

J'avais entendu parler des fêtes qui se tenaient dans les dunes. Elles existaient depuis des années. C'était l'endroit où les gens se rendaient pour boire, s'envoyer en l'air et s'attirer des ennuis et donc, je l'avais toujours évité.

— Ça a l'air sympa.

Les yeux de Handel se sont posés sur mes bras nus.

— Tu ne vas pas avoir froid ? Le temps se rafraîchit à la tombée de la nuit.

— Ça va aller, lui ai-je assuré.

Mais tandis que nous tournions à droite, puis à gauche pour rejoindre les quais, je n'en étais plus si sûre, et je ne parlais pas seulement du froid. J'imaginais déjà la moue réprobatrice de ma mère si elle apprenait que je me rendais dans les dunes avec Handel Davies. Mes amies seraient partagées. Michaela croiserait les bras d'un air contrarié. Tammy me conseillerait d'y aller pour voir à quoi ça ressemblait, et Bridget fêterait sûrement la nouvelle et s'imaginerait Handel dérobant ma virginité sur la plage plutôt que sur un bateau.

Et ensuite, il y avait moi.

Que pensais-je de tout cela ?

Jusqu'à présent, j'avais toujours fait ce que l'on attendait de moi. J'avais eu de bonnes notes, été une amie fidèle, une fille gentille avec mes parents. J'avais travaillé dur pour gagner un peu d'argent, et je craquais toujours sur des garçons qui ne me remarquaient même pas. Après le cambriolage, j'avais essayé de continuer à agir comme avant, comme si rien n'avait changé ; étudier, travailler, aider, écouter. Mais pour une raison qui m'échappait, ces choses étaient devenues plus difficiles, comme si elles étaient hors de ma portée. Au printemps, j'avais eu plusieurs fois envie de sécher les cours, de sortir plutôt que d'étudier, d'embrasser quelqu'un − voire plus − qui n'était pas bon pour moi, quelqu'un qui pourrait briser mon cœur, de sorte que la douleur surpasserait l'agonie qui avait envahi chaque cellule de mon corps depuis cette nuit. Le bon en moi commençait à s'écailler comme du vernis, comme si, depuis tout ce temps, il n'avait été qu'un masque qui ne demandait qu'à tomber pour révéler cette autre Jane.

Une Jane qui n'était pas *gentille*.

J'ai jeté un œil au garçon qui m'accompagnait, à ses cheveux blonds tirés en arrière, à ses yeux, magnifiques et dangereux, qui semblaient dire *viens à moi* et *fais attention* en même temps.

Handel était parfait pour elle.

Cette nouvelle Jane.

À mesure que nous approchions, l'air iodé de la mer s'est fait plus présent et j'ai respiré profondément. Je me suis arrêtée, j'ai fermé les yeux et senti Handel ralentir le pas à mes côtés. J'ai laissé l'odeur familière m'apaiser mais, très vite, un sentiment nouveau s'est ancré en moi : l'impression que Handel savait déjà qui j'étais – cette fille sur le point de basculer, d'un côté ou de l'autre – et qu'il voulait voir quel chemin j'allais emprunter.

Lorsque j'ai rouvert les yeux, il était là. Il m'attendait. M'observant de son regard profond.

J'ai hoché la tête. J'étais prête.

— Par ici, a-t-il dit doucement, me guidant vers les marches en bois qui menaient à la plage.

Le clapotis de l'eau contre la coque des bateaux se mêlait aux conversations des pêcheurs qui fumaient et se remémoraient le bon vieux temps.

Quand nous avons atteint la plage, j'ai retiré mes sandales. Le sable était frais sous mes pieds en ce début de soirée.

— Tu as faim ? s'est enquis Handel.

— Un peu, ai-je admis.

— On pourrait manger un morceau avant de rejoindre les dunes.

— Ça me va.

Nous nous sommes dirigés vers un snack qui servait des spécialités à base de poisson sur des tables de pique-nique installées sur la plage. J'ai commandé un cake au thon et une soupe de palourdes accompagnés d'une limonade, et Handel a pris un panier de crevettes panées et un Coca.

J'ai fouillé mes poches à la recherche de quelques billets, mais il m'a fait signe de tout ranger.

— C'est pour moi.

Je me suis mordu la lèvre pour retenir un sourire. Cette soirée prenait des allures de rendez-vous galant. Pendant qu'il attendait nos commandes, je suis allée m'asseoir à la table la plus proche de l'eau.

Handel n'a pas mis longtemps à me rejoindre, les bras chargés de nourriture, de serviettes et de boissons. Il s'est installé face à moi avant de me tendre un bol en plastique et un sachet marron déjà taché de gras.

Pendant un moment, nous avons mangé en silence.

Handel engloutissait ses crevettes les unes après les autres en me glissant un regard de temps à autre. Je faisais de mon mieux pour boire ma soupe en silence et manger proprement, ce qui n'est pas évident quand on mange avec les doigts. Entre deux gorgées de limonade, j'essayais de réfléchir à un sujet de conversation et je me suis finalement décidée pour celui qui m'intriguait depuis que Handel m'avait abordée sur la plage, deux jours plus tôt.

— Handel…, ai-je commencé en le regardant s'essuyer les doigts sur sa serviette en papier.

— Oui ?

— Ton prénom. Handel. Je me demandais juste, tu sais, pourquoi Handel ?

Ses joues se sont légèrement empourprées.

— C'était une idée de ma mère.

J'ai fait tourner ma cuillère dans mon bol.

— En effet, ce sont généralement les parents qui choisissent le prénom de leurs enfants.

— Eh bien, le mien est embarrassant.

J'ai avalé ma dernière bouchée de cake.

— Toi ? Embarrassé ?

Il a trempé une crevette dans sa sauce cocktail.

— Quoi ? Tu penses que je suis immunisé ?

— Je ne sais pas. Plus ou moins, ai-je admis. Tu es...
toi, après tout.

Il a mâché lentement. Puis dégluti.

— Qu'est-ce que ça veut dire ?

— Tu es Handel Davies, le mauvais garçon de la ville,
ai-je lâché avant d'avoir eu le temps d'y penser.

La peine – ou peut-être l'inquiétude – a traversé son
regard. Mais il a ri.

— Je ne suis pas si mauvais.

— Non, ai-je dit doucement en le regardant. Tu n'es
pas si mauvais.

Handel m'a souri. Pour la première fois de la soirée.

— Tu n'es pas si mauvaise non plus, Jane.

J'ai reposé ma cuillère. Cette fois, je n'ai pas essayé
de cacher mon sourire.

— Merci, mais on s'éloigne du sujet.

— J'aime bien ce sujet-là, a-t-il répliqué.

— On parlait de ton prénom.

Il a repoussé son panier et posé ses coudes sur la table,
ses yeux plongés dans les miens.

— Ce n'est pas quelque chose dont je parle au premier venu.

J'ai poussé le reste de mon repas près du sien et imité
sa position.

— Je ne suis pas la première venue.

— Non, tu n'es pas la première venue.

— Flirter avec moi ne te tirera pas d'affaire.

— Je flirte avec toi ?

J'ai senti mes joues s'empourprer.

— Hum... oui.

— Seulement parce que c'est toi qui as commencé, a-t-il contre-attaqué.

— Dis-moi, ai-je repris en rougissant de plus belle. Ou je ne t'adresserai plus la parole de la soirée.

Je l'avais dit sur le ton de la plaisanterie mais je n'avais pas pu empêcher ma voix de trembler.

Handel n'a pas bougé. Il est resté là, appuyé sur ses coudes, me regardant de ses yeux magnifiques, ses longues mèches blondes tombant sur son front hâlé.

— Très bien, s'est-il résigné. Quand ma mère est tombée enceinte de moi, elle a commencé à penser à cette vie qu'elle n'avait jamais vécue. Elle aurait aimé quitter cet endroit et faire quelque chose d'important. Au lieu de ça, elle s'est mariée jeune et a eu mes trois frères, et elle avait toujours peur qu'ils aient la même vie qu'elle, surtout qu'il s'agissait de garçons. Ils deviendraient pêcheurs comme notre père et tous les autres hommes de cette ville et se retrouveraient coincés dans une vie qu'ils n'auraient pas choisie.

Handel a marqué une pause pour boire une gorgée de Coca.

— Pour moi, elle voulait autre chose. Et cela commençait par un prénom différent.

— Logique, ai-je approuvé.

Handel m'a pointée du doigt.

— Comme Jane, par exemple. Sais-tu pourquoi tes parents t'ont appelée Jane ?

La mention de mes parents, au pluriel, m'a fait tressaillir. J'ai secoué la tête.

— Tu devrais demander à ta mère, a dit Handel. Je suis sûr qu'il y a une histoire là-dessous.

Il a hésité un moment, comme s'il voulait ajouter quelque chose, avant de reprendre :

— C'est mon père qui a choisi le prénom de mes frères aînés. Aidan, Colin et Finn.

Il m'a regardée d'un air intrigué, se demandant sûrement ce que je savais de sa famille. Ou souhaitant peut-être que je n'en sache rien.

J'ai acquiescé pour lui confirmer que je savais. Évidemment. Tout le monde ici connaissait les McCallen, les Sweeney, les Quinn et les Davies.

— Avec moi, a poursuivi Handel, ma mère a décidé que ce serait elle qui choisirait mon prénom. Je devais naître à la période de Noël, et chaque année, mes parents se rendent à l'église pour écouter les chants de Noël. Ma mère adore ça, et mon père l'emmène pour lui faire plaisir. Tu vois où je veux en venir ?

Il m'a regardée à nouveau, comme s'il attendait que je finisse l'histoire pour lui.

Une ampoule s'est allumée au-dessus de ma tête.

— J'ai une vague idée, ai-je répondu.

Je n'allais pas le laisser s'en tirer aussi facilement.

— Eh bien, a-t-il soupiré, la partie préférée de ma mère est à la fin, quand la chorale demande à tout le monde de se lever pour chanter ensemble les chœurs de l'« Alléluia »…

— De Händel.

— Oui. George Friedrich Händel, pour être exact. Et cette année-là, alors que ma mère chantait à côté de mon père, enceinte de neuf mois et prête à accoucher, il paraît que je me suis mis à lui donner des coups de pied au rythme de la musique.

Sa peau est devenue rouge sous son bronzage.

— Ça commence à devenir trop imagé. Je suis désolé. J'ai honte.

J'ai éclaté de rire.

— Ne sois pas gêné. C'est une belle histoire. Je suis simplement surprise.

— Surprise ? Par autant de détails ?

— Non, ai-je répondu en essayant de retenir le rire qui naissait dans ma gorge. Je pensais juste que tu serais différent.

Ses yeux ont pétillé.

— Parce que tu as pensé à moi avant ce soir ?

J'ai lutté pour ne pas devenir aussi rouge que lui.

— Termine ton histoire. Je veux l'entendre jusqu'au bout, même si ça devient encore plus imagé.

— Très bien, a répliqué Handel en se passant une main sur le visage, comme pour effacer sa gêne. La partie imagée est terminée, ne t'inquiète pas. Donc, ma mère a pensé qu'il s'agissait d'un signe, et c'est à ce moment-là qu'elle a décidé de m'appeler Handel. Elle s'est dit qu'en me donnant le prénom d'un célèbre compositeur allemand, je serais peut-être destiné à accomplir de grandes choses.

— C'est adorable.

Handel a fixé les restes de notre repas.

— Je déteste l'idée de la décevoir, puisque de toute évidence je prends le même chemin que tous les autres Davies de la famille.

— Ne dis pas ça.

— Sauf que je ne peux pas m'empêcher d'y penser,

tu vois ? Je ne suis rien d'autre qu'un pêcheur de plus dans cette ville. Un pêcheur avec un prénom excentrique.

Il a détourné les yeux pour contempler la mer, puis le ciel qui commençait à se remplir d'étoiles.

— Tu es prête ? a-t-il demandé.

J'ai acquiescé.

Nos avons jeté nos déchets et nous sommes dirigés vers les dunes, là où la plage devenait plus sauvage.

— Merci de m'avoir raconté cette histoire.

— Tu m'en dois une maintenant, a-t-il plaisanté.

— Je ne pense pas en avoir d'aussi bonnes à te raconter.

Il m'a glissé un regard.

— Je suis sûr que si.

La lueur taquine qui brillait dans ses yeux avait disparu, remplacée par quelque chose de plus intense, et je me suis demandé si l'histoire à laquelle il songeait était celle de cette nuit, dont je ne me souvenais pas aussi clairement que ce que tout le monde aurait souhaité – cette nuit que je voulais à tout prix oublier. Je me suis forcée à sourire.

— Tu penses me connaître aussi bien, déjà ?

Il a haussé les épaules.

— Peut-être pas. Mais j'aimerais, a-t-il ajouté.

Mon cœur a raté un battement.

Handel s'est arrêté pour ramasser un objet plat qui brillait sur le sable. Il m'a tendu sa main, paume ouverte. Au centre reposait un oursin plat. Il ressemblait vaguement à une pièce de un dollar. Il était parfait. Fragile. Délicat.

— Prends-le, a soufflé Handel.

Je l'ai ramassé en effleurant sa paume.

— Il est magnifique.

Je l'ai admiré de plus près : l'étoile sur son dos, le trou minuscule qui lui servait à respirer. Il ne pesait rien dans le creux de ma main. Je l'ai glissé dans ma poche.

— Merci.

— Jane, a commencé Handel.

J'ai attendu en vain qu'il poursuive.

— Oui ? ai-je finalement demandé.

— Je suis content que tu sois là.

J'ai tracé un arc de cercle avec mon orteil. Puis un autre, avant de le regarder.

— Moi aussi.

Il a froncé les sourcils.

— Non... je veux dire, oui, je suis content que tu sois là, maintenant, mais je suis aussi content qu'il ne te soit rien arrivé ce soir-là... quand...

J'ai dégluti péniblement.

— Allons-y. Il commence à se faire tard.

Je me suis remise en chemin.

— Tu n'aimes pas y penser, n'est-ce pas ? Ni en parler.

— Tu aimerais, toi ?

— Parfois, se souvenir de certaines choses peut aider.

— Pas en ce qui me concerne.

Son regard était posé sur moi.

— De quoi te souviens-tu, si je peux me permettre ?

— Pas grand-chose, ai-je bredouillé. On peut changer de sujet ?

— Bien sûr. Désolé.

Il a hésité.

— Si jamais tu veux en parler, je suis là, a-t-il proposé.

— D'accord.

Je me suis concentrée sur mes pas. L'air s'était rafraîchi, et soudain j'avais froid.

— Jane, a repris Handel tandis que les dunes se dressaient devant nous. Je suis vraiment content que tu sois là. Le monde est meilleur avec toi.

6

J e distinguais à peine les gens sous la lueur fantoma-
tique du clair de lune. Handel et moi avancions sur
un chemin de sable encadré d'herbes hautes.

— Tu es déjà venue ici ? a-t-il demandé. Je ne me
souviens pas t'avoir déjà vue dans le coin.

— Non, ai-je admis, flattée qu'il ait pu remarquer
mon absence.

— C'est sympa, des fois. Et d'autres fois, non. On
verra ce qu'il en est ce soir, si ce n'est pas génial on
pourra partir.

— D'accord.

Il a regardé les sandales que je tenais à la main.

— Tu devrais les remettre, m'a-t-il conseillé. Il se
peut qu'il y ait du verre brisé.

Nous sommes arrivés dans une clairière au milieu
des dunes, formée par des années et des années de fêtes
estivales. Il y avait des gens partout, dont beaucoup de
garçons, et tous avaient un gobelet ou une canette à la
main. J'ai parcouru la foule du regard à la recherche de
quelqu'un que je connaissais, et j'ai reconnu quelques

visages, avant de réaliser que tout le monde ici était plus âgé. C'était des filles et des garçons qui avaient quitté le lycée l'année dernière, voire avant.

Handel m'a regardée, hésitant.

— Je dois aller saluer quelques personnes. Il y a une glacière avec des bières, par là. Si quelqu'un vient t'ennuyer, dis que tu es avec moi. Je reviens tout de suite.

Je l'ai regardé s'éloigner vers un groupe d'ombres à quelques mètres de là. D'un côté, j'appréciais que Handel veuille que je dise aux gens que j'étais avec lui, mais de l'autre, j'étais déçue qu'il ne juge pas nécessaire de me présenter à ses amis. Plusieurs garçons se tenaient autour de la glacière, comme s'ils la surveillaient, et à la seconde où je me suis approchée, l'un d'eux m'a fait signe.

— Qu'est-ce qui te ferait plaisir ?

Il souriait, mais je ne me sentais pas à l'aise pour autant. Malgré la pénombre, je pouvais voir ses yeux me détailler des pieds à la tête, en s'attardant sur ma poitrine. Avec Handel, cette sensation me plaisait. J'avais l'impression d'être désirée. Mais le regard de ce garçon me rendait nerveuse et, l'espace d'une seconde, je me suis demandé s'il pouvait avoir pris part au cambriolage. J'ai aussitôt chassé cette pensée.

— Je ne sais pas, ai-je répondu bêtement en regrettant de ne pas avoir emporté un pull pour me couvrir.

— Je peux t'aider à choisir, si tu veux ?

— Ça va aller. Je peux me débrouiller.

Je me suis penchée pour attraper la première bière de la pile, une main sur mon décolleté pour l'empêcher de bâiller.

Il a reposé le couvercle sur la glacière.

— Dommage.

J'ai décapsulé la canette, qui s'est ouverte avec un *pschiiitt* sonore.

— Je ne crois pas, non.

Puis j'ai fait demi-tour pour aller retrouver Handel, ou n'importe qui d'autre qui me semblerait plus rassurant que ce type, mais il a attrapé mon poignet.

— Attends. Tu ne m'as même pas dit ton prénom.

— Lâche-moi, ai-je sifflé entre mes dents.

Je me suis libérée si violemment que sa main a volé dans les airs.

— Ça va, calme-toi ! s'est-il exclamé, à la fois choqué et contrarié.

Mais je m'en fichais. Je m'éloignais déjà de l'autre côté des dunes, sous les yeux de ceux qui venaient d'assister à la scène. Je regardais derrière moi pour m'assurer qu'il ne me suivait pas quand je suis rentrée dans quelqu'un.

— Désolée, ai-je lâché machinalement, avant de lever la tête pour découvrir qu'il s'agissait de Patrick McCallen.

— Jane Calvetti, s'est-il étonné.

J'ai avalé ma salive de travers. Pourquoi Handel m'avait-il laissée toute seule ici ?

— Salut.

— Qu'est-ce que tu fais là ? Tes amies sont avec toi ?

J'ai gardé les yeux levés, refusant de regarder ses chaussures pour voir s'il portait ses boots renforcés. Je ne pouvais pas. Pas maintenant. Pas ici.

— Non.

— Tu es venue seule ?

Dans sa bouche, la question sonnait comme une menace, malgré son ton amical.

— Non.

J'essayais de me souvenir de respirer. Je me suis dit

que je devrais faire attention à sa voix, voir si elle m'était familière, mais c'était si difficile de se concentrer.

— Oh, ils t'ont laissée toute seule ici ?

Il avait l'air gentil et bienveillant. Il m'a même fait penser à Seamus. Puis mon regard a glissé jusqu'au sol, et ils étaient là.

Ses boots.

L'attitude de Patrick ne collait pas avec ses chaussures.

— Faut que j'aille retrouver Handel, ai-je balbutié. Handel Davies. Je suis venue avec lui.

J'ai filé sans me retourner pour chercher Handel parmi la foule. J'étais entourée de visages inconnus. N'importe qui, ici, aurait pu participer au cambriolage.

Je me suis forcée à prendre une grande inspiration.

Si j'arrivais à me calmer, à réfléchir clairement, peut-être que tout se passerait bien. Après tout, rien de mal ne m'était arrivé. Un garçon avait essayé de me draguer, et j'étais tombée sur Patrick McCallen qui, malgré mes soupçons, s'était montré amical.

Je me suis dirigée vers un coin isolé de la clairière, à l'écart de la fête. J'ai contemplé la mer un moment, me concentrant sur le bruit des vagues qui s'écrasaient sur le sable. J'ai même bu une longue gorgée de bière. Le goût était horrible, mais ça n'avait pas d'importance.

Je commençais à me sentir mieux.

Mais ensuite, une fille, un peu plus vieille que moi, a titubé sur la plage, renversant le contenu de son gobelet sur le sable et sur son bras. Je me suis écartée pour l'éviter, mais elle s'est plantée face à moi, bien trop près de mon visage.

— T'es qui, toi ? a-t-elle marmonné.

Elle a fouillé dans sa poche et allumé un briquet, qu'elle

a levé devant mes yeux. Les siens étaient vitreux à la lueur de la flamme ; des taches de rousseur recouvraient son nez et ses joues.

— Attends une minute... Je t'ai déjà vue quelque part. T'es cette fille qui se trouvait au mauvais endroit au mauvais moment. Celle dont le père est...

Avant qu'elle ne puisse terminer, avant qu'elle ne prononce le mot que je ne voulais pas entendre et sans même y réfléchir, j'ai envoyé valser son gobelet.

— Espèce de garce, a-t-elle braillé. C'était ma bière !

Une fois de plus, j'ai fait demi-tour et me suis éloignée dans la direction opposée. Je ne pouvais me réfugier nulle part.

— C'est ça, a-t-elle crié dans mon dos. Dégage ! T'as rien à faire ici !

Même saoule, elle avait raison. Je n'avais rien à faire là. Ce n'était pas un endroit pour moi. Pourquoi avais-je laissé Handel m'amener ici ? Et pourquoi m'y avait-il invitée ? Mes amies me manquaient. Le rire spontané de Bridget, les sarcasmes de Tammy, l'attitude protectrice de Michaela... Enfin, après quelques minutes qui m'avaient paru des heures, j'ai repéré Handel. Il était debout, seul, et fumait une cigarette. Il avait l'air perdu dans ses pensées.

J'ai foncé droit sur lui et, avant qu'il ait le temps d'ouvrir la bouche, j'ai dit :

— Je veux partir. Maintenant.

Il a cligné des yeux, surpris.

— Quelque chose ne va pas ?

Oui. Tout.

— Quelqu'un t'a fait du mal ?

Il semblait si inquiet.

J'ai secoué la tête.

— Je veux juste m'en aller.

— D'accord, a-t-il répondu. Donne-moi une seconde. Je dois dire au revoir aux gars.

Je l'ai regardé rejoindre un groupe de silhouettes indistinctes dans la pénombre, mais je n'avais pas envie d'attendre. J'ai commencé à marcher, sans but précis, et je me suis retrouvée de l'autre côté des dunes, sur la plage. Le bruit des vagues était si proche, si constant qu'il effaçait peu à peu mon malaise.

Un peu plus loin, j'ai remarqué une serviette étendue sur le sable, sûrement oubliée par son propriétaire. J'ai retiré mes sandales et m'y suis installée. La nuit, les étoiles et le bruit familier de l'océan m'enveloppaient comme un bouclier. Après un moment, je me suis allongée pour contempler le ciel et les nuages sombres qui s'y déplaçaient lentement. Un orage semblait sur le point d'éclater.

— Jane, ai-je entendu appeler au loin.

J'ai redressé la tête. La silhouette élancée de Handel se rapprochait.

— J'ai fait quelque chose qu'il ne fallait pas ?

— C'est juste que… je n'avais rien à faire là-bas, ai-je répondu avant de reposer ma tête sur la serviette.

Il est resté silencieux un moment.

— Est-ce que quelqu'un t'a ennuyée ?

— Non. Oui. Je ne sais pas.

J'ai serré la serviette dans mon poing, puis je l'ai relâchée pour regarder Handel.

— Tu te souviens quand tu m'as dit que cet endroit était parfois sympa et parfois non ? Eh bien, ce soir, ce n'était pas sympa. Et puis, tu m'as laissée toute seule.

— Je suis désolé, s'est-il excusé. Je n'aurais pas dû t'amener ici. J'aurais dû m'en douter.

J'ai attendu qu'il s'explique.

— Et je n'aurais pas dû te laisser seule une seconde, a-t-il poursuivi. J'avais juste… quelques trucs à régler avec mes amis et je ne voulais pas t'y mêler. J'aimerais pouvoir remonter le temps et recommencer cette soirée. Je ne ferais pas les mêmes erreurs.

Handel semblait si désespéré. Finalement, il a demandé :

— Je peux me joindre à toi ?

J'ai pensé que nous devrions peut-être en rester là pour ce soir.

Mais ensuite, je me suis rappelé notre début de soirée, qui avait été parfait. Et je me suis décalée pour lui faire de la place.

— D'accord, ai-je dit.

Et notre soirée était sauvée.

Quand j'ai accepté qu'il se joigne à moi, je ne pensais pas qu'il s'allongerait à mon côté. Pourtant nous étions là, étendus côte à côte sur une serviette étroite, contemplant les étoiles tandis qu'elles disparaissaient peu à peu sous les nuages. Pour la première fois depuis notre repas, je commençais à me sentir mieux. Aucune partie de nos corps ne se touchait, ni nos épaules, ni nos mains, ni nos pieds, mais j'avais pleinement conscience de sa présence à mes côtés, de sa peau à quelques millimètres de la mienne, de la ligne de sa mâchoire, de sa poitrine qui se soulevait à chaque inspiration. Je me demandais s'il y songeait, lui aussi.

C'est incroyable comme tant de choses peuvent être dites sans avoir à parler.

Après de longues minutes, Handel a changé de position. Il s'est tourné vers moi, appuyé sur un coude.

— Tu ne parleras pas de ce que je t'ai raconté sur mon prénom, n'est-ce pas ?

J'ai ri doucement, les yeux toujours rivés sur les nuages qui allaient bientôt cacher la lune.

— Je ne dirai rien. Promis.

Il a laissé échapper un soupir soulagé.

— Tant mieux.

— Tu étais si inquiet ?

Je pouvais sentir son sourire même si je ne le regardais pas.

— J'ai une réputation à tenir.

Je me suis tournée à mon tour. Le sourire que j'avais imaginé était là.

— Ah oui ? Laquelle ?

— Tu l'as dit toi-même tout à l'heure. Je suis le mauvais garçon de la ville. Ou du moins, l'un d'entre eux. Cette histoire de prénom serait mauvaise pour mon image.

Je lui ai donné une tape sur le bras.

— Tu oublies l'autre partie de ce que je t'ai dit. Tu n'es pas si mauvais.

— Ouais... J'ai mes journées.

Il a passé sa main dans ses cheveux avant de contempler l'océan.

— J'ai parfois du mal à regarder ma mère en face en sachant que chaque jour, quand je pars au travail, elle se dit qu'elle aurait aimé que les choses soient différentes.

Le tonnerre a résonné au loin.

— C'est peut-être un signe, ai-je dit.

— Un signe de quoi ?

J'avais tellement envie de le toucher...

— Que ta mère avait raison. Que tu es destiné à accomplir de grandes choses.

— Oh, ouais, bien sûr, a-t-il raillé. Et quel genre de choses exactement ?

Le tonnerre a grondé plus fort.

— Qui sait, tu pourrais peut-être devenir météorologue ?

— Dans cette ville ? Impossible.

— C'est vrai, ai-je approuvé tandis qu'un éclair déchirait le ciel au-dessus de l'océan. Pompier, alors ?

— Je ne sais pas. C'est peut-être juste un signe que je suis destiné à être un pêcheur, point barre.

Dans d'autres circonstances, cela m'aurait fait rire. Mais le ton de Handel était si sérieux, si catégorique. Comme s'il pensait vraiment que c'était ce à quoi il était destiné et qu'il s'en sentait presque soulagé. Alors j'ai répondu :

— Tu as peut-être raison.

Et nous avons changé de sujet.

— Pourquoi tu fais ça, d'ailleurs ? ai-je demandé après un moment.

— Faire quoi ?

— Traîner avec moi.

Il a regardé un autre éclair percer le ciel avant de se tourner vers moi.

— Je voulais juste…

Il a marqué une pause.

— Je voulais… apprendre à te connaître, a-t-il repris.

— D'accord, ai-je soufflé, parce que je savais qu'il disait la vérité, et parce que sa réponse me convenait.

Je voulais apprendre à le connaître, moi aussi, plus que tout.

Avant qu'il ne se mette à pleuvoir, nous avons décidé de rentrer. Je n'arrêtais pas de me demander si Handel aller m'embrasser. Et quelle serait ma réaction s'il essayait.

— Je te raccompagne ? a-t-il proposé.

— Tu n'es pas obligé.

— Bien sûr que si.

— Ce n'est pas comme si j'étais en danger, ai-je répliqué avec un rire étranglé.

Mais le mot « danger » était resté coincé dans ma gorge, car je n'étais plus sûre que ce soit vrai – surtout avec Patrick McCallen de l'autre côté de la plage.

— Je suis venu te chercher alors je vais te ramener, a insisté Handel avant de m'adresser un sourire qui a aussitôt chassé mes craintes.

Nous avons remonté la plage jusqu'aux quais, et je me suis arrêtée sous un lampadaire pour remettre mes sandales. Quand j'ai relevé la tête, ses yeux étaient posés sur ma taille. Une fine bande de peau y était exposée et quelques grains de sable étaient venus s'y loger. Handel les a balayés du bout des doigts, son toucher aussi léger qu'un murmure.

À cet instant, de grosses gouttes se sont mises à tomber.

— On ferait mieux de se dépêcher, a-t-il dit.

La minute d'après, il pleuvait des cordes et nous avons dû courir jusqu'à la maison.

— Par ici, ai-je crié par-dessus le vacarme de l'orage en contournant le porche pour rejoindre l'arrière de la maison.

J'ai poussé la porte de la véranda et nous nous sommes engouffrés à l'intérieur. Nous étions trempés et à bout de souffle. J'ai commencé à rire entre deux inspirations et il m'a imitée. J'ai allumé une lampe. Sa lueur était faible, mais suffisante pour voir l'expression de Handel. Ses yeux étaient différents, doux et lumineux. Tout chez lui était différent, à présent, moins soucieux, moins prudent. Il avait l'air plus jeune.

Puis il a aperçu la photo sur la table.

Mon père et moi, à peine un an plus tôt. Il portait son uniforme et se tenait à côté de sa voiture de police. J'étais assise sur le toit, les jambes ramenées contre ma poitrine, le visage fendu d'un immense sourire.

Handel l'a saisie et l'inquiétude a réapparu sur son visage.

— Tu étais proche de ton père, a-t-il constaté. Il doit te manquer. J'imagine que tu souhaites plus que tout que la police arrête ceux qui l'ont tué.

Ma bouche s'est ouverte. Fermée. Sa spontanéité m'avait déstabilisée. Il ne prenait pas de gants avec ce qui s'était passé. Avec moi.

— Je, euh…, ai-je balbutié avant de m'interrompre.

Il a reposé la photo.

— Désolé. Ce ne sont pas mes affaires.

Je le dévisageais, mais il fuyait mon regard. La tension irradiait de lui, de ses épaules, de sa nuque. L'ambiance était passée de détendue à bizarre en moins d'une minute.

— Je ne sais pas, ai-je avoué. Parfois, j'espère qu'ils n'arrêteront personne.

Ses yeux se sont finalement posés sur moi. Lentement. Une lueur étrange y brillait, que je n'arrivais pas à déchiffrer.

— Vraiment ?

J'ai hoché la tête. La pluie frappant le toit de la véranda venait combler le silence.

Handel a cligné des yeux.

— Il est tard. Je devrais rentrer.

— D'accord.

Il avait raison. Il était tard. Mais je ne voulais pas qu'il parte. Je ne voulais pas que notre soirée s'achève de cette façon. Je voulais ce baiser.

Il semblait déchiré. Entre l'envie de rester et celle de partir, peut-être.

— On se voit plus tard, ai-je lancé d'un ton détaché, comme si ça n'avait pas d'importance.

Alors que si. Ça en avait.

— À plus, a-t-il simplement répondu.

Et je l'ai regardé franchir le seuil de la véranda et s'enfoncer dans la nuit, sous la pluie battante.

7

L e lendemain matin, la ville était plongée dans
le brouillard. L'odeur de l'océan s'était répandue
partout. L'orage avait chassé la chaleur étouffante
pour faire place à un air plus frais. Je suis restée allongée
dans mon lit, la couette remontée jusqu'au menton. Le
soleil s'était levé, mais le monde était toujours gris. Ses
rayons ne parvenaient pas à percer la couche nuageuse.
J'adorais les journées comme celle-ci. La plage serait
presque vide. Je pourrais me promener au bord de l'eau,
et noyer mon regard dans les profondeurs de l'océan,
comme s'il m'appartenait.

Même s'il ne s'était pas très bien terminé, mon rendez-
vous d'hier m'avait laissé quelques sujets de réflexion intéressants. Dans l'ensemble, j'avais passé une bonne soirée,
et c'était les bons moments que je voulais me rappeler.
J'ai commencé à m'habiller, frémissant déjà d'excitation
à l'idée de la baignade matinale qui m'attendait.

Puis je me suis souvenue.

Michaela. Son père. Il voulait que j'aille au commissariat aujourd'hui. Patrick et ses boots métalliques. Ma

motivation s'est envolée. Je suis retournée me coucher, tout habillée, et j'ai fermé les yeux.

J'ai été réveillée plus tard par la sonnerie du téléphone. C'était le fixe que ma mère avait gardé car les portables ne passaient pas toujours, ici, pour ne pas dire jamais. À la quatrième sonnerie, je me suis extirpée du lit et dirigée vers la cuisine. J'ai décroché le combiné après deux autres sonneries qui avaient failli me percer les tympans.

— Allô ?

— Jane, a dit la voix à l'autre bout du fil.

Celle d'un homme. Profonde et âgée. Une voix que je connaissais bien.

J'ai posé ma main sur mon front. Le mal de tête n'allait pas tarder.

— Bonjour, Professeur O'Connor.

J'ai retenu mon souffle.

— Jane, a-t-il répété d'un ton inquiet. Cela fait plusieurs semaines que j'essaie de te joindre. Tu ne m'as jamais rappelé.

Un mélange de culpabilité et de réticence m'a noué l'estomac.

— Je sais. Je suis désolée.

— Tu n'as pas à t'excuser. Tu viens de traverser une période difficile. Ta mère et toi venez de traverser une période difficile, a-t-il corrigé.

Je n'ai pas répondu. Ma mère avait laissé traîner le journal et la Une a attiré mon attention.

LA SÉRIE DE CAMBRIOLAGES TERMINÉE ?
LES HABITANTS SONT RASSURÉS

PAS DE SUSPECTS EN VUE, A INDIQUÉ
LA POLICE

Je l'ai retourné pour ne plus voir les mots, mais le professeur O'Connor attendait toujours une réponse. J'imagine qu'il en a eu assez d'attendre, parce qu'il a repris la parole.

— Cela fait un moment que nous ne t'avons pas vue, Martha et moi.

— Dites bonjour à votre femme de ma part, suis-je parvenue à articuler.

— Je n'y manquerai pas. Mais je voulais savoir comment tu allais.

— Je vais bien.

J'ai poussé un long soupir, m'obligeant à respirer.

— Tu en es sûre ?

— Certaine.

Il a marqué une pause avant de reprendre.

— Je ne sais pas si tu as vu les journaux.

Il s'est interrompu pour me laisser le temps de répondre. Comme je n'ai pas réagi, il a poursuivi.

— Ne te laisse pas abattre. La police finira par trouver ceux qui ont fait ça.

— Je sais, ai-je dit.

Mais je n'en étais pas si sûre.

— Nous pourrions peut-être nous rendre tous les deux au commissariat pour leur parler, a-t-il suggéré. Je serais plus qu'heureux de t'y accompagner. En fait, j'aimerais pouvoir...

— Je dois justement y aller aujourd'hui, l'ai-je coupé.

Sa gentillesse me faisait monter les larmes aux yeux. Il était si bienveillant et paternel avec moi, je ne pouvais pas le supporter. C'était trop dur.

— Ça ne me dérange pas d'y aller seule.

— Tu n'y es pas obligée.

— Merci d'avoir proposé de m'accompagner. Vraiment.

— Très bien, a-t-il consenti sans avoir l'air convaincu. Martha et moi aimerions beaucoup te revoir. Nous souhaiterions t'inviter à dîner un soir, même si je me doute que tu ne veux pas revenir ici, après ce qui s'est passé...

Malgré mes efforts pour la retenir, une larme a coulé sur ma joue.

— J'adorerais vous revoir, moi aussi. Mais je n'en ai pas la force. Je suis désolée.

Les deux derniers mots sont restés coincés dans ma gorge. Le professeur O'Connor a recommencé à parler mais je ne pouvais pas en entendre davantage.

— Je suis désolée, ai-je répété, mais je dois y aller. Merci encore. Merci d'avoir appelé. Vraiment.

Le téléphone a émis un faible *clic* lorsque j'ai appuyé sur le bouton pour couper la communication. Je suis restée ainsi un moment, hébétée, avant de reposer le combiné.

Comme presque tout dans notre ville, le commissariat se trouvait près des quais. Le bâtiment qui l'abritait n'était ni beau ni laid. C'était un mélange banal de verre et de béton, peint en bleu pour rappeler la couleur de l'océan – ou celle des uniformes. La façade était fendue de larges fenêtres donnant sur la mer, probablement destinées à garder un œil sur ce qui se passait au port.

Venir ici me mettait mal à l'aise. Je transpirais sous mon T-shirt à manches longues. Je me sentais exposée, vulnérable. Il n'en avait pas toujours été ainsi, pas quand je venais rendre visite à mon père, mais à présent, tout était différent. Le commissariat n'était plus un endroit familier. C'était l'endroit où les enquêteurs attendaient de moi que je leur fournisse des renseignements, une piste, sur une affaire qu'ils ne parvenaient pas à élucider. Et quand je franchissais ses portes, je n'étais plus seulement la fille de l'agent Calvetti, j'étais surtout un témoin.

Je me suis figée au moment de pousser la double porte et suis restée plantée là, hésitant entre faire demi-tour et avancer. Puis le père de Michaela est apparu, comme s'il savait que j'étais là, et c'est lui qui m'a ouvert.

— Laisse-moi t'aider, Jane.

— Bonjour, agent Connolly.

— Merci d'être venue, a-t-il poursuivi. Michaela m'a dit que tu passerais. Je t'en suis reconnaissant. Suis-moi.

Il s'est enfoncé dans l'étroit couloir qui menait vers l'accueil et l'open space où les anciens collègues de mon père étaient installés, un mug de café à portée de main, leur bureau recouvert de dossiers parce que ici la police continuait de travailler à l'ancienne. J'avais à peine avancé sur le parquet usé que le père de Michaela était déjà arrivé devant son bureau.

— Par ici, Jane, m'a-t-il interpellée. On n'en a pas pour longtemps, d'accord ?

— D'accord, ai-je répondu.

Je n'arrêtais pas de penser à mon père.

Je le voyais partout : à la machine à café parlant avec ses collègues, à son bureau tapant un rapport... Sa présence hantait les lieux comme un fantôme.

L'agent Connolly m'a fait entrer dans son box. Il a rapproché son fauteuil du mien et s'est assis, les yeux fixés sur moi, attendant que je prenne la parole. L'endroit était minuscule et encombré, bien trop petit pour un homme de sa carrure. Les dossiers empilés dans un équilibre précaire et les boîtes en carton éparpillées çà et là me donnaient envie de remettre un peu d'ordre dans ce capharnaüm.

Comme je le faisais dans le bureau de mon père.

J'ai détourné les yeux du désordre.

Les traits du policier étaient tirés, fatigués. Son fauteuil a grincé sous son poids.

— Je peux t'offrir quelque chose à boire ? Un Coca ? De l'eau ?

— Non, ça va, ai-je menti.

Michaela avait tout hérité de sa mère, à part le nez qu'elle tenait de son père. Je le retrouvais dans son visage. Moi, j'avais la bouche de mon père. M. Connolly la retrouvait-il sur mon visage, lui aussi ?

Il a bu une gorgée de café dans son mug SOUTENEZ NOTRE POLICE LOCALE. Puis il s'est appuyé sur son dossier et son fauteuil a de nouveau protesté.

— Jane, a-t-il commencé. Comme tu le sais sûrement, il n'y a pas eu de nouveau cambriolage.

J'ai acquiescé. Mes yeux ont glissé sur le mur où étaient accrochées des photos de Michaela. Des photos de classe, depuis la maternelle jusqu'au lycée. Il y en avait aussi une où elle posait en tenue de ballerine.

— Jane ?

Je me suis forcée à le regarder.

— Désolée.

— Nous avons la certitude que les précédents cambriolages sont liés à celui qui a eu lieu chez les O'Connor, même si les choses se sont passées différemment là-bas. La différence étant…

— Moi, ai-je fini pour lui.

Il a soupiré.

— Exact. Tu sais, lorsque quelqu'un a subi un traumatisme, il peut se passer beaucoup de temps avant que ses souvenirs ne reviennent. Certains détails peuvent mettre des mois à resurgir, voire des années. Je sais que ce n'est pas facile pour toi, mais je me demandais si tu te souvenais de quelque chose de nouveau. Ne serait-ce que d'un détail, même insignifiant.

J'ai fermé les yeux, et pris une grande inspiration.

Allais-je lui dire pour Patrick ? Pour ses chaussures ?

— Jane, tu es comme ma fille, tu le sais. Je déteste être obligé de te faire ça. Je déteste que ça te soit arrivé, à toi. À ta famille. À ta mère. Seigneur…

Quand j'ai rouvert les yeux, il secouait la tête. Les jointures de ses doigts étaient blanches tant il serrait sa tasse.

— Je suis désolée de ne pas pouvoir vous aider davantage, ai-je soufflé. Vraiment désolée. Il faisait sombre, et la plupart du temps j'avais les yeux bandés.

— Je sais, Jane. Je sais. Mais comme je te l'ai dit, même le plus petit détail pourrait se révéler important.

J'ai étudié son visage rond et bienveillant. Mon père et lui avaient été amis. Coéquipiers.

— Il y a bien une chose, ai-je commencé d'un ton hésitant. Ce n'est sûrement rien.

Il s'est redressé dans son fauteuil et a hoché la tête.

— Je t'écoute.

— Avant qu'ils… Avant qu'ils ne me bandent les

yeux, j'ai vu un éclat métallique sur le sol. C'était une chaussure. L'un d'eux portait des chaussures renforcées d'une plaque de métal.

L'agent Connolly a attrapé un stylo et pris des notes dans un calepin jaune.

— Bien, bien, a-t-il fait avec un sourire d'encouragement. On ne sait jamais. Ce sera peut-être la pièce manquante qui nous permettra de résoudre cette affaire.

— D'accord.

— Te souviens-tu d'autre chose, Jane ?

Mes lèvres se sont écartées. *Patrick McCallen.* Les chaussures lui appartenaient peut-être. Son nom était juste là, sur le bout de ma langue. Mais il s'était montré si gentil avec moi la nuit dernière – ou du moins il avait essayé. Ça n'avait pas de sens. Je devais m'en assurer avant de le dénoncer. Alors j'ai secoué la tête.

— Non. Rien d'autre, ai-je répondu.

— Très bien, a-t-il acquiescé, mais avec moins d'entrain cette fois. Tu t'en es bien sortie aujourd'hui. Vraiment bien sortie, Jane.

— Désolée de ne pas pouvoir vous aider davantage, ai-je répété.

— Ne t'en fais pas. Merci d'être venue nous voir. Je te raccompagne jusqu'à la sortie.

— Ne vous embêtez pas. Je connais le chemin.

Ses yeux verts étaient emplis de tristesse.

— Bien sûr. Bien sûr…

Avant de sortir, il m'a arrêtée une dernière fois.

— N'oublie pas : si quelque chose te revient, quoi que ce soit…

— Je sais. Je vous appellerai.

Ma main était déjà sur la poignée, prête à la pousser.

— J'aimerais ne pas être votre unique témoin, ai-je dit à voix basse, si basse que je n'étais pas sûre qu'il m'ait entendue. J'aimerais tellement que le seul autre témoin soit toujours en vie, ai-je ajouté encore plus bas, avant de franchir la porte et de quitter cet endroit.

19 février

C ette nuit-là, je m'étais endormie par accident. Je n'avais fait qu'une sieste, mais quand j'avais rouvert les yeux, la petite aiguille de l'horloge ancienne atteignait déjà le dix.

— Merde, ai-je juré pour moi-même, ma voix résonnant dans la quiétude de la maison.

Dehors, la neige tombait abondamment, à présent. Ses flocons tournoyaient sous les lampadaires. Seules deux voitures étaient garées dans la rue, entièrement recouvertes de blanc. Il n'y avait pas un bruit, comme si la neige avait réduit le monde au silence.

Mon téléphone a bipé, annonçant un nouveau message. Avais-je dormi au point de ne pas l'avoir entendu sonner ? J'ai composé le numéro du répondeur et écouté.

« Coucou, ma puce, disait la voix de ma mère. J'ai essayé de t'appeler plusieurs fois mais tu as dû couper ta sonnerie. Je ne sais pas si tu as vu, mais c'est la tempête dehors. Ça m'inquiète que tu ne sois pas encore rentrée. Alors s'il te plaît, rappelle-moi, d'accord ? Je t'aime ! »

J'ai rappelé la maison et ma mère a aussitôt décroché.

— Chérie ! Je suis contente de t'entendre.

— Je vais bien, Maman, ai-je assuré pour lui faire comprendre d'arrêter de s'affoler pour rien. Ne t'inquiète pas pour moi, j'ai l'habitude de rentrer tard quand je suis ici, tu sais. J'adore cette maison.

— Oui, mais pas par ce temps. Comment vas-tu faire pour rentrer, hein ?

— Je marcherai, comme d'habitude.

— Oh non, pas question ! Pas avec cette neige.

— Ma…

— Je vais appeler ton père. Il va venir te chercher.

— N'embête pas Papa avec ça ! Il travaille.

— Exactement. Ce qui veut dire qu'il est déjà dehors et que ça ne le dérangera pas de venir te chercher dans une voiture de police adaptée à ce blizzard. Ma Jeep est trop vieille pour rouler par ce temps.

J'ai contemplé le paysage par la fenêtre. Il neigeait vraiment beaucoup. Si je rentrais à pied, je m'enfoncerais dans la neige jusqu'aux genoux et finirais congelée.

— D'accord. Appelle Papa.

— Bien. Promets-moi de ne pas sortir jusqu'à ce que ton père arrive. Je ne sais pas à quelle heure il pourra venir te chercher, alors reste dans la maison.

— Oui, ai-je consenti.

— Je t'aime, Jane.

— Je t'aime aussi.

Nous avons raccroché.

Vingt-deux heures quinze sont passées, puis vingt, puis trente. À vingt-deux heures quarante-cinq, je me suis replongée dans ma lecture, jetant un œil de temps à autre par la fenêtre pour voir si mon père arrivait. Les aiguilles ont dépassé vingt-trois heures. Les minutes se sont écoulées, mais la grande aiguille n'avait pas encore atteint le premier quart d'heure lorsque quelque chose d'étrange s'est passé.

Les lumières devant la maison se sont éteintes.

Ce devait être la tempête, ai-je pensé en étudiant les alentours plongés dans la pénombre. Une coupure d'électricité. Causée par un arbre qui se serait effondré sur des câbles sous le poids de la neige. Puis j'ai vu la lueur de ma lampe de lecture éclairant mon livre, ma tasse de thé, mes mains, la petite table à côté de laquelle j'étais installée. Pourquoi les lumières du jardin s'étaient-elles coupées et pas celles de la maison ?

Étaient-elles alimentées par un autre réseau ?

J'ai pensé à appeler ma mère, puis mon père, mais je ne voulais pas les inquiéter pour rien. Les aiguilles de l'horloge avaient largement dépassé vingt-trois heures. Mon père n'allait plus tarder.

J'ai à peine eu le temps de tourner une nouvelle page quand autre chose s'est produit, quelque chose qui m'a vraiment fait peur, cette fois.

La lumière de la bibliothèque s'est coupée.

J'étais plongée dans le noir.

J'ai cherché mon téléphone à tâtons et, à toute vitesse, j'ai envoyé un message à mon père.

« Papa, où es-tu ? »

8

Handel a disparu de ma vie aussi vite qu'il y était apparu. Une semaine s'était écoulée sans aucune nouvelle de lui, et, pendant les vacances, cela équivalait à un mois. Les préparatifs pour la célébration du 4 Juillet allaient bon train en ville. J'espérais le croiser par hasard et qu'il m'invite à sortir, comme la dernière fois, mais cela ne s'est pas produit.

Nous n'avions pas échangé nos numéros de téléphone ; nous n'y avions même pas pensé. Handel faisait encore partie de ces gens que je croisais par hasard, et sans le hasard pour le mettre à nouveau sur mon chemin, je commençais à me demander si je n'avais pas imaginé notre rendez-vous. J'étais allée deux fois sur les quais dans l'espoir de l'apercevoir, et une fois chez Mme Levinson pour acheter un poulet rôti, comme s'il s'agissait d'une combinaison imparable qui aurait, comme par magie, fait apparaître Handel dans la supérette. Mais en vain.

Mes amies étaient partagées sur la question.

Michaela m'a lancé un regard sévère avant de se tourner sur le ventre.

— Arrête de penser à lui, Jane. Il n'est pas fait pour toi, c'est tout.

— Je ne pensais pas à lui, ai-je protesté, un peu trop fort pour être crédible.

Bridget, elle, continuait de croire que quelque chose était possible entre Handel et moi. Elle était trop romantique pour renoncer aussi facilement.

— Tu as le droit de penser à lui, a-t-elle dit d'un ton compatissant. Si j'étais toi, j'irais directement le trouver. Il est sûrement sur les docks en train de travailler.

Tammy a reniflé, puis l'a regardée.

— Et puis quoi encore ? Ce n'est pas à elle de faire le premier pas.

Bridget l'a ignorée.

— Il est peut-être juste occupé.

Ce qui lui a valu un deuxième reniflement.

— Occupé à traîner avec ses potes délinquants, a répliqué Michaela, le nez dans sa serviette.

— Ça va, Michaela, j'ai compris.

J'ai remonté mes genoux sur ma poitrine pour y appuyer mon menton.

— Le sursis que tu avais accordé à Handel est terminé et tu le détestes à nouveau.

— Exactement, a répondu Michaela en relevant légèrement le menton.

Tammy a pris un air sérieux.

— Mais toi, Jane, comment tu te sens ? Tu es déçue ?

— Un peu, à vrai dire. Enfin, beaucoup. Il s'est passé quelque chose de spécial le soir où on s'est vus.

— Tu étais si excitée de le voir, m'a rappelé Bridget. J'aurais tellement aimé que le mauvais garçon se transforme en prince charmant.

90

Tammy était sur le point de renifler à nouveau – je le voyais à sa tête – mais elle s'est retenue. Bridget était comme elle était, douce et romantique, et elle voulait bien faire. Elle souhaitait toujours que les choses se terminent bien pour tout le monde, et Tammy savait quand arrêter de la charrier.

— Ce n'est pas parce que c'est un garçon qu'il n'a pas le droit d'être nerveux, a dit Tammy à la surprise générale. Tu l'intimides peut-être, Jane.

Je l'ai dévisagée avec étonnement.

— Quoi ? Moi ? Intimider Handel Davies ? J'en doute.

— Elle a peut-être raison, a renchéri Bridget. Regarde-toi, tu es, genre, parfaite. Sexy, intelligente, ambitieuse – j'ai levé les yeux au ciel mais Bridget a poursuivi – et lui, c'est Handel Davies, le pauvre petit pêcheur qui ne bougera jamais de cette ville.

— Sauf pour aller en prison, a raillé Michaela.

Bridget et Tammy lui ont lancé un regard noir.

J'allais répondre quand une balle de tennis toute rabougrie a atterri près de Tammy qui a poussé un cri de dégoût. Un gros golden retriever a foncé sur elle pour la récupérer, suivi par son maître et deux autres garçons. Deux d'entre eux étaient afro-américains : le premier, le propriétaire du chien, avait la peau café au lait, et l'autre, plus foncée. Le troisième, lui, avait la même carnation que Bridget. De toute évidence, ils n'étaient pas d'ici. Et ils étaient riches. Cela se voyait comme le nez au milieu de la figure. Chacun d'eux portait une crosse. Personne ne jouait à la crosse ici.

— Oh, seigneur, s'est exclamée Tammy tandis qu'ils approchaient.

91

Le chien haletait à côté d'elle, et elle lui caressait la tête d'un air absent.

Le problème avec les garçons qui viennent d'ailleurs, c'est qu'ils se croient toujours mieux que nous – mieux que ceux qui ont grandi ici. Ils vont dans des écoles chics, pratiquent des sports chics, conduisent des voitures chics, et ils pensent que ça leur donne le droit de nous traiter comme des moins que rien. Il ne leur vient jamais à l'idée que nous pouvons être aussi intelligents qu'eux. Voire plus.

Et quand ils viennent sur notre plage, pour se mêler à des filles comme nous, c'est souvent synonyme de problèmes et de cœurs brisés. Nous venons peut-être de milieux différents, mais nous méritons un minimum de respect.

Michaela a levé les yeux au ciel.

— Ces mecs croient vraiment qu'on ne capte rien à leur technique débile du *Oups, désolé, tu peux me rendre ma balle de tennis s'il te plaît ?* C'est aussi pathétique que *T'as du feu ?* ou *Tu peux me donner l'heure ?* Ils n'ont rien de plus subtil, sérieux ?

— Chuuut, l'a rabroué Bridget. Ils sont mignons !

— N'oublie pas, ai-je chuchoté à Michaela, qu'il fut un temps, pas si lointain, où on se serait coupé un bras pour qu'un garçon utilise ce genre de truc sur nous, même si c'est pathétique.

Tammy a affiché un air ennuyé avant de remonter ses lunettes de soleil sur son nez.

— Ouais, mais ça c'était avant. Maintenant je me passerais bien de ce genre d'attention, a-t-elle soufflé.

— Pas moi, a chantonné Bridget.

— Désolé de vous déranger, a dit le plus grand des trois, celui à la peau café au lait.

Il avait la carrure d'un athlète qui passe son temps dans les salles de gym branchées. Et aussi de grands yeux noirs et un sourire étincelant. Sa crosse reposait contre sa hanche.

— Je jouais avec Éric, et mon dernier lancé est parti en vrille.

— En vrille ?

Tammy ne semblait pas convaincue. Je pouvais pratiquement la voir lever les yeux au ciel derrière ses lunettes.

— Avec cette crosse ? a renchéri Michaela.

— Ton chien s'appelle Éric ? ai-je demandé, m'étonnant moi-même d'avoir posé une question qui pouvait être prise pour une invitation à poursuivre cette conversation.

— Jane, enfin ! C'est le prénom de son ami.

Bridget s'était placée stratégiquement sur sa serviette, une de ses jambes magnifiques étendue devant elle, l'autre repliée sous son genou.

Le maître du chien a affiché un sourire éblouissant.

— Éric, viens ici. Arrête de draguer, a-t-il dit en tapotant sa cuisse.

Le chien, obéissant, est venu près de son maître en remuant la queue.

— Je m'appelle Miles. Lui, c'est Logan – il a désigné le garçon à sa gauche, qui ressemblait à un Irlandais – et lui, c'est Hugh, a-t-il fini en se tournant vers le troisième garçon, celui qui avait la peau plus sombre.

Tous les trois nous souriaient.

Tammy n'a pas pu s'empêcher de rire.

— Oh seigneur, vous êtes sérieux ?

— Quoi ? s'est étonné Miles, comme s'il n'avait pas

compris qu'elle faisait allusion à leurs prénoms – le genre que seuls les riches peuvent donner à leurs enfants.

— Ignorez-la, est intervenue Bridget pour sauver la situation. Qu'est-ce qui vous amène sur cette plage ?

Le chien a laissé tomber sa balle aux pieds de Miles.

— On voulait voir le reste de la ville, a dit celui-ci.

— Il paraît que c'est ici qu'on croise les plus belles filles, a lancé Logan d'un ton dégoulinant de mièvrerie.

Tammy a quitté sa serviette, pleine de grâce et d'assurance.

— Je n'ai pas de patience pour les gosses de riches qui se croient irrésistibles.

— Aïe, a fait Miles sans se départir de son sourire.

Bridget a ouvert la bouche pour protester mais l'a refermée quand elle a vu que Michaela et moi nous levions à notre tour.

J'ai frotté les grains de sable collés sur ma jambe.

— J'ai faim, tout à coup.

— Je mangerais bien une glace, a renchéri Michaela, une main posée sur sa hanche.

— On vous invite, a proposé Miles d'un ton qui n'envisageait aucun refus.

— Non, merci, a répliqué Tammy. J'ai assez d'argent pour me payer une glace toute seule. Et vous les filles ?

J'ai souri. Le comportement dédaigneux de Tammy pouvait être énervant, mais pas cette fois.

— Je vais devoir vous emprunter un centime ou deux, mais ça devrait aller.

Michaela a remonté ses lunettes sur son crâne, découvrant ses yeux marron.

— Je me ferai une joie de te les prêter.

— Merci.

Bridget n'a pas eu d'autre choix que de nous rejoindre.

— Peut-être un autre jour, a-t-elle conclu à regret.

Nous nous sommes dirigées toutes les quatre vers le snack de la plage, nos longs cheveux se balançant à chacun de nos pas, pleinement conscientes des regards braqués sur nos corps à peine couverts par nos bikinis. Nous n'étions peut-être pas aussi riches qu'eux, et nous venions peut-être d'une petite ville, mais nous avions des atouts, et nous n'hésitions pas à les utiliser à notre avantage.

C'était dans ces moments-là que je retrouvais la Jane que j'avais été avant que tout ne bascule. La Jane qui soutenait ses amies et ne laisserait jamais une bande de garçons les séparer, qui disait tout à ses copines et leur faisait confiance. Cela me faisait du bien de revoir cette fille. De savoir qu'elle n'avait pas complètement disparu.

Quand je suis rentrée de la plage, Missy Taylor sortait de chez moi, une longue housse blanche dans ses bras. Elle n'avait que quatre ans de plus que moi. Elle était blonde et toujours de bonne humeur. L'archétype de la pom-pom girl du lycée.

— Je ne savais pas que tu allais te marier, ai-je dit en l'aidant à refermer la porte derrière elle. Félicitations.

— Merci, a-t-elle répondu. Le mariage a lieu la semaine prochaine. Ta mère ne t'en a pas parlé ?

— Non.

— Eh bien, ça fait plaisir de savoir que tout le monde ici ne répète pas ce qu'il entend.

J'ai ri.

— Ma mère traite ses clientes de la même façon qu'un avocat ou un médecin. En toute confidentialité. Ce qui se dit dans son atelier n'en sortira pas. À part si elle entend quelque chose sur moi, bien sûr.

Missy a souri.

— C'est bon à savoir. Mais c'est justifié.

— Ça dépend des fois. Qui est le marié ?

— Oh, il n'est pas d'ici, s'est-elle presque excusée. Il est vraiment gentil. Différent des garçons qui ont grandi dans le coin, tu vois ?

— Je suis sûre qu'il est super. J'aime bien les garçons d'ici, cela dit, ai-je ajouté.

Puis j'ai repensé à Handel, qui ne m'avait pas recontactée. Je devrais peut-être prendre exemple sur Missy.

Elle a penché la tête et m'a examinée de ses grands yeux bleus.

— Il y a tout un monde à l'extérieur de cette ville, Jane, a-t-elle dit comme si je l'ignorais. Tu devrais aller l'explorer. Toi plus que quiconque.

— Hmm. Bon, bonne chance pour la semaine prochaine.

Elle a regardé la housse reposant entre ses bras comme si elle venait de s'en souvenir.

— Oui. Je devrais y aller. Il reste encore tellement de choses à préparer ! Dis à ta mère que c'est un génie. Salut !

Je lui ai fait signe de la main et suis rentrée dans la maison.

— Il y a quelqu'un ?

— Je suis là, a crié ma mère.

J'ai laissé tomber mon sac dans le salon et me suis débarrassée du reste en me dirigeant vers l'atelier. Sandales. Serre-tête. Lunettes. Comme toujours, ma mère était installée au milieu d'un océan de tissu. Cette fois, il était violet.

— Laisse-moi deviner, ai-je commencé. Tu fais des retouches pour le mariage de Missy ?

Elle a enfoncé une épingle dans l'ourlet d'une des robes.

— Tu as manqué ça. Il y a moins d'une heure, huit filles se trouvaient dans cette maison, toutes vêtues de violet. Sans compter Missy.

— Tu as fait rentrer neuf personnes ici ?

Elle a ri.

— Pas dans cette pièce. Il y en avait aussi dans le salon, sous le porche, sur mon lit. Ça a beaucoup ri et ça s'est beaucoup plaint de devoir porter du violet, ou de la soie, ou les deux. Pas devant Missy, bien sûr.

— Contente d'avoir raté ça.

— Tu te serais ennuyée.

J'ai libéré une chaise et m'y suis assise.

— J'ai croisé Missy en rentrant. Elle a l'air sympa, et elle a sûrement voulu bien faire mais, en gros, elle m'a conseillé de quitter cette ville parce que la vie serait mieux ailleurs. Ou, du moins, les garçons. Elle a dit que tu étais un génie, aussi. Ça, c'était cool.

— C'est une gentille fille. Horriblement jeune pour se marier, mais gentille.

Ma mère m'a glissé un regard prudent. Accusateur même.

Je lui ai rendu son regard.

— Qui a dit que j'allais me marier ?

— En fait, personne. Personne ne m'a dit t'avoir vue avec Handel Davies, dernièrement.

— Et alors ?

Ma mère m'a regardée avec insistance.

— Jane…

J'ai baissé les yeux sur le tissu violet éparpillé au sol.

— Quoi ?

— J'en déduis que tu ne l'as pas revu depuis votre soirée ?

— Je pensais que ça ne t'intéressait pas, ai-je répondu. Tu ne m'en as jamais parlé.

— Bien sûr, que ça m'intéresse ! Je ne veux pas m'immiscer dans ta vie privée, c'est tout.

Je me suis redressée sur ma chaise, jambes croisées.

— D'accord. Handel et moi avons passé un bon moment. Plus que bon.

Ma mère essayait de ne pas sourire.

— Bon ? Ce n'est pas vraiment le mot que j'attendais concernant un Davies.

— Tu parles comme Michaela.

— Michaela ne l'aime pas ?

— Elle veille sur moi, c'est tout. Comme tout le monde, ces derniers temps, ai-je ajouté en étudiant mes mains posées sur mes jambes. J'aime bien être avec Handel. On est sur la même longueur d'onde. Ou du moins, c'est ce que je pensais. Mais je n'ai pas eu de nouvelles depuis.

Ma mère a rapproché sa chaise de la mienne, entraînant une longue bande de tissu avec elle. Elle a posé sa main sur mon bras.

— Oh, ma puce ! Je suis désolée.

— Ça va. Il n'était probablement pas fait pour moi, de toute façon. Et puis je n'ai pas envie de me prendre la tête pendant mes vacances.

J'ai relevé les yeux, et ma mère était là, si près. Mon regard se reflétait dans le sien. Un nœud s'est formé dans ma gorge.

— Je veux quelque chose de simple. Tu comprends ?

— Oui, a-t-elle chuchoté. Je comprends.

Elle a balayé les cheveux qui tombaient sur mon front.

— Il y a autre chose dont je voudrais te parler, a-t-elle repris.

— Quoi ?

— Je pense qu'il est temps...

Elle s'est interrompue pour prendre une grande inspiration.

— Je pense que ça nous ferait du bien d'aller rendre visite à ton père, a-t-elle repris. Tu n'y es pas allée depuis l'enterrement.

Immédiatement, j'ai secoué la tête. Non non non non non.

— Ça te ferait du bien. Ça nous ferait du bien à toutes les deux.

— Je ne peux pas, je ne peux pas, je ne peux pas, ai-je répété. Je ne suis pas prête.

— D'accord. Très bien. Mais tôt ou tard, il faudra y aller, Jane. Tu ne pourras pas l'éviter éternellement.

J'ai hoché la tête. J'avais besoin de prendre l'air. De sortir de cette pièce encombrée. Mais ma mère n'en avait pas encore fini avec moi. Elle a ouvert le tiroir de son bureau pour en sortir une petite boîte.

— Je voulais te donner ça. Tiens.

Elle l'a posée sur mes genoux.

J'ai soulevé le couvercle.

À l'intérieur, reposait une fine chaîne en or à laquelle était attaché un petit cœur en nacre. Du même camaïeu de bleus que celui que j'avais perdu. Les larmes me sont montées aux yeux.

— Il est magnifique. Merci, Maman.

— Laisse-moi t'aider à le mettre, a-t-elle chuchoté d'une voix brisée.

Je me suis levée d'un bond, trébuchant presque sur les morceaux de tissu.

— Pas maintenant, ai-je dit.

Ma mère a cligné des yeux. Puis elle a acquiescé.

— D'accord.

— Je vais sortir un moment.

Et avant qu'elle puisse ajouter quoi que ce soit, j'ai enfilé mes sandales et quitté la maison sous le soleil couchant.

J'ai commencé à marcher. Marcher, marcher, marcher.

Sans but précis au début, j'ai réalisé qu'à force de marcher droit devant moi, j'avais fini par atteindre la ville voisine. J'ai fait demi-tour et me suis dirigée vers le seul endroit où je voulais me trouver lorsque j'avais besoin de me vider la tête. La plage. Le bruit des vagues et l'odeur de l'océan parvenaient toujours à m'apaiser. Je venais ici depuis toujours, d'abord avec mon père et ma mère, puis seule ou avec des amis. C'était là que j'allais pour réfléchir, même en plein hiver. Le bruit de l'océan m'avait accompagnée dans les moments les plus importants de ma vie.

J'ai longé les bars à la mode qui se trouvaient à la sortie de la ville, où les riches vacanciers faisaient construire leurs villas avec vue sur la mer, un immense jardin et une allée suffisamment grande pour y garer leurs énormes 4 × 4. Où ils pouvaient donner des fêtes somptueuses et ne risquaient pas de croiser la population locale. C'était typiquement le genre de personnes qui ne mettaient jamais les pieds sur la plage publique et préféraient passer leurs vacances sur des plages privées, suffisamment éloignées des quais pour que les bateaux de pêche entrant et sortant du port ne viennent pas troubler leur vue sur la mer.

Ils avaient leur petit monde à eux, ici.

Je suis passée devant le Club Océan, avec ses magnifiques terrasses en bois surplombant la mer et sa salle de réception flamboyante, et devant le Pump House et ses immenses baies vitrées, son décor minimaliste et son parking rempli de BMW. Ils semblaient tout droit sortis d'un monde où des bars comme le Charlie O' ou le O'Malley's Pub n'avaient pas leur place. Leurs propriétaires refusaient même d'embaucher des locaux pendant la saison. Ils employaient des gosses de riches dont les parents pensaient que « travailler leur ferait du bien », pour changer.

Je me suis arrêtée devant le Christie's, un bar réputé pour ses martinis, pour regarder une femme élégante sortir d'un coupé Mercedes et tendre ses clés à un voiturier. Une pochette en cuir blanc était coincée sous son bras et elle portait une robe blanche moulante et des talons assortis d'au moins douze centimètres.

Le luxe et le glamour personnifiés.

— Hé, ça va ?

La Mercedes s'est arrêtée devant moi. Le voiturier était le garçon que nous avions rencontré à la plage, celui qui jouait à la crosse et avait un chien nommé Éric. J'étais étonnée qu'il ait un travail. Il m'a gratifiée d'un sourire parfait, son polo blanc contrastant sur sa peau hâlée.

Bon, d'accord, il était mignon.

J'ai fouillé ma mémoire à la recherche de son prénom.

— Miles, c'est ça ?

— Je savais que tu te souviendrais de moi.

J'ai essayé d'avoir l'air blasé mais je n'ai pas pu m'empêcher de sourire. Il était si différent des garçons que je connaissais. Si poli, bien élevé et souriant. Son comportement était presque excusable. Presque.

— Tu es toujours aussi sûr de toi ?

— Toujours.

— Je vois.

Comme je me remettais en chemin, il a fait ronfler doucement le moteur.

— Je peux te déposer quelque part ?

— Dans la voiture d'une inconnue ? Non merci.

Il m'a regardée bizarrement.

— Ne t'inquiète pas. Ça ne la dérange pas.

— Vraiment, non merci. Je préfère marcher.

— Dommage.

Je n'ai pas ralenti et il a continué à avancer. On entendait à peine la voiture.

— Et si je venais te chercher un de ces soirs, dans une voiture qui m'appartient ?

— C'est un 4 × 4 ?

— Pourquoi ? Ça va influencer ta réponse ?

— Peut-être.

— Peut-être quoi ? Que tu accepteras si c'est un 4 × 4 ? Ou que tu n'accepteras pas ? Ou peut-être que c'est juste une façon détournée de ne pas répondre à ma question ?

J'ai ri à nouveau et haussé les épaules.

— Tu pourrais venir à un de mes matchs de crosse. Je suis vraiment bon, a-t-il ajouté avec un soupçon d'ironie à peine masqué.

— T'es sérieux ?

— D'où je viens, les filles adorent les matchs de crosse.

Je lui ai glissé un regard. Il avait l'air tellement à l'aise dans cette voiture de luxe. Comme s'il était né pour conduire une Mercedes et qu'il ne s'intégrerait jamais ici.

— Ouais, eh bien, tu n'es plus chez toi, au cas où tu
ne l'aurais pas remarqué.

— Oh, allez ! Fais-moi plaisir, a-t-il supplié.

Je l'ai regardé une dernière fois. Il était presque charmant, quand il était contrarié.

— J'ai dit peut-être, c'est mieux que rien, ai-je répondu.

Puis j'ai tourné à gauche et coupé à travers un jardin
pour l'empêcher de me suivre.

Je l'ai entendu arrêter la voiture pour voir si j'allais me
retourner. J'ai hésité, mais je ne l'ai pas fait. Sur le chemin
jusqu'à la plage, j'ai repensé au bien que cela m'avait fait,
qu'un garçon s'intéresse à moi, même si cela n'était pas
réciproque. L'espace d'un instant, je m'étais sentie légère
et vivante, débarrassée de mes mauvais souvenirs. Et je
me suis demandé comment, jusqu'à présent, j'avais fait
pour m'en passer.

9

Il n'y avait personne sur la plage ce soir-là, à part un groupe de garçons qui se baignaient et un couple qui profitait de la vue, enlacé sur une chaise de sauveteur. Et moi. Il y avait moi.

Seule.

J'ai marché jusqu'au bord de l'eau. La brise était légère. J'ai enlevé mon T-shirt, prise d'une envie soudaine d'aller nager. Je n'avais pas de serviette, mais je m'en fichais. L'air était chaud et humide. Les vagues venaient chatouiller mes orteils, déposant sur le sable quelques algues et coquillages. Elles m'invitaient à les rejoindre. J'ai retiré mon short, laissé tomber mes vêtements sur le sable et posé mes sandales dessus pour les empêcher de s'envoler.

J'ai foncé droit dans l'eau et, quand elle a atteint ma taille, j'ai plongé.

La plage, la mer, tout autour de moi était magique. L'océan avait le pouvoir de me soigner. De me protéger du danger. Je me suis laissée flotter sur le dos, les yeux perdus dans le ciel. Je m'abandonnais à la mer, la laissant me porter là où elle voulait. J'ignorais combien de temps j'étais restée ainsi, mais lorsque je suis enfin sortie de l'eau, il était tard. Le ciel était devenu noir. J'ai enfilé mon short et glissé mon T-shirt dans ma poche. Je ne voulais pas qu'il soit mouillé. J'avais du sable collé jusqu'au mollet mais je ne me suis pas donné la peine de l'enlever. J'aimais l'idée qu'il se détache tout seul, grain après grain, à mesure que mes jambes sécheraient. Mes cheveux ruisselaient le long de mes bras, dans mon dos et sur mon torse, me procurant un peu de fraîcheur par cette nuit étouffante. J'ai traversé le parking et remonté la rue en direction des quais, toujours pieds nus. Marcher pieds nus en plein été n'était pas un problème ici, tout le monde le faisait.

J'ai passé une main dans mes cheveux pour tenter de les démêler. L'air était si chaud qu'ils avaient déjà commencé à sécher. Les quais n'étaient plus qu'à quelques mètres.

Et au beau milieu, Handel Davies.

Il se tenait devant la supérette de Mme Levinson, éclairé par un lampadaire, une cigarette au bout des lèvres. Il fixait l'océan d'un air sérieux, comme s'il était préoccupé. Trois autres garçons l'accompagnaient. L'un d'eux, petit et trapu – il devait s'appeler Mac –, fumait aussi une cigarette. Les deux autres, que je connaissais de vue, étaient appuyés contre le mur de la supérette. Le plus grand ne me semblait pas très avenant. Tout chez lui était agressif, jusqu'à sa coupe de cheveux. L'autre était petit, carré et inexpressif, comme s'il auditionnait pour un rôle de garde du corps. Je me suis demandé s'ils étaient dans les dunes le soir où nous y étions allés, mais il faisait trop sombre pour que j'aie pu distinguer leurs visages.

Instinctivement, mes yeux se sont baissés sur leurs chaussures mais je n'ai rien trouvé de particulier.

J'hésitais entre continuer tout droit ou les contourner. Handel ne m'avait pas encore vue. Ni aucun de ses amis qui fixaient l'océan sans rien dire.

Mais je ne pouvais pas éviter Handel éternellement.

Alors j'ai continué tout droit malgré les mises en garde de Michaela qui se bousculaient sous mon crâne.

Handel n'a pas souri quand il m'a vue. Il a simplement dit « Jane ».

Avant que je puisse répondre, j'ai entendu mon prénom une seconde fois, de l'autre côté de la rue.

C'était Seamus. Seamus et Tammy. Ensemble.

Si je n'avais pas été aussi troublée, j'aurais été contente de les voir tous les deux. Je me serais dit que c'était génial que Seamus sorte avec l'une de mes meilleures amies. Mais je ne pouvais pas. Pas maintenant.

— Hé, a lancé Tammy quand ils nous ont rejoints.

Elle tenait un cône dans sa main et une cuillère en plastique dans l'autre. Sorbet à la pomme, son préféré. Tammy prenait toujours la même chose chez le glacier. Elle a dévisagé Handel, puis moi.

— Je suis sortie acheter une glace et j'ai croisé Seamus, a-t-elle dit, justifiant sa présence à son côté.

Seamus semblait nerveux, comme s'il avait conscience que cette rencontre fortuite représentait une occasion en or de tenter sa chance avec Tammy.

— Je sortais du Slovenska, a-t-il précisé.

Il a regardé mes pieds.

— Tu es allée à la plage ?

— Oui. J'avais besoin de faire un tour.

La glace de Tammy était en train de fondre.

— Il est tard, Jane. Tu ne devrais pas sortir seule.

Handel attendait à côté de moi.

— Ça va, l'ai-je rassurée. Ne t'inquiète pas. Hum…
Tammy, Seamus, je vous présente Handel. Handel, voici
mes amis, Tammy et Seamus.

— Content de te rencontrer, a dit Seamus en offrant
une main amicale à Handel.

— Moi aussi, a répondu Handel en la lui serrant.

J'attendais que Tammy dise quelque chose, n'importe
quoi, mais elle fixait sa glace. Je lui ai donné un coup
de coude et elle m'a lancé un regard exaspéré, l'air de
dire *d'accord !*

— Salut, Handel, a-t-elle lâché sans lui tendre la main.

Il ne s'en est pas offusqué.

— Salut.

J'ai supplié mes amis du regard et Seamus a semblé
comprendre le message.

— On devrait y aller, a-t-il dit à Tammy.

— Oh, OK. Salut, Jane. On se voit demain à la plage.
Salut… Handel.

Seamus l'a entraînée derrière lui mais Tammy traînait
des pieds. J'ai attendu qu'ils disparaissent au coin de la
rue pour commencer à parler.

— J'ai passé un bon moment la dernière fois, après
avoir quitté la fête. Pas toi ?

Les épaules de Handel se sont tendues, ou peut-être
l'étaient-elles déjà. Il m'a fait signe de le suivre à l'écart.

— Moi aussi, a-t-il dit à voix basse.

J'ai senti une vague d'audace m'envahir – cela arrivait
souvent lorsque j'étais avec lui.

— Alors c'est quoi, ton problème ?

— Je ne suis pas sûr d'être assez bien pour toi.

— Pourquoi ça ?

Il n'osait pas me regarder. Pas au début. Puis il m'a

fixée, comme s'il essayait de me faire comprendre quelque chose par le regard.

— Ma vie est compliquée.

— Ça ne veut pas dire que notre relation doit l'être, ai-je répliqué en rejetant mes cheveux en arrière.

Je voulais que Handel me trouve séduisante et qu'il ne puisse pas résister à l'envie de me revoir, même s'il n'était pas bon pour moi. J'étais soudain ravie de ne porter que mon short et mon Bikini. Je voulais qu'il oublie que j'étais une gentille fille inexpérimentée avec les garçons. Je voulais qu'il me désire, qu'il pense à me faire ces choses que les garçons font aux filles qui ne sont pas aussi sages que moi. Je voulais devenir cette fille pour lui. Je la sentais s'insinuer dans mon corps, prendre possession de moi.

— On ne se connaît pas assez pour qu'elle soit compliquée, alors ne la complique pas, ai-je poursuivi. Maintenant, c'est simple. Soit tu veux passer du temps avec moi, soit tu ne veux pas. Si tu veux, super. Si tu ne veux pas, alors la nuit dernière deviendra un bon souvenir. Celui de la fois où je suis sortie avec Handel Davies, qui s'était soudainement intéressé à moi avant de me zapper du jour au lendemain.

Je me suis arrêtée en me demandant qui cette Jane confiante et sexy pouvait bien être. J'ai rejeté mes cheveux à nouveau, contente de voir ses yeux glisser une seconde fois sur ma nuque, mon épaule, ma poitrine, s'arrêter sur mon ventre, puis revenir à mon visage.

Il a eu un léger sourire.

— Je ne sais pas.

Mais il était pris dans mes filets. Sa façon de me regarder le confirmait.

J'ai tortillé la ficelle de mon Bikini entre mes doigts, puis l'ai laissée retomber sur ma peau.

— Si, ai-je assuré. Tu sais.

Quelqu'un a toussé derrière nous et je me suis retournée. Ses amis s'étaient approchés pour mieux nous voir. Ils nous surveillaient. Le maigre à l'air menaçant, surtout. Et sa façon de me regarder a fait fuir l'autre Jane, l'audacieuse.

— Ils nous veulent quoi, tes amis ?

Handel a enfoncé ses mains dans ses poches en haussant les épaules. Son sourire avait disparu.

— Rien. Ignore-les.

— Tu es sûr ?

— Si tu veux vraiment passer du temps avec moi, tu vas devoir les supporter. Et ils sont...

J'ai fini pour lui :

— Un peu lourds ?

Le coin de sa bouche s'est soulevé.

— Ouais. Enfin tu sais, ce sont des gars d'ici. Ils ne connaissent rien d'autre. Comme moi.

— Comme toi, mais pas tout à fait, ai-je précisé.

Handel est resté silencieux. Il a sorti une cigarette, l'a allumée et en a tiré une bouffée.

Je sentais toujours le regard de ses amis dans mon dos. Attentif. Non : scrutateur. Méfiant.

— Je ne sais pas, a-t-il lâché après un moment. Quand tu grandis ici et que tu viens d'une famille comme la mienne, il y a une part de cet endroit qui reste gravée en toi. Qui te pousse à faire des trucs que tu n'aurais jamais pensé faire.

— Comment ça ? Quels trucs ?

— C'est une conversation pour une autre fois.

Il a jeté un œil à ses amis avant de reporter son attention sur moi. Puis il a fait un pas en avant. Son visage n'était plus qu'à un centimètre du mien.

— Je veux te revoir. Vraiment.

— Alors revois-moi, ai-je murmuré.

Son regard s'est intensifié.

— Demain soir ? ai-je demandé.

— Si on se retrouvait au phare ?

— Au phare ?

Je n'y étais plus allée depuis mes huit ans, peut-être neuf. À l'époque, je préférais faire du vélo avec les filles plutôt que de m'intéresser aux garçons.

— J'y vais quand j'ai besoin de m'évader, a repris Handel.

Il n'a pas précisé de quoi il avait besoin de s'évader.

— Huit heures, ça te va ?

— D'accord, ai-je acquiescé, le cœur battant.

J'imaginais ses lèvres sur mon cou. Ses yeux n'avaient pas arrêté de s'y poser pendant notre échange.

— À plus, alors.

— À plus, Jane, a-t-il chuchoté avant de rejoindre ses amis qui ne nous avaient pas quittés du regard.

Qui ne m'avaient pas quittée du regard.

Dans ma chambre, ce soir-là, la boîte avec le cœur m'attendait.

Elle était posée, blanche et seule, sur ma table de chevet.

Je n'y ai pas touché. Je n'étais pas prête. Pas encore.

10

Bonjour, ma puce, a lancé ma mère, installée au bar de la cuisine avec un grand verre de café frappé.

Ses yeux étaient encore gonflés de sommeil, comme les miens.

— Tu as l'air fatiguée, ai-je dit en ouvrant le réfrigérateur pour en sortir le pichet de café que nous conservions au froid.

Je me suis servi un verre et j'y ai ajouté cinq glaçons.

— Je suis restée debout une bonne partie de la nuit pour finir les robes de demoiselles d'honneur de Missy.

Elle a fait tourner les glaçons dans son verre avec une longue cuillère.

— Pourquoi n'es-tu pas venue me voir quand tu es rentrée ? Ma lumière était allumée.

— J'étais fatiguée, j'imagine.

Elle a désigné le tabouret de l'autre côté du bar.

— Assied-toi.

Je me suis exécutée.

— Quoi ?

— Je veux qu'on parle du fait que tu t'es enfuie hier.

— Je sais. Je suis désolée.

— Il faut qu'on soit capable de parler de ce qui s'est passé. Nous avons besoin de parler de ton père.

J'ai détourné les yeux pour fixer la plante suspendue à la porte du porche. Ses longues tiges qui pendaient dans le vide avaient commencé à jaunir. Elle avait besoin d'être arrosée.

— C'est trop dur, ai-je dit d'une voix tremblante.

— Jane. Regarde-moi.

Mais je n'ai pas pu. Au lieu de cela, mon regard a glissé sur la toile accrochée au mur, représentant un vieux bateau de pêche amarré à quai. Mon père l'avait achetée lors d'une exposition il y a de nombreuses années. J'ai senti les doigts de ma mère se refermer autour des miens.

— Regarde-moi, Jane, a-t-elle répété.

J'ai finalement posé les yeux sur elle. Le souvenir de cette nuit – de mon père – me coupait le souffle chaque fois qu'on l'évoquait.

— Ce qui s'est passé n'est pas ta faute.

— Si, ça l'est, ai-je murmuré.

— Jane, non…

— Si je n'étais pas restée si tard, si je ne m'étais pas endormie, si je ne t'avais pas appelée…

— Tu serais peut-être morte, a fini ma mère à ma place.

— Mais, Papa…, ai-je poursuivi d'une voix étranglée.

Mon père… Mon père qui m'avait appris à faire du vélo. Mon père qui m'avait appris à nager. Mon père qui adorait commander des pizzas après son service pour aller les manger sur la plage avec moi. Mon père qui était grand et fort et invincible – jusqu'à ce qu'un jour, il ne le soit plus.

Mon père était parti.

Ma mère a serré ma main dans la sienne.

— Ton père serait dévasté s'il savait que tu te sens responsable de ce qui s'est passé. Il faut que tu arrêtes.

J'ai retenu mes larmes.

— Je ne peux pas.

— Cela nous aiderait peut-être, d'aller lui rendre visite.

Une larme a roulé sur ma joue.

— Je ne suis pas prête. Pas encore.

— Penses-y. Nous ne sommes pas obligées d'y aller aujourd'hui, ni demain, mais il le faudra, un jour ou l'autre.

J'ai essuyé ma joue avec une serviette.

— D'accord.

Ma mère a lâché ma main.

— Tu n'es pas seule, Jane, a-t-elle dit. Nous allons traverser cette épreuve ensemble. Je te le promets. Je suis ta mère, je t'aime et je n'ai pas l'intention de m'en aller.

Je n'ai rien répondu. Ma gorge était trop serrée.

Au lieu de m'enfuir, cette fois, je suis passée de l'autre côté du bar et me suis blottie contre ma mère. Elle m'a serrée fort dans ses bras, aussi fort que cette nuit-là, après que la police m'a ramenée à la maison. Elle ne m'a pas lâchée avant un long, long moment.

— J'ai revu ce garçon, au fait, ai-je annoncé aux filles.

Le soleil était à son zénith. Bridget avait apporté un parasol qu'elle avait passé une heure à enfoncer dans le sable. Nous nous étions moquées d'elle, mais à présent, nous étions toutes agglutinées dessous.

Tammy a mis un pied au soleil, mais elle l'a aussitôt retiré.

— Si par ce garçon tu veux dire « Handel », on est déjà au courant.

— Non, ai-je répondu. Je parle de ce garçon riche avec son chien.

Bridget s'est redressée.

— Le mec mignon avec ses amis ? Les joueurs de crosse ?

Michaela a levé les yeux au ciel.

— Combien d'autres mecs riches avec un chien nous ont abordées ?

— Je vérifiais, c'est tout, a-t-elle répliqué d'un ton offensé. Sois gentille ou je te bannis de mon parasol.

— Désolée, Bridget, s'est empressée de s'excuser Michaela. Je ne voulais pas te vexer.

— C'est bon. Tu peux rester. Pour l'instant.

Je me suis tournée vers Bridget.

— Oui, c'était lui. Et je suppose qu'il est mignon. Même si ce n'est pas mon genre.

Tammy m'a donné un coup de coude.

— Parce que ton genre c'est plutôt – elle a tapoté son menton d'un air moqueur – les mauvais garçons irlandais ?

Je lui ai lancé un regard noir.

— Leurs prénoms étaient assez ridicules, a admis Bridget, ignorant la remarque de Tammy. C'était quoi déjà ?

— Je crois que l'un d'eux s'appelait Logan, s'est moquée Michaela. Ou bien c'était Juniper ? Jodper ?

— Celui avec le chien s'appelait Miles, est intervenue Tammy, oubliant momentanément Handel.

— Donc, tu l'as revu, et… ? a voulu savoir Bridget.

— Je marchais sur Ocean Avenue, ai-je repris. Vous voyez, là où il y a les bars et les restaurants branchés ?

— Qu'est-ce que tu faisais là-bas ? a demandé Michaela.

J'ai repensé à la conversation que j'avais eue avec ma mère avant de m'enfuir, et à celle de ce matin, au sujet de mon père.

— Je voulais juste changer un peu d'air. Je passais devant le Christie's, et il se trouve que ce garçon – Miles – est voiturier là-bas. Il était dans une voiture et il m'a dit bonjour. Il se souvenait de m'avoir vue à la plage.

— Tu m'étonnes ! s'est exclamée Tammy.

— Je suis sûre qu'il se souvient de nous toutes, Tam, ai-je répondu.

— C'est ça.

Michaela m'a regardée.

— Il t'a invitée à sortir ?

— Oui, me suis-je rappelée avec un sourire. D'abord, il m'a proposé de passer me prendre un de ces soirs et après il m'a invitée à venir le voir jouer à la crosse.

— Tu plaisantes ? a dit Tammy.

— Malheureusement, non. J'ai refusé, bien sûr.

— Tu aurais pu lui laisser une chance, m'a sermonnée Michaela. Il n'est peut-être pas si nul.

— T'es sérieuse ?

Tammy et moi avions parlé en même temps.

— Je sortirais bien avec lui, moi, est intervenue Bridget.

— Tu parles d'un scoop, a répliqué Tammy.

— OK, c'est bon, hors de mon ombre, a protesté Bridget en poussant Tammy au soleil.

Tammy a aussitôt rampé pour reprendre sa place sous le parasol.

— Désolée, désolée.

Bridget a soupiré et laissé tomber.

— Ce serait peut-être bien pour toi de sortir avec quelqu'un d'autre, a suggéré Michaela. Je veux dire, quelqu'un d'autre que Handel.

Cette fois, c'est moi qui ai poussé Michaela. Mais elle n'a pas bougé d'un millimètre. Tammy était peut-être autoritaire, mais Michaela était la plus dure de la bande.

— Tu pourrais, juste pour cette fois, ne pas juger Handel ?

— Alors on est pro-Handel à nouveau ? a demandé Tammy. Juste parce que tu l'as croisé par hasard sur les quais ?

— Je l'aime bien. Je n'y peux rien.

— Ne t'inquiète pas, Jane, m'a rassurée Bridget. Tu as le droit d'aimer qui tu veux. Et je ne te juge pas parce que tu apprécies Handel Davies. Il est ca-non !

— Mais bizarre, a ajouté Michaela.

— Pas plus que le mec avec le chien ! me suis-je exclamée.

— N'importe quoi, a-t-elle répondu. C'est un athlète universitaire, c'est tout.

— Exactement. Et il a « arrogant » tatoué sur le front.

Michaela a pincé les lèvres et m'a lancé un regard incrédule.

— Et Handel Davies a « mauvaise idée » tatoué sur le sien.

— Je dois le revoir, ai-je lâché de but en blanc. Handel, je veux dire. Ce soir.

Michaela a pris une grande inspiration mais elle a tenu sa langue.

Tammy a soupiré.

— Oh, Jane...

Bridget a plongé ses grands yeux bleus dans les miens. Elle était bien la seule à ne pas me juger.

— Si tu revois Miles, a-t-elle commencé, et qu'il te redemande de sortir avec lui, dis-lui que tu as une copine que ça intéresse.

J'ai posé ma tête sur son épaule.

— Tu peux compter sur moi.

L'excitation grandissait au fil de la journée. Un courant électrique pulsait sous ma peau alors que je restais allongée sur le sable, attendant que l'après-midi s'achève. Parce que j'allais revoir Handel. Nous avions un autre rendez-vous. Je me demandais si, cette fois, nous allions nous embrasser – je m'imaginais la scène en boucle, comment cela se passerait, ce que cela me ferait, puis je me suis surprise à imaginer où ces baisers pourraient nous mener, à penser à ses mains sur ma peau, glissant lentement sous mon T-shirt, et à toutes ces autres choses que je n'avais jamais osé faire avec un garçon. J'étais si raisonnable d'habitude, concentrée, disciplinée... Mais quelque chose chez Handel me faisait perdre le contrôle, ou peut-être que, ces derniers temps, garder le contrôle était devenu plus difficile. Non, j'avais envie de lâcher prise. Je pensais toujours à notre baiser hypothétique et à ce à quoi il pourrait aboutir quand j'ai entendu mon prénom, à plusieurs reprises.

— Jane ? Hé ho, disait Bridget.

J'ai relevé la tête de ma serviette et réalisé que mes amies m'observaient. J'espérais qu'elles ne m'avaient pas vue rougir. Le parasol avait disparu et elles avaient remballé leurs affaires.

— Qu'est-ce qu'il y a ?

— On bouge.

Bridget a glissé un regard à Tammy.

— Tammy a rendez-vous avec Seamus.

— Quoi ? me suis-je étonnée.

— Ce n'est pas un rendez-vous, a précisé Tammy. On va juste faire un footing.

J'ai enlevé mes lunettes de soleil et me suis frotté les yeux.

— J'ai l'impression d'avoir raté un épisode.

Michaela a croisé ses bras sur sa poitrine.

— C'est parce que tu as passé l'après-midi à rêvasser.

Tammy m'a adressé un grand sourire.

— À quoi tu pensais ?

J'ai haussé les épaules.

— J'ai dû m'endormir.

— C'est ça, a ricané Tammy. Tu ferais bien d'y aller, toi aussi. Tu n'as pas quelque chose de prévu, ce soir ?

J'ai souri et me suis levée à mon tour.

— Si. Mais allez-y. Je vais me baigner avant de partir. Il fait trop chaud.

Bridget a éclaté de rire.

— Tu m'étonnes. Amuse-toi bien. Ne fais rien que je ne ferais pas.

Michaela a levé les yeux au ciel.

— Il n'y a rien que tu ne ferais pas.

— Exactement !

Tammy a posé sa main sur mon bras mais c'est aux filles qu'elle s'est adressée.

— Jane connaît les limites à ne pas franchir, surtout avec quelqu'un comme Handel.

Elle m'a regardée.

— N'est-ce pas, Jane ?

— Bien sûr, ai-je approuvé. Dis bonjour à Seamus de ma part.

Tammy a acquiescé.

Mais tandis que je regardais mes amies s'éloigner, je savais à quel point je leur avais caché ce que je ressentais vraiment, à quel point j'avais changé, juste sous leurs yeux. La Jane dont Tammy parlait était celle d'avant les évènements de février, celle qui avait vécu à l'abri du monde extérieur, protégée. À présent, une nouvelle Jane était apparue, sous une forme inattendue. Tel un papillon sortant de son cocon, mais qui se serait réveillé pour découvrir que ses ailes étaient entièrement noires.

11

Le chemin menant au phare était laborieux.
J'avançais d'un pas léger sur les rochers glissants,
évitant les flaques que les vagues avaient laissées
derrière elles. Quand j'étais petite, je venais souvent ici
pour ramasser des crabes et des bernard-l'hermite, et
même quelques homards qui s'étaient égarés. Je savais
où poser mes pieds, comment placer mon corps pour ne
pas glisser. Je me concentrais sur le bruit des vagues pour
progresser d'un rocher à l'autre. Le soleil était bas dans
le ciel. L'horizon avait commencé à se voiler de rose.

J'ai manqué mon saut sur le rocher suivant et failli
tomber dans une flaque. J'étais à mi-chemin de la pointe,
sur l'étroite péninsule qui s'enfonçait dans la mer. Cette
partie du littoral était presque inhabitée. Il s'agissait d'un
site protégé où toutes sortes d'oiseaux étaient venus se
réfugier. Le seul bâtiment visible était le phare, abandonné
depuis de nombreuses années.

Je me suis tournée vers la côte, me demandant où se
trouvait Handel, s'il allait emprunter le même chemin que
moi ou s'il m'attendait déjà, perché en haut du phare.

Il était près de huit heures. J'ai contourné, prudemment, l'énorme flaque, puis j'ai levé les yeux, et je l'ai aperçu.

Cheveux au vent, mains dans les poches, il me regardait me frayer un passage, rocher après rocher. Soudain, tout semblait différent sous son regard. L'étirement de mes jambes à chacun de mes pas, l'effleurement de mon débardeur sur ma peau, le mouvement de mes bras à chaque saut. Ma cadence s'accélérait, même si je pouvais tomber à tout moment, là où l'océan était profond, violent, impitoyable. Mais je m'en fichais. Je voulais le rejoindre. Et bientôt, il ne me restait plus qu'un rocher à franchir avant de me retrouver face à lui.

Il a souri. D'un sourire franc et chaleureux, comme s'il avait laissé le poids de ce qui l'encombrait quelque part derrière lui.

Je lui ai rendu son sourire.

Nous étions là, nos pieds nus recouverts de sable et de sel, nos cheveux emmêlés par le vent. Le monde s'étendait autour de nous, ciel et mer à perte de vue. Isolé, magnifique et sauvage. Et Handel et moi nous tenions, seuls, en son centre.

— Viens, a-t-il dit en désignant le haut du phare.

Je l'ai suivi à l'intérieur.

Cette fois, il n'y avait ni étoiles au-dessus de nos têtes, ni orage grondant à l'horizon, mais le phare avait à lui seul quelque chose de romantique. Il était inutilisé depuis si longtemps que la peinture blanche de ses murs avait commencé à s'effriter.

— Sois prudente, m'a recommandé Handel tandis qu'il gravissait la première marche.

La rembarde de l'escalier en colimaçon, déchiquetée par la rouille, était devenue tranchante.

— Merci, ai-je répondu en commençant mon ascension, fascinée par le mouvement de ses muscles sous ses vêtements.

Le bruit des vagues s'écrasant sur les rochers me déconcentrait. Il était parfois si fort qu'il couvrait celui de nos pas. J'ai gravi les dernières marches et parcouru du regard les fenêtres qui nous entouraient. Certaines étaient entrouvertes, d'autres complètement cassées. Quelques bancs en bois étaient alignés au centre de la pièce, comme dans une église.

Handel contemplait le soleil qui sombrait à l'horizon.

— Cela fait des années que je ne suis pas venu ici. J'adore cet endroit.

— Moi aussi.

Il s'est tourné vers moi et m'a dévisagée.

— C'est vrai ?

— J'y venais souvent, avant. J'aimais grimper sur les rochers, éviter les flaques d'eau, sentir la force du vent, entendre le bruit des vagues. Et puis ce phare a quelque chose de secret. Tu sais, comme le château d'une princesse attendant d'être délivrée.

Handel a laissé échapper un rire tranquille. Il a détourné le regard, et ses yeux sont passés du bleu au gris dans la lumière du soir.

— J'imagine qu'il s'agit d'un secret, en quelque sorte, a-t-il repris.

— Je ne te suis pas.

— Comment ça ?

— Tu parles de cet endroit, ou de moi ?

Il a secoué la tête et pris une grande inspiration.

— Je ne sais pas. Des deux, peut-être.

— Tu veux faire de moi un secret ? ai-je demandé.

Une partie de moi aimait l'idée d'être comme cet endroit magnifique et troublant, un mystère que Handel isolerait du reste de sa vie. Mais l'autre partie savait trop bien à quel point les secrets pouvaient être dévastateurs.

— Je te l'ai dit. C'est compliqué.

J'ai fait un pas vers lui. Puis un autre. La fine bretelle de mon débardeur a glissé sur mon épaule.

— Ce n'est pas une vraie réponse.

Ses yeux se sont posés là où la bande de soie s'était arrêtée.

— Tu ne veux pas la vraie réponse, Jane.

— Si, je la veux.

— Tu es sûre ?

J'ai acquiescé. Même si ce n'était pas le cas.

Handel s'est dirigé vers la fenêtre opposée, augmentant la distance que je m'étais efforcée de réduire. Le carreau était cassé, et ses cheveux ont dansé dans le vent.

— Au début, je croyais que ça pourrait être simple. Tu sais, passer du temps avec toi.

J'ai remis ma bretelle en place.

— Tes amis ne savent pas où tu es, ai-je deviné.

Je sentais qu'ils étaient la source de son malaise.

— Non, a-t-il avoué.

— Les miens savent.

— Les tiens sont différents.

— Ils ne t'aiment pas non plus.

Handel a semblé surpris, mais pas pour la raison que j'imaginais.

— Comment sais-tu que mes amis ne t'aiment pas ? a-t-il demandé sur la défensive.

— Ça me paraît évident, vu ce qui s'est passé l'autre soir.

— Ils ne t'ont même pas parlé, a-t-il répliqué, comme si cela avait de l'importance.

— Ils n'en ont pas eu besoin.

— Tes amis ne m'apprécient vraiment pas ? a-t-il voulu savoir.

J'ai secoué la tête. Puis je me suis souvenue de Bridget.

— À part une.

— Je peux savoir pourquoi ?

C'était à mon tour d'être évasive. Je ne voulais pas gâcher notre soirée en ravivant les mauvais souvenirs.

— Ma vie aussi est compliquée depuis quelque temps.

— Je n'en doute pas, a-t-il dit, mais il n'a pas insisté.

Il s'est tourné pour regarder la mer à travers la fenêtre brisée. Je l'ai rejoint, et nous avons contemplé l'océan sous le ciel orangé. Nous nous tenions au bord d'un précipice, je le sentais. Si nous le souhaitions – si je le souhaitais – il était encore temps de faire demi-tour et de repartir indemne. De saisir cette opportunité pour rentrer chez nous, comme si rien ne s'était passé – ce truc entre Handel et moi, peu importe ce dont il s'agissait. Mais il a parlé le premier et j'ai laissé passer ma chance.

— Tu veux continuer à me voir ? a-t-il demandé.

— Oui, ai-je affirmé avec un aplomb que je ne me connaissais pas.

Il a tendu la main et écarté une mèche de mes cheveux.

— Dans ce cas, d'accord.

Aussi simplement que ça, la décision était prise. Nous resterions au bord du précipice, et je m'en fichais. Parce que c'était ce que je voulais, au plus profond de moi.

— Je n'en parlerai pas à mes amis, a repris Handel. C'est mieux comme ça.

Celle-là, je ne l'avais pas vue venir.

— Vraiment ?

Il a hoché la tête.

— Tu devrais en faire autant. Ça facilitera les choses.

Il avait sans doute raison – ce serait peut-être plus simple de ne plus parler de lui à mes amies. J'avais déjà commencé à leur cacher des choses. Depuis cette nuit de février, j'avais gardé tant de secrets pour moi.

— Non, je ne suis pas comme ça, ai-je pourtant répondu, décidant que je leur en cachais assez. Tu n'as pas de souci à te faire à propos de mes amies, elles ne diront rien à tes copains. Ils ne se fréquentent même pas.

— Tu as raison.

Et c'était tout – la discussion était close. Nous avons abordé d'autres sujets et, tandis que le ciel s'assombrissait, l'atmosphère, elle, s'est allégée. C'était si évident, entre nous.

Il y avait quelque chose en lui qui m'attirait et me laissait à nu, révélant mes pensées, mes rêves, mes faiblesses. Mais il y avait plus que ça. C'était comme si un lien invisible nous unissait, malgré nos différences. Je le sentais. Il y avait du bon en lui, mélangé au mauvais. L'ombre était là, je le savais, mais c'était le bon que je choisissais de voir. Et je ne voulais pas l'abandonner.

12

— Jane ? a appelé ma mère.

Sa voix était pressée. Encourageante.

Mais je l'entendais à peine en cette belle matinée. Toute mon attention était concentrée sur autre chose ; une chose qui me brisait le cœur et me rappelait les évènements terribles qui m'avaient changée à jamais et transformée en celle que j'étais à présent.

Une pierre tombale.

Elle était petite, rectangulaire et d'un gris sombre.

Elle disait : JOHN CALVETTI, PÈRE, FILS, POLICIER DÉVOUÉ, avec ses dates de naissance et de décès. Ces dates que je n'avais pas la force de regarder, surtout la deuxième, celle du mois de février.

Un jeune arbre poussait à côté. J'ai ressenti le besoin de me précipiter sur lui pour effleurer ses feuilles délicates, mais j'étais figée sur place. Je me tenais à quelques mètres, suffisamment près pour distinguer les mots gravés sur la pierre, mais assez loin pour me préserver. Je pressais des fleurs de lys blanches contre ma poitrine, m'agrippant de toutes mes forces à leurs longues tiges. Ma mère avait déjà déposé les siennes sur le carré de pelouse devant la tombe. Elle s'est agenouillée un moment ; ses lèvres bougeaient silencieusement. Elle a effleuré le nom de mon père du bout des doigts, puis elle s'est relevée et s'est tournée vers moi.

— Jane, a-t-elle de nouveau appelé. Viens.

Mais j'ai secoué la tête, incapable de lui répondre. Il n'y avait pas de larmes dans mes yeux, ni de nœud dans ma gorge. J'avais juste l'impression que tout en moi était gelé, paralysé par la peur d'admettre que ce que j'avais devant moi était vrai. Que mon père reposait ici, parti à jamais de cette vie, de *ma* vie. À cause de moi.

Il était parti à cause de *moi*.

J'ai soudain eu envie de voir Handel, d'être auprès de lui. Il était le seul à pouvoir alléger ma peine.

— Jane, a répété ma mère.

Elle a fini par me rejoindre.

— Oh, ma chérie, a-t-elle dit en tendant la main vers moi.

Elle a récupéré les fleurs de lys et a respiré leur parfum.

— Elles sont magnifiques, tu ne trouves pas ?

— Hmm, ai-je réussi à répondre en m'obligeant à cligner des yeux.

J'ai pris une grande inspiration, puis une autre.

— D'accord.

— D'accord ?

— Je vais aller déposer les fleurs.

Elle me les a tendues.

— C'est bien, ma puce. Tu veux que je te tienne la main ?

— Non, ai-je murmuré.

— Tu es sûre ?

J'ai acquiescé et commencé à marcher, lentement, pas après pas, vers l'endroit où s'était tenue ma mère une minute plus tôt. Je me suis arrêtée pour observer le sol, l'herbe verte qui entourait la tombe. C'était bizarre de se dire que, juste à côté d'un mort, des arbres, des fleurs, de l'herbe avaient pu pousser. Ou peut-être que ce n'était pas si bizarre, après tout. Je n'arrivais pas à me décider. La seule chose dont j'étais sûre, c'était que les arbres, les fleurs, les brindilles ne changeaient rien au fait que mon père reposait là, sous ce petit lopin de terre, dans un cercueil en bois que ma mère avait choisi.

Mon père.

Je ne savais pas quoi faire. Comment doit-on se comporter devant la tombe d'un de ses proches ? Je ne voulais pas parler – je ne savais pas quoi dire et j'avais peur de ce qui pourrait sortir de ma bouche. Je ne voulais pas pleurer non plus, parce que si je commençais, il se pourrait que je ne m'arrête jamais et que je ne puisse plus quitter cet endroit. Je n'ai pas touché la pierre comme l'avait fait ma mère. Je n'ai pas osé, parce qu'il était impensable que sa matière glacée et rugueuse ait remplacé le corps de mon père. Je suis restée là, immobile, jusqu'à ce que, finalement, je me penche légèrement pour déposer mon bouquet à côté de celui de ma mère, en veillant à ne rien toucher. Ni l'herbe ni l'arbre ni la pierre tombale.

Surtout pas la pierre tombale.

Puis vite, très vite, j'ai fait demi-tour et je me suis éloignée. J'ai dépassé ma mère sans la regarder, espérant qu'elle me suive, et j'ai entendu ses pas derrière moi. Je n'avais rien dit, mais, juste avant de tourner le dos à la tombe, les mots « Papa » et « Je suis désolée » m'avaient traversé l'esprit.

J'ai pensé que ça comptait, même si je ne les avais pas dits à voix haute.

Du moins, c'était ce que je voulais croire.

Quand nous sommes rentrées à la maison, mon cerveau tournait à plein régime. Le nom de Patrick McCallen me revenait sans cesse en tête. J'avais beaucoup pensé à lui dernièrement, me demandant de quelle façon il était impliqué dans ce qui s'était passé, s'il était impliqué. Les chaussures que j'avais vues étaient-elles les siennes ? Ou appartenaient-elles à quelqu'un d'autre, qui aurait eu les mêmes ?

Je n'étais pas sûre de vouloir obtenir de réponse à ces questions. Je ne savais même pas si je voulais qu'il soit coupable ou non.

Mais après cette matinée, j'ai réalisé que ce n'était pas à moi d'en décider, et que la coupable dans l'histoire, c'était moi. J'étais coupable de ne pas avoir dit à l'agent Connolly tout ce que je savais. Coupable d'avoir parlé des chaussures sans mentionner le nom de Patrick McCallen. Ce n'était pas un jeu. Ni une de ces séries policières dans laquelle les agents doivent résoudre un crime quelconque. Il s'agissait de *mon* père, qui reposait sous terre alors qu'il aurait dû être là, près de nous.

J'ai ouvert le premier tiroir de ma commode et fouillé dans les chaussettes, les sous-vêtements et les maillots de bain. Dans le fond, j'ai trouvé la carte de visite de l'agent Connolly. Je suis allée dans la cuisine et j'ai attrapé le téléphone.

J'ai composé le numéro, puis attendu, nerveuse.

L'agent Connolly n'a pas décroché. Je suis tombée sur son répondeur.

J'ai attendu le *bip*, à deux doigts de raccrocher, avant de parler.

— Agent Connolly, ai-je commencé. Jane Calvetti à l'appareil. J'appelle parce que je pense me souvenir de quelque chose d'important.

Respire, Jane…

— La nuit du cambriolage, vous savez, ces chaussures au bout métallique dont je vous ai parlé ?

Respire…

— Je suis à peu près sûre d'avoir vu Patrick McCallen porter exactement les mêmes. Voilà.

Et j'ai raccroché.

J'ai contemplé un moment le vieux cadran. Ces gros chiffres blancs sur lesquels je suppliais ma mère de me laisser appuyer, quand j'étais petite, pour appeler mon père. Je fixais toujours l'appareil, submergée par ce souvenir, quand il s'est mis à sonner. Je n'ai pas répondu. J'ai attendu que l'appel soit transféré sur le répondeur.

— Jane, c'est l'agent Connolly, le père de Michaela, a-t-il précisé comme si je connaissais un autre Connolly. Je viens d'avoir ton message et je voulais te remercier. Je vais étudier cette piste et voir où elle nous mène. Ne fais rien de ton côté et si tu te souviens d'autre chose, appelle-moi, d'accord ? Très bien. Mes respects à ta mère. Au revoir.

Un petit clic a retenti quand il a raccroché.

J'ai encore fixé le téléphone, comme s'il allait se remettre à sonner, puis j'ai rassemblé mes affaires pour la journée. Je devais retrouver les filles en ville avant d'aller à la plage. J'agissais de façon si machinale que je pensais être encore sous le choc de ce que je venais de faire. Mais quand je suis sortie sous le soleil en courant presque, j'ai

133

compris que je me sentais soulagée. Je n'avais pas réalisé à quel point garder ce que je savais sur Patrick pesait sur mes épaules. Maintenant que j'en avais parlé à quelqu'un, quelqu'un dont le rôle était d'enquêter sur ce qui s'était passé, mon fardeau avait disparu.

Enfin, pas complètement.

Mais au moins, je n'avais plus à le porter seule.

13

Les filles et moi étions réunies au Slovenska autour d'un café frappé et d'une tarte au citron à laquelle je n'avais pas touché.

— Je suis allée voir mon père aujourd'hui, ai-je annoncé.

J'ai glissé un regard coupable à Michaela. J'aurais dû lui dire que j'avais appelé son père, mais je n'étais pas prête à en parler.

— Ma mère m'a emmenée… sur sa tombe, ai-je précisé en faisant de mon mieux pour empêcher ma voix de trembler.

Les filles sont restées silencieuses. Tammy finissait sa part de tarte. Bridget s'en servait une deuxième et Michaela a posé sa fourchette sur la table. Elle a passé son bras autour de mes épaules.

— Jane, a-t-elle dit doucement. Comment c'était ?

— Bizarre, ai-je répondu, ne sachant quel autre mot employer.

Puis d'autres sont venus :

— Terrible. Affreux. Choquant. Triste. Tragique.

Celui-ci m'a presque fait fondre en larmes.

Bridget a aussitôt agité sa main en direction de la serveuse.

— On va prendre une part de gâteau au chocolat, a-t-elle dit avec un sourire. La plus grosse que vous ayez, si ça ne vous ennuie pas ?

— Bien sûr, trésor, a répondu la serveuse avant de s'éloigner.

— C'est moi qui régale, m'a soufflé Bridget.

— C'est *nous*, a corrigé Tammy.

— Vous n'êtes pas obligées de faire ça, ai-je dit.

Bridget a souri, mais ses yeux étaient tristes.

— Bien sûr que si. Tu as eu une journée difficile, et il n'est même pas quatorze heures.

— En plus, a poursuivi Michaela, tu adores le gâteau au chocolat, alors peut-être que tu en mangeras un peu. Tu n'as pas touché à la tarte.

Tammy m'a adressé un regard encourageant.

— Donc, tu es allée voir ton père. Et ?

— Et…, ai-je commencé.

Je m'efforçais de me contrôler. Je devais décrire cette expérience comme n'importe quelle autre.

— Je ne sais pas. C'était juste… impensable, de me dire qu'il s'agissait de la tombe de mon père. Qu'il était parti. Qu'il est parti.

Le gâteau est arrivé. Un énorme morceau. Mais je ne pouvais pas me résoudre à y toucher.

— J'imagine que je suis contente d'y être allée. Enfin, je ne sais pas. Ma mère pensait que ce serait une bonne idée, mais je n'en suis pas si sûre.

— Je crois que ta mère a raison.

Bridget a laissé rôder sa fourchette autour du gâteau.

Hésitante. Coupable. Elle en voulait un morceau mais n'osait pas se servir avant moi.

— Il faut que tu commences à faire face à ce qui s'est passé, a-t-elle ajouté.

— Vas-y, sers-toi, lui ai-je dit.

Comme elle hésitait, j'ai plongé ma fourchette dans le glaçage au chocolat et la lui ai tendue.

— Tiens. Vraiment.

C'est moi qui avais lancé le sujet en parlant de mon père, mais je ne voulais pas continuer.

Bridget m'a ignorée.

— Vas-tu enfin nous dire ce qui s'est passé cette nuit-là ?

— Je l'ai déjà fait, ai-je répliqué d'une petite voix.

— Pas vraiment, est intervenue Tammy. Ça fait du bien de parler, Jane, surtout des choses difficiles. C'est fait pour ça, les amies.

— Je vous parle, ai-je protesté.

Je ne leur avais toujours pas raconté ma soirée avec Handel, mais je comptais le faire, évidemment.

— Parfois, j'ai peur…, a dit soudain Michaela.

Elle nous a regardé l'une après l'autre avant de poursuivre d'une seule traite :

— J'ai peur que tu sois toujours en danger.

— Quoi ? Mais pourquoi ? ai-je bafouillé. Comment est-ce que je pourrais être encore en danger ? ai-je demandé alors que dans le fond, je le savais.

Les responsables étaient toujours là, quelque part, et ils savaient qui j'étais.

— C'est terminé, ai-je pourtant repris. Et je suis là, en sécurité, avec vous.

Michaela a froncé les sourcils.

— Les gens commencent à parler.

— De quoi ?

C'est Tammy qui m'a répondu :

— Ils disent que, comme les cambriolages ont cessé, la police ne retrouvera jamais les coupables.

Bridget m'a glissé un regard.

— À moins que quelque chose d'autre n'arrive…, et qu'ils soient arrêtés.

Aucune n'a osé préciser que ce quelque chose pourrait m'arriver, à *moi*. Mes amies ont continué de débattre, alors que je prenais un morceau de gâteau, puis un autre, et encore un autre, jusqu'à ce que celui-ci ait complètement disparu. Au bout d'un moment, elles se sont rendu compte de mon silence et se sont interrompues.

— Je sais que vous vous inquiétez pour moi parce que vous tenez à moi, mais je vais bien, les ai-je rassurées. Il faut que vous me croyiez, je fais attention à moi.

J'essayais de les convaincre autant que moi-même.

— Je vous jure, ai-je répondu à leurs regards sceptiques.

J'ai raclé l'assiette avec ma fourchette pour effacer les dernières traces de chocolat, faisant grincer le métal contre le verre.

— On devrait peut-être en rester là pour aujourd'hui, a conseillé Tammy avec autorité. Changeons de sujet. On n'a pas encore entendu le compte-rendu de ta soirée avec Handel, mais je pense qu'on va te laisser souffler un peu. Pour l'instant, a-t-elle ajouté.

— Merci, ai-je soupiré. Pourquoi est-ce qu'on ne parlerait pas un peu de vous ? Par exemple de Seamus et toi, Tammy ? J'ai l'impression d'avoir loupé des trucs.

— Je t'accorde une période de répit et c'est comme ça que tu me remercies ?

Ses joues s'étaient empourprées. Je n'aurais jamais cru voir ça un jour.

— On a juste fait un footing ensemble.

— Oh, ce n'est jamais *juste* un footing, est intervenue Michaela.

Nous avons éclaté de rire tandis que Tammy virait au rouge.

— Ça doit être sérieux, Tam, si tu ne veux pas nous en parler, en a déduit Bridget. D'habitude, tu adores nous livrer les détails croustillants de tes relations.

— De quoi tu parles ? s'est indignée Tammy.

Nous nous amusions toutes les trois de la soudaine timidité de Tammy, quand une vague de chaleur a déferlé sur le Slovenska, annonçant l'arrivée d'un nouveau client.

J'ai été la première à me retourner et n'ai pas été déçue par ma découverte.

— Regardez par ici, ai-je dit aux filles.

Le garçon de la plage, Miles, se tenait au bar. Il était seul.

— Je me demande ce qu'il fait là.

— Jane, a lancé gaiement Bridget. Tu as promis de me présenter, tu te souviens ?

Miles a regardé dans notre direction. Il m'a vue et a souri.

J'ignore ce qui m'est passé par la tête, mais j'ai soudain eu envie de prendre des risques, de me montrer téméraire. Alors je me suis mise à rire suffisamment fort pour que tout le monde m'entende et Miles a mordu à l'hameçon. Il s'est retourné à nouveau vers nous. C'est si facile de manipuler les garçons !

— Suis-moi, ai-je dit à Bridget en me levant.

— Avec plaisir, a-t-elle répondu.

— Salut, ai-je lancé à Miles lorsque nous l'avons rejoint.

Je n'avais pas besoin d'en dire plus. Il m'a souri comme s'il venait de gagner au loto.

— Salut, toi.

Son regard a glissé sur Bridget.

— Et toi, a-t-il ajouté. Si vous me donniez vos prénoms, je pourrais vous appeler autrement.

Bridget a souri mais n'a rien répondu. Elle jouait la timide.

— Je ne savais pas que tu fréquentais le Slovenska, ai-je poursuivi.

Il a haussé les épaules.

— Les hamburgers sont meilleurs ici qu'au Beach Club et, crois-le ou non, mais j'aime bien venir me promener du côté du port.

La serveuse lui a tendu un sachet marron rempli à ras bord. Il a sorti son portefeuille et lui a tendu quelques billets.

— Alors, ta réponse est toujours « peut-être » ? a-t-il demandé en relevant les yeux vers moi. Au sujet de mon invitation, je veux dire.

J'ai penché la tête sur le côté et Bridget m'a donné un coup de coude à peine discret.

— Il se pourrait qu'on ait changé d'avis, ai-je lâché en veillant à l'inclure dans ma réponse.

— Je savais que tu y réfléchirais, a-t-il dit après avoir récupéré sa monnaie.

— J'ai dit « il se pourrait ». Et j'ai dit « on ».

— Je pensais avoir entendu un « oui ».

J'ai étudié Miles un instant. Puis j'ai regardé Bridget, tentant de lire dans ses pensées. Il semblait digne de confiance, malgré son arrogance. Je me suis tournée vers les filles qui nous observaient avec attention. Allais-je vraiment nous arranger un rendez-vous avec ce garçon ? Et Handel, dans tout ça ?

— Vendredi huit heures, ça te va ? ai-je demandé, plus à Bridget qu'à Miles.

— Absolument, a répondu Bridget.

Miles nous a adressé un grand sourire.

— Le Club Océan est cool, le vendredi soir.

J'ai haussé les épaules, comme si je le savais déjà. Comme si nous passions nos vendredis soir au Club Océan.

— OK, on se retrouve là-bas. Et on viendra avec nos deux autres amies. Alors n'hésite pas à amener les tiens.

— Pas de souci, a acquiescé Miles.

— On ferait mieux d'y aller avant de changer d'avis, n'est-ce pas Bridget ?

— Mm-mmh.

Sur ce, nous nous sommes éloignées.

— À vendredi, alors, a-t-il crié derrière nous tandis que nous souriions à Tammy et à Michaela, qui ne nous avaient pas quittées des yeux.

Quand nous avons rejoint notre table, Michaela m'a demandé :

— Alors, vous avez un rencart ?

Je me suis glissée à côté d'elle et Bridget s'est assise face à moi.

— *Nous* avons un rencart. Toutes les quatre. Avec l'autre partie de la ville, ai-je ajouté en riant.

Bridget a posé sa main sur la mienne.

— Je t'aime, parfois, Jane.

— Moi, je t'aime tout le temps, Bridget.

Tammy me regardait bizarrement.

— J'ai dit que je te laissais souffler, mais tu n'as pas

peur que Handel soit contrarié de savoir que tu sors avec ce mec ?

J'ai pensé à Handel et au fait qu'il ne voulait pas parler de nous à ses amis. Si nous les croisions par hasard au cours de cette soirée avec Miles, j'étais sûre qu'il serait davantage soulagé que contrarié.

— Non, je ne crois pas, me suis-je contentée de répondre.

14

Sur le chemin du retour, je me suis arrêtée sur les quais pour tenter d'apercevoir Handel rentrant de sa journée. Plusieurs pêcheurs s'y affairaient, leurs vêtements tachés d'entrailles de poissons. Son ami, Mac, se tenait à la proue du bateau de son père. Deux de ses frères, Colin et Finn, étaient là, en pleine conversation. Mais pas de Handel.

Pas encore.

J'ai dû attendre un moment avant d'apercevoir ses cheveux blonds flottant au vent et son regard perçant. Il a adressé un signe de tête à Colin et Finn, puis il est allé rejoindre Mac. Mon cœur s'est mis à battre plus fort. Je voulais qu'il me voie, je voulais observer sa réaction, s'il allait m'adresser un sourire discret ou faire comme si de rien n'était pour ne pas éveiller les soupçons. Quand il m'a vue, il ne m'a pas adressé un sourire franc, mais le coin gauche de sa bouche s'est soulevé légèrement.

J'ai passé ma main sur mon visage pour dissimuler le sourire que je sentais poindre en réponse au sien. Puis je me suis rendue à l'endroit dont il m'avait parlé la dernière fois, en sortant du phare. Un endroit à l'abri des regards de mes voisins et où ses amis ne penseraient pas à venir le chercher : un café branché à la sortie de la ville. Je n'y avais jamais mis les pieds et j'ai eu un petit rire en entrant. Il était si différent du Slovenska, avec sa décoration moderne et ses grandes baies vitrées laissant pénétrer le soleil.

La salle était presque vide. Une jolie blonde travaillait derrière le bar.

— Je vais prendre un café frappé, s'il vous plaît.

— Je suis à vous tout de suite, a-t-elle répondu, souriante, comme s'il s'agissait d'une réplique d'un film qu'elle avait répétée.

Au Slovenska, les serveuses nous remarquaient à peine et les commandes se faisaient en criant par-dessus le vacarme ambiant.

— Merci, ai-je dit quand elle m'a tendu un grand verre glacé, à des années-lumière du gobelet en plastique auquel j'étais habituée.

— Vous êtes de passage pour l'été ?

— Moi ? ai-je demandé alors que j'étais seule au bar. Elle a acquiescé en riant.

— Euh, non. J'habite ici.

J'aurais aimé avoir un miroir pour contempler mon reflet, histoire de comprendre ce qui m'avait fait passer pour une vacancière.

— Vous avez de la chance, a-t-elle répondu. C'est un endroit magnifique.

— Oui. Enfin, il fait vraiment froid l'hiver.

— Mais vous avez la plage. Je suis sûre que c'est tout aussi beau, l'hiver.

— Ça l'est, ai-je répondu, avant de me diriger vers une table.

Je sirotais mon café frappé lorsque les mots « Bonjour, Jane » ont effleuré ma nuque.

Je me suis retournée pour découvrir Handel, en mode mauvais garçon de la tête aux pieds. Si je pouvais passer inaperçue dans un endroit comme celui-ci, lui, en revanche, n'avait aucune chance. Comment les gens ne pourraient-ils pas le remarquer ?

— Bonjour toi-même, ai-je répondu, d'un ton involontairement niais. J'ai quelque chose à t'avouer, ai-je ajouté avant d'avoir eu le temps d'y réfléchir.

Une lueur étrange a traversé son regard.

— À m'avouer ?

La culpabilité m'a fait un nœud à l'estomac.

— Un autre garçon m'a invitée à sortir aujourd'hui, et j'ai plus ou moins accepté.

— Oh.

Handel a semblé soulagé.

Il a fait le tour de la table et s'est assis en face de moi, effleurant mes genoux.

— Tu vas sortir avec quelqu'un d'autre ?

— En quelque sorte. Ma copine Bridget l'aime bien, ou du moins ses amis, alors je nous ai organisé un rendez-vous de groupe. J'y vais avec mes amies, et lui amène les siens.

— Je le connais ?

— Certainement pas. Il ne vit pas ici. Il est là pour les vacances.

— Intéressant…

— Je n'en sais rien. Peut-être. J'espère qu'il craquera

145

pour Bridget. Ou quelqu'un d'autre. Il est sympa, mais ce n'est pas mon genre.

— C'est quoi ton genre ?

Je n'ai pas hésité une seconde.

— Tu connais déjà la réponse.

— Je ne sais pas…

Il a regardé les deux clients installés à l'autre bout de la pièce, un homme en costume chic et une femme vêtue d'une robe légère et de talons aiguilles qui devaient valoir une fortune.

— Tu pourrais facilement te fondre dans cet endroit. Pas moi.

— Aucun de nous n'a sa place ici, tu le sais.

— Je n'en suis pas si sûr.

Il a passé ses mains sur son visage.

— Partons d'ici.

— Mais on vient juste…

Handel avait soudain l'air de vouloir prendre ses jambes à son cou.

— D'accord, ai-je acquiescé.

J'ai avalé le reste de mon café et nous sommes sortis. Handel a contourné le bâtiment pour se rendre à l'arrière du café, où un petit pont sur pilotis enjambait un bras de mer. Il s'est appuyé sur la rambarde et m'a observée tandis que je le rejoignais. L'eau clapotait doucement sous nos pieds. Cette plage n'avait rien à voir avec celle où nous allions. Tout ici était doux et paisible.

— Tu vas vraiment sortir avec un autre mec ?

J'aimais entendre la note de jalousie dans sa voix.

— Oui. On ne sait jamais. Ça pourrait être amusant.

— Je parie que c'est un type bien. Riche.

— Définitivement riche, ai-je renchéri pour le taquiner.

Mais ça ne m'intéresse pas. Je préférerais avoir une nuit rien que pour… toi et moi.

Je ne pouvais pas me résoudre à dire « nous » dans la mesure où nous n'étions sortis ensemble que deux fois. Mais je voulais qu'il y ait un « nous ». Je veux dire, j'espérais qu'il y en aurait bientôt un.

— Ça devrait t'intéresser.

— Peut-être, mais ce n'est pas le cas.

J'ai soutenu son regard, le mettant au défi de me contredire. Je voulais qu'il sache qu'aucun garçon à part lui ne m'intéressait.

Il a passé sa main dans ses cheveux, un geste qu'il faisait souvent quand il était nerveux – comme chercher ses cigarettes.

— Le jour où tu te rendras compte que tout ça n'était qu'une erreur, souviens-toi que je t'avais prévenue à mon sujet.

Il a essayé de rire, comme s'il plaisantait, mais il cachait quelque chose. De la douleur. Ou peut-être du regret.

— Jane Calvetti…

— Handel Davies, me suis-je contentée de répondre, trop distraite par le fait que nos visages s'étaient dangereusement rapprochés.

Je pourrais dire que c'était le moment dont j'avais rêvé pendant si longtemps, raconter ce que j'ai ressenti lorsque Handel et moi nous sommes embrassés pour la première fois, quand il a plongé ses yeux dans les miens comme si j'étais la seule fille qui compterait jamais pour lui. Je pourrais décrire en détail la façon dont sa bouche s'est posée sur la mienne, dont ses doigts ont effleuré le bas de mon dos, dont mes genoux se sont presque dérobés tandis que nous nous embrassions. Je pourrais détailler toutes ces choses, mais alors, je devrais aussi parler du moment où Handel a fait glisser un doigt sur mon cou, juste sous mon menton, et chuchoté « D'où vient cette cicatrice ? »

Je devrais alors me souvenir que je lui avais parlé de cette nuit de février. Et qu'après cet échange, j'avais décidé qu'il était temps de rentrer, chacun de son côté. Car le romantisme de notre baiser s'était soudain envolé, et, avec lui, la vie qu'il m'avait insufflée.

19 février

— Sois une gentille fille et ne crie pas, a ordonné la voix derrière moi, masculine, froide et terrifiante dans l'obscurité. Ne te retourne pas.

Je n'ai pas fait le moindre bruit. Je suis restée figée, les mains pressées contre le lambris de la bibliothèque.

Quand toutes les lumières s'étaient éteintes, il n'avait pas fallu longtemps pour que j'entende du bruit – et pas le genre de bruit que produit une vieille maison luttant contre le froid. Plusieurs personnes étaient entrées par effraction. Tout s'était passé très vite. Ils étaient là avant que j'aie eu le temps de comprendre – les hommes, les garçons, les cambrioleurs – peu importe ce qu'ils étaient.

Et j'étais seule.

— Ça devait être vide, a persiflé une autre voix. Elle n'était pas censée être là !

— Ne bouge pas, a répété la première voix.

Un vacarme assourdissant s'est alors abattu sur la pièce. Une chaise qui vole en éclats, un vase qui se brise, le cristal qui explose, un filet d'eau, peut-être, qui coule sur le sol au milieu des objets cassés et le crissement des débris sous leurs semelles.

Je ne voyais rien, ni personne. Il faisait noir, seules leurs lampes torches éclairaient la pièce, et mon agresseur m'avait plaquée face contre le mur. La seule chose que je pouvais distinguer était le miroitement du cadran de la grande horloge et l'éclat métallique des chaussures de mon agresseur.

— Où est-ce qu'elle range ses bijoux ? a demandé une troisième voix.

Une porte s'est ouverte puis refermée. Une table, ou peut-être un bureau, a été retournée, provoquant un grand *boum* !

— Dépêchez-vous ! (La seconde voix à nouveau.)

D'autres pas ont résonné sur le plancher. Ils se précipitaient dans l'escalier.

J'ai laissé échapper un gémissement, pensant qu'il serait étouffé par le bruit, mais ça n'a pas été le cas. En une fraction de seconde, des mains se sont abattues sur moi et un bras s'est enroulé autour de mon cou, me retenant prisonnière. Je pouvais sentir le corps de mon agresseur pressé contre mon dos. D'autres sons ont échappé à mon contrôle, jusqu'à ce qu'il chuchote contre mon oreille « La ferme, ou t'es morte ».

Ensuite j'ai senti le couteau.

La lame appuyée contre ma gorge était froide et tranchante, si tranchante qu'elle s'est enfoncée dans ma chaîne en or – celle avec le cœur en nacre que ma mère m'avait offerte pour Noël – comme dans du beurre. Elle est tombée sur le sol avec un faible *chink*.

J'osais à peine respirer et j'ai cru devoir rester ainsi à jamais.

Les secondes semblaient durer des heures, les minutes des milliers d'années.

— Qu'est-ce que tu lui fais ? a soudain crié une quatrième voix.

J'ai tressailli.

L'homme qui me tenait dans ses bras s'est retourné pour répondre :

— Je gère l'imprévu.

Quand il s'est tourné, le couteau a glissé sur ma peau. La coupure n'était pas profonde mais la douleur a été immédiate – la douleur et le sang. Je l'ai senti couler, épais et chaud, le long de mon cou.

Allaient-ils me tuer ?

L'étreinte autour de moi s'est relâchée et j'ai dû lutter contre l'envie de crier. Ensuite, j'ai senti des mains sur ma tête et mes yeux, et mon cœur s'est mis à battre si fort que j'ai cru qu'il allait exploser. Deux hommes étaient dans mon dos à présent, et quatre mains s'affairaient autour de mon visage. J'ai senti un sac glisser sur ma tête – non, pas un sac, une écharpe, épaisse et étouffante, nouée autour de mon crâne.

J'avais les yeux bandés.

J'étais ivre de terreur, à deux doigts de m'évanouir.

Une chaise a raclé sur le plancher et frappé l'arrière de mes genoux.

Des mains ont appuyé sur mes épaules pour me faire asseoir. Puis on a pris mes bras pour les attacher dans mon dos avec une épaisse ficelle. Je ne me suis pas débattue, c'était peine perdue. Mais je devais me ressaisir, alors je me suis concentrée sur mon souffle, inspirant et expirant profondément. Les larmes me brûlaient les yeux, mais je refusais de les laisser s'échapper. Je ne voulais pas mourir. Je devais me donner une chance de survivre à tout ça.

— C'est ça, reste tranquille, a dit le quatrième homme.

Il avait chuchoté et sa voix était moins violente que les autres, plus posée. *Fais-moi confiance*, semblait-il me dire. Mais comment pouvais-je avoir confiance en lui ? Je sentais son corps tout proche et la chaleur émaner de lui sous l'effet du stress. La maison qu'ils devaient cambrioler aurait dû être vide, et ce n'était pas le cas. Il était agité.

— Personne ne te fera de mal, a-t-il chuchoté d'une voix basse. Je ne laisserai personne te faire du mal, OK ?

J'ignorais s'il s'agissait d'une question et je n'osais pas bouger. Je suis restée silencieuse, dans le noir le plus total, tandis que dehors, la tempête faisait rage.

Mais il voulait une réponse.

— OK ?

— OK.

— Gentille fille, a-t-il dit.

C'était la deuxième fois que j'entendais ces mots, comme si ma vie entière dépendait de ma capacité à être une fille sage, une fille qui écoute ce qu'on lui dit.

— Ne bouge pas, a-t-il murmuré, son souffle rapide et inquiet sur ma nuque.

Et je suis restée là – nous sommes restés là, lui et moi, tandis que la maison des O'Connor était fouillée de fond en comble dans un vacarme assourdissant. J'essayais de ne penser à rien. De me convaincre que tout cela n'était qu'un cauchemar qui prendrait bientôt fin.

Et c'était peut-être le cas.

Il y a eu soudain un grand silence et des pas se sont approchés.

Mon corps s'est tendu d'effroi, puis j'ai entendu ces mots pour la troisième fois :

— Gentille fille, a chuchoté mon agresseur comme pour me récompenser d'être restée silencieuse malgré ma profonde terreur.

Pendant une seconde, j'ai presque cru qu'il me voulait du bien, qu'il voulait me sauver.

Mais ensuite, d'autres pas ont résonné, des pas inattendus, forts et déterminés. Les pas d'un homme qui approchait, sûr de lui, et qui n'avait aucune idée de ce qui l'attendait.

— Jane ?

— Papa ? ai-je crié.

15

Quand je suis rentrée à la maison, une surprise m'attendait dans le salon – une surprise dont je ne savais pas quoi penser. J'ai entendu des voix par les fenêtres ouvertes. Celle de ma mère et une autre.

Je me suis décidée à entrer.

— Jane, m'a saluée le professeur O'Connor en se levant pour m'accueillir.

C'était étrange de le voir ici, si imposant et distingué, dans notre minuscule maison. Ses cheveux avaient blanchi depuis la dernière fois que je l'avais vu, et j'ai soudain eu envie de pleurer.

— Bonjour, Monsieur O'Connor.

J'ai avancé dans le salon et posé mon sac sur le sol.

Ma mère était dans la cuisine, en train de préparer du café.

— C'est gentil de sa part de nous rendre visite, n'est-ce pas ?

Je ne savais quoi penser ni quoi dire.

Finalement, il a repris la parole :

— Je suis content de te voir, Jane. Ça fait trop long-temps.

J'ai acquiescé sobrement. Je ne trouvais plus mes mots.

— J'espérais pouvoir vous parler.

Ma mère nous a rejoints tandis que le café coulait.

— Asseyez-vous, je vous en prie, lui a-t-elle dit.

En temps normal, je me serais assise sur le canapé, mais l'idée de partager notre vieux sofa avec le professeur O'Connor me mettait mal à l'aise. Je me suis donc ins-tallée sur la chaise qui me servait à entasser mes affaires, de l'autre côté de la table basse.

— Comment allez-vous ? suis-je parvenue à demander.

— Je vais bien, compte tenu des circonstances.

— Des circonstances ?

— C'est ce dont je suis venu discuter. Molly ?

Il s'est tourné vers ma mère devenue livide.

— Allez-y.

— Que s'est-il passé ? l'ai-je coupée.

Le professeur O'Connor a joint les mains sur ses genoux.

— Il semblerait que la police ait une nouvelle piste.

— Vraiment ? ai-je demandé en feignant la surprise.

Il a levé les sourcils.

— Ils ne t'ont pas contactée pour t'en parler ?

— Non, ai-je répondu, ce qui n'était qu'à moitié faux.

Après tout, le père de Michaela m'avait simplement laissé un message pour me dire qu'il avait bien reçu le mien.

C'est le moment qu'a choisi ma mère pour servir le café, quoiqu'il fasse trop chaud pour en boire.

— Lait et sucre ? a-t-elle demandé à l'attention du professeur O'Connor.

— Non, merci.

Elle a déposé trois tasses sur la table. J'ai pris la mienne entre mes mains et laissé sa chaleur me réconforter.

— Alors, quelle est cette piste ? Est-ce qu'ils ont trouvé les coupables ? ai-je demandé.

M. O'Connor a soupiré.

— Ils n'ont pas voulu me le dire. Honnêtement, j'ignore où elle les a menés.

— Attendez... Je ne comprends pas...

— La police n'a pas voulu donner plus de détails, même à moi, a-t-il expliqué. J'espérais que tu en saurais davantage.

Mon dos était raide contre le dossier de la chaise. J'ai regardé mes mains crispées autour de la tasse. Évidemment, j'en savais davantage. Je leur avais donné un détail à vérifier ainsi qu'un nom, ce qui avait dû porter ses fruits puisqu'on parlait d'une nouvelle piste. Mais pour une raison qui m'échappait, je ne pouvais pas me résoudre à leur confier ce que je savais – ce que je suspectais – pour le moment. J'ai posé ma tasse sur la table et croisé mes mains sur mes genoux. Avant de les décroiser.

— Mais pourquoi n'ont-ils rien voulu vous dire, à vous ? Vous êtes la victime, ai-je dit en m'excluant volontairement de l'équation. Ils devraient avoir confiance en vous.

— Je ne crois pas qu'ils se méfient de moi, a-t-il répondu. Ou de toi, Jane. C'est le reste de la ville, le problème.

— Que voulez-vous dire ? est intervenue ma mère.

Une lueur d'inquiétude a traversé son regard.

— Vous savez comment sont les gens, ici. Tout le monde connaît tout le monde, tout le monde parle. Les nouvelles vont vite, et la police a l'air de penser que les coupables pourraient vivre tout près.

— Près comment ? a demandé ma mère.

Près comme les frères McCallen, ai-je aussitôt pensé en reprenant ma tasse en tremblant malgré la chaleur.

— Il est fort possible que nous connaissions les agresseurs, a-t-il ajouté.

À ces mots, j'ai bondi de ma chaise, faisant tomber ma tasse sur le sol. Je me suis baissée pour ramasser les morceaux et ma mère a couru à la cuisine chercher de quoi nettoyer.

— Jane, a repris le professeur O'Connor, je n'ai pas dit que c'était sûr, la police ne sait pas encore de qui il s'agit. Mais tu dois te montrer prudente. Je veux que ta mère et toi soyez en sécurité, et j'ai peur que ce ne soit pas le cas tant qu'on n'aura pas arrêté les coupables.

Ma mère est revenue avec des serviettes en papier. Elle s'est agenouillée à mes côtés en me glissant un regard.

Je me suis relevée, un morceau de tasse dans chaque main.

— Mais je ne me souviens de presque rien. Et j'avais les yeux bandés.

— Il se peut que tu aies vu quelque chose sans t'en rendre compte, a insisté le professeur. Et tu as tout entendu.

Je n'ai pas répondu. Il avait raison sur ce point.

— Il y a autre chose dont je voudrais te parler, a-t-il repris doucement. Martha et moi souhaitons vous inviter depuis un bon moment.

Je m'apprêtais à protester mais il m'a arrêtée d'un geste.

— Je sais que tu ne te sens pas encore prête, Jane, et je le respecte. Mais je pense que ce serait une bonne idée que tu passes un jour prochain, le plus tôt sera le mieux. Nous pourrions dîner ensemble ?

Ma mère a levé les yeux sur lui.

— Vous êtes sûr que c'est une bonne idée ?

Il a hésité.

— Ça pourrait l'aider à se souvenir.

— Mm-hmm, ai-je dit en secouant la tête. Je me suis déjà rappelée tout ce que je pouvais. J'en ai assez de me rappeler.

— Je ne veux surtout pas te pousser, mais... la police pense aussi que ce serait une bonne chose.

J'ai senti la colère m'envahir.

— C'est la police qui vous a demandé de venir ?

— Non, bien sûr. Je voulais voir comment tu allais depuis longtemps. Mais la police a raison. Une visite à la maison pourrait rafraîchir un peu ta mémoire. Et peut-être t'aider à te sentir mieux. Retourner là où tu as vécu un traumatisme pourrait t'aider à surmonter la terreur que tu y as éprouvée. Parce que c'est un traumatisme, Jane, un vrai traumatisme.

Sa voix s'est brisée.

— Tu étais là pour veiller sur notre maison, a-t-il repris. Toute seule. Martha et moi nous sentons tellement coupables de t'avoir mise dans cette situation. Nous aurions dû faire appel à quelqu'un de plus âgé.

Ma mère s'est assise dans son fauteuil.

— Tout le monde se sent coupable de ce qui est arrivé, a-t-elle dit, la frustration perçant dans chacun de ses mots. Jane se sent coupable, vous vous sentez coupables, et je me sens coupable de ne pas être allée chercher ma fille à la seconde où il s'est mis à neiger. Mais les seules personnes que l'on devrait tenir pour responsables sont celles qui ont fait ça.

Le professeur O'Connor est resté silencieux.

— Vous pensez vraiment que cela aiderait Jane de retourner chez vous ?

— Je le pense, a-t-il confirmé.

Ma mère m'a regardée, puis le professeur.

— Pouvez-vous nous laisser quelques jours de réflexion ?

— Bien sûr. Il faut que j'y aille, de toute façon.

M. O'Connor, qui se tenait d'ordinaire si droit, était voûté. Il semblait fatigué et triste. Il m'a adressé un regard suppliant.

— Jane, tu dois promettre de ne révéler les détails de ce qui s'est passé ce soir-là à personne d'autre que la police ou ta mère. Nous ne voulons pas que toi ou quiconque soit mis en danger.

— Je comprends, suis-je parvenue à articuler. Merci d'être venu.

Il s'est levé.

— J'aurais aimé venir plus tôt. Je pense à toi constamment. Molly, Jane, c'était un plaisir de vous revoir. Je suis désolé pour tout ce qui s'est passé.

Il était à la porte en deux grandes enjambées et prêt à partir, mais je l'ai arrêté juste à temps. J'ai posé une main sur son bras, et dès que j'en ai eu le courage, je me suis blottie contre lui. Après un instant d'hésitation, il m'a rendu mon étreinte, et, pendant une brève seconde, j'aurais pu croire qu'il s'agissait de mon père me prenant dans ses bras.

— Je vais me coucher, m'a informée ma mère d'une voix traînante, peu après le départ du professeur.

Elle a passé une main sur ses yeux, puis dans ses cheveux.

— D'accord, ai-je dit doucement. Bonne nuit.

Je suis restée là, au milieu du salon, perdue dans mes pensées.

Tâchant de déterminer comment je me sentais.

Dans un sens, la mise en garde du professeur O'Connor – ne parle à personne de ce qui s'est passé hormis à ta mère ou à la police – avait allégé ma culpabilité. Pour ma sécurité et celle des autres, je devais garder mes soupçons pour moi.

Quand je suis enfin allée me coucher, le contact des draps frais sur ma peau m'a semblé plus réconfortant encore. Les gens me disaient tous qu'il était bon de parler, mais ils n'évoquaient jamais les vertus curatives du silence.

Le matin suivant, en me préparant, j'ai enfilé mon Bikini préféré, celui que je portais le jour où Handel m'avait parlé pour la première fois. En arrivant sur la plage, j'ai retiré mon T-shirt et mon short et continué à marcher d'un pas léger et chaloupé. J'ai rejeté mes cheveux en arrière et observé les garçons se tourner sur mon passage.

— Salut, les filles, ai-je dit en rejoignant Michaela, Tammy et Bridget.

Seamus, qui avait laissé sa serviette et ses tongs près de Tammy, est sorti de l'eau pour nous rejoindre.

— Salut, Jane.

Je lui ai donné une brève accolade.

— J'ai l'impression que ça fait des siècles qu'on ne s'est pas vus.

Il a rougi.

— J'ai été... occupé.

J'ai glissé un regard à Tammy qui semblait soudain fascinée par son magazine.

— J'imagine...

Bridget m'a adressé un grand sourire.

— Tu m'as l'air de bonne humeur, aujourd'hui.

— Je le suis, ai-je répondu avant de m'installer à côté d'elle. Vraiment.

Puis je me suis allongée, et j'ai laissé le soleil chauffer ma peau.

16

Les gloussements provenant de l'atelier de ma mère commençaient à devenir insupportables. La future mariée et ses quatre demoiselles d'honneur étaient venues prendre des mesures pour leurs robes. Elles avaient envahi le salon et j'en étais réduite à contempler mon armoire, me demandant ce que j'allais me mettre pour aller au Club Océan. J'ai repensé à cette femme que j'avais vue entrer au Christie's dans sa robe blanche moulante le soir où j'avais croisé Miles. Je ne possédais rien de tel. Ce n'était simplement pas mon style. En fait, ce n'était le style de personne, par ici.

— Oh, c'est si beau ! s'est écriée une des filles.

Je n'avais pas très envie de me mêler aux clientes de ma mère mais chaque fois que j'avais un doute sur une tenue, elle était ma meilleure conseillère. J'ai donc pris mon courage à deux mains et je suis allée les affronter.

Une jolie rousse au visage couvert de taches de rousseur, assise sur le canapé, a levé les yeux lorsqu'elle m'a vue passer.

— Bonjour.

J'ai passé mentalement en revue les habitants de la ville sans rien trouver.

— Bonjour. Vous êtes la mariée ?

Elle a secoué la tête.

— Non, c'est Jenny. Elle est dans l'atelier avec ta mère et les autres filles. Moi je suis juste demoiselle d'honneur.

— Je peux voir ? ai-je demandé en désignant le croquis qu'elle avait entre les mains.

— Bien sûr.

Ma mère dessinait toujours des croquis de ses créations et les retravaillait jusqu'à ce que ses clientes soient satisfaites. Celui-ci était compliqué et avait déjà été retouché à plusieurs reprises. Trois échantillons de tissu, tous d'un vert différent, étaient attachés à la planche, et ce n'était que la robe des demoiselles d'honneur. Ce qui signifiait que la mariée avait de l'argent. Beaucoup d'argent.

— Joli, ai-je dit.

— Ta mère est une sorte de génie.

— J'avoue qu'elle est douée, ai-je confirmé tandis qu'un cri et des gloussements jaillissaient de l'atelier. Bon, il faut que j'entre là-dedans.

— Bonne chance, a dit la fille en reprenant son croquis.

— Maman ?

J'ai frappé à la porte entrouverte et les discussions ont cessé.

— Oui, chérie ?

— J'ai besoin de toi une seconde…

La porte s'est ouverte en grand et une magnifique jeune femme est apparue. Longs cheveux blonds et peau claire parfaite.

— Tu dois être Jane, a-t-elle dit avec un sourire. Je suis Jenny Nolan.

J'étais surprise qu'elle me connaisse. D'ordinaire, ma mère ne parlait pas de moi à ses clientes, à moins qu'elles n'abordent le sujet. Son visage m'était familier, mais je ne parvenais pas à me souvenir d'elle. Pourtant, son nom me disait quelque chose.

— Bonjour. Vous devez être la mariée. Félicitations.

— Merci.

Maman était en pleine conversation avec les autres filles.

— Ma mère vous a parlé de moi ?

— Non, ne t'inquiète pas. Elle n'a rien dit à ton sujet.

Elle m'a étudiée un instant, tête penchée sur le côté.

— C'est ma tante qui m'a parlé de toi.

— Votre tante ?

J'ai fouillé ma mémoire à la recherche d'un Nolan et me suis alors souvenue de Billy Nolan, l'oncle décédé de Handel. Voilà pourquoi son visage me disait quelque chose.

— Votre tante est la mère de Handel ? Handel Davies ?

Elle a ri.

— Oui. Y a-t-il un autre Handel dans le coin ?

J'ai souri, ravie à l'idée que sa mère ait parlé de moi autour d'elle.

— J'en doute.

Elle m'a détaillée de la tête aux pieds, sans aucune gêne.

— Eh bien, tu es vraiment adorable. On vous a vus en ville, Handel et toi, alors évidemment, la nouvelle est arrivée jusqu'à nous. Ma tante est ravie que son fils sorte avec quelqu'un comme toi. C'est un garçon bien, dans le fond. Il a juste besoin qu'on l'éloigne de l'influence de ses frères. Qui sait, tu seras peut-être celle qui le sauvera ?

Je ne savais pas comment réagir à ces révélations. Ma mère m'observait avec intérêt et je n'avais toujours pas prononcé un mot lorsque Jenny a repris la parole.

— Tu devrais lui donner une seconde chance, a-t-elle déclaré.

Je l'ai regardée d'un air ahuri.

— Pardon ?

— Tu sais, sortir avec lui. Les premiers rendez-vous ne sont pas toujours à la hauteur, mais parfois, la magie opère au second. Après tout, c'est comme ça que j'ai fini avec Charlie, a-t-elle poursuivi en évoquant son futur époux. Si je l'avais laissé tomber après notre premier rendez-vous, nous n'en serions pas là aujourd'hui.

— Ah bon…

— Je suis contente d'avoir fait ta connaissance. Tu voulais parler à ta mère, n'est-ce pas ?

Jenny Nolan s'est écartée, et trois autres paires d'yeux m'ont étudiée. Apparemment, ses demoiselles d'honneur étaient tout aussi curieuses de découvrir celle qui sortait avec Handel Davies. Ou, du moins, qui était sortie avec lui, selon leurs informations.

Je me suis demandé comment elles me regarderaient si elles apprenaient que je l'avais revu. Que le soir, avant de m'endormir, j'imaginais ses lèvres se poser sur les miennes, ses doigts effleurer ma peau. Et que parfois, je me disais que c'était Handel qui allait me sauver, et non l'inverse.

— Jane, a appelé ma mère. Tu as besoin de quelque chose ?

— Ça va aller, finalement. Je vais me débrouiller toute seule.

Sur ce, j'ai refermé la porte et traversé le salon à toute vitesse, sous le regard étonné de la fille aux cheveux roux. Elle avait dû entendre les commentaires de Jenny.

Je me suis sentie soudain spéciale. Agréablement spéciale.

Parfois, je suis vraiment douée pour faire semblant.

Je suis arrivée au Club Océan dans une robe bustier noire à paillettes et des talons de la même couleur, comme si j'avais l'habitude de m'habiller de cette façon et que j'étais née pour sortir avec un garçon riche comme Miles plutôt qu'avec un pêcheur comme Handel Davies. Les pierres de mon bracelet étaient fausses, bien sûr, et je me suis demandé si les clients habituels le remarqueraient.

Aucune de nous n'avait sa place ici, mais ce soir, les filles et moi allions prétendre le contraire.

— Ce que t'es sexy ! s'est exclamée Bridget qui nous attendait dans le vestibule.

J'ai resserré mon étreinte autour de mon petit sac noir.

— Toi aussi, Bridget.

Bridget était toujours magnifique, mais quand elle se mettait sur son trente-et-un, elle était éblouissante.

Ses yeux ont glissé sur mon cou.

— Joli, a-t-elle dit. Ça fait plaisir de te voir avec ça.

J'ai pris le cœur en nacre entre mes doigts ; elle savait ce qu'il représentait pour moi. Ce soir, en me préparant, j'avais décidé de me concentrer sur les éléments positifs de ma vie. Comme Handel. Et porter le collier que ma mère m'avait offert pour remplacer celui que j'avais perdu semblait un bon début.

— Où sont les autres ? ai-je demandé.

— Michaela est aux toilettes…, a commencé Bridget.

— Et Tammy vient d'arriver, a annoncé celle-ci derrière nous.

Elle a jeté un œil à l'énorme composition florale qui décorait l'entrée avant de nous embrasser.

— Ce n'est pas le Slovenska, a commenté Michaela en nous rejoignant.

Nous sommes restées là un moment, mal à l'aise.

— C'est bizarre, non ? ai-je demandé.

Bridget a gloussé.

— Moi, je trouve ça marrant.

J'ai glissé un regard à Tammy.

— Seamus sait que tu es là ?

— Pourquoi ça l'intéresserait ? a-t-elle répliqué. Et, oui, il se trouve qu'il sait. Je l'ai vu avant de venir.

— Tiens donc !

Bridget était sur le point de la cuisiner mais Tammy l'a fait taire d'un regard.

— OK, a-t-elle marmonné. Je demanderai plus tard.

— Alors, Jane, qu'est-ce qu'on fait ? s'est enquise Michaela.

— Je suppose qu'on devrait entrer pour voir s'ils sont à l'intérieur.

Bridget a tapé dans ses mains en poussant un petit cri.

Elle a traversé le restaurant avec le genre d'assurance que j'aurais aimé avoir en cet instant. Je me sentais soulagée qu'elle ait pris les devants.

Le restaurant avait commencé à se remplir pour la soirée. Les gens venaient boire un verre ou manger, peu importe, du moment qu'on les voyait ici. Le Club Océan se voulait décontracté, mais en réalité ses clients – les femmes surtout – rivalisaient d'élégance pour être la plus chic, la plus glamour, la plus sexy, comme s'il s'agissait d'une compétition. Les couverts en argent tintaient contre la porcelaine et des mains fraîchement manucurées tenaient avec grâce de longues flûtes en cristal. Ici, les gens se comportaient comme s'ils composaient un spectacle.

Les filles et moi n'étions peut-être pas des habituées, mais nous avons traversé la salle de réception comme si nous méritions, nous aussi, d'être admirées. Nous sommes sorties sur la terrasse décorée de guirlandes lumineuses et de lanternes et nous sommes frayées un chemin à travers la foule.

— Par ici ! a crié quelqu'un.

Miles était appuyé contre la rambarde du toit-terrasse, au-dessus de nous, et nous faisait signe, vêtu d'une chemise noire et d'un jean. Il avait l'air décontracté, mais il était impossible de ne pas deviner qu'il était riche. Peut-être parce qu'il était beau, ou sûr de lui, ou charismatique. Quoi qu'il en soit, j'ai presque eu envie de faire demi-tour. De qui nous moquions-nous en essayant de faire croire que nous pouvions traîner avec des garçons comme lui ?

Ses amis l'accompagnaient – ceux que nous avions vus sur la plage et un nouveau –, tous plus ou moins habillés de la même façon. Ils buvaient tous une bière, malgré l'interdiction faite aux mineurs de consommer de l'alcool. Nous les avons rejoints en slalomant entre les verres de vin et les cocktails.

— Salut, ai-je lancé.

Le visage de Miles s'est illuminé.

— Tu es venue.

— On dirait bien.

Je lui ai rendu son sourire et Tammy s'est raclé la gorge.

— Je te présente Tammy et Michaela. Et tu te souviens de Bridget, bien sûr, ai-je ajouté en les désignant tour à tour.

Seul le sourire de Bridget était sincère et les amis de Miles avaient les yeux braqués sur elle.

— Et tu es ? m'a-t-il demandé.

J'ai ri en réalisant que je ne lui avais toujours pas donné mon prénom.

— Jane.

— C'est un plaisir de te rencontrer, Jane, a-t-il ironisé. Vous vous souvenez de Logan et Hugh ? a-t-il poursuivi en désignant les garçons qui l'accompagnaient à la plage.

— Pas vraiment, a raillé Tammy.

Bridget lui a donné un coup de coude.

— Oh, oui. Bien sûr. Ça me revient, maintenant.

Je me suis retenue de rire. Parfois, l'attitude de Tammy était vraiment hilarante.

Miles n'a pas eu l'air de mal le prendre. Il continuait de nous sourire, son regard pétillant tandis qu'il finissait les présentations.

— Et voici James, a-t-il ajouté en se tournant vers le quatrième garçon.

Il était blond et des taches de rousseur à peine visibles parsemaient son visage. S'il ne portait pas de vêtements aussi chers et ne traînait pas avec les trois autres, il aurait facilement pu passer pour l'un des nôtres.

— Qu'est-ce que vous voulez boire, les filles ? a demandé Miles.

Je me suis mordu la lèvre.

— Nous n'avons pas de fausses cartes d'identité, ai-je avoué.

Les garçons ont tous haussé les sourcils, comme s'ils avaient répété la scène.

— Comment est-ce possible ? a demandé Logan.

Michaela a levé les yeux au ciel.

— On ne fréquente pas ce genre d'endroit.

Son ton impliquait qu'ils auraient dû s'en douter, et qu'en plus nous valions beaucoup mieux que ça.

Ça commençait mal...

— Qu'est-ce que vous faites pour vous amuser, alors ? a demandé Hugh en s'appuyant sur la rambarde.

Bridget est intervenue pour tenter de sauver la soirée avant qu'il ne soit trop tard.

— On se retrouve sur la plage ou chez des amis. Ce n'est pas facile de s'intégrer dans ce genre d'endroits, vous savez. Même aussi cool que celui-ci.

— Ne vous inquiétez pas, a dit Miles en levant la main vers une serveuse. On a des relations.

— Des relations ? a raillé Tammy.

Elle n'a pas levé les yeux au ciel mais c'était tout comme.

— Je vais juste prendre un Coca, ai-je dit avant que Tammy n'en rajoute.

Je ne voulais pas d'une bière ou d'un de ces cocktails sophistiqués qui vous montent à la tête en moins de deux.

— Tammy et moi aussi, a dit Michaela tandis que Tammy prenait un air renfrogné.

Bridget a battu des cils.

— Si l'un de vous pouvait m'avoir un de ces cocktails sympas, je lui en serais éternellement reconnaissante.

Les garçons ont échangé un regard pour déterminer lequel allait venir en aide à cette demoiselle en détresse. Bridget allait avoir du succès, ce soir. L'idée m'a fait sourire.

Nos Cocas sont arrivés et la serveuse a tendu à Bridget un verre à martini rempli d'un liquide rose et de glace pilée.

— Oooh ! s'est-elle exclamée après en avoir bu une gorgée.

J'ai été soulagée de voir qu'il ne nous a pas fallu long-temps pour engager une conversation normale. Tammy parlait avec James, Michaela et Bridget avec Logan et Hugh, et moi avec Miles. J'avais comme l'impression qu'il m'avait revendiquée ; les autres avaient à peine posé les yeux sur moi.

— Vous venez souvent ici ? ai-je voulu savoir.

— Tu veux dire quand je ne traîne pas sur la plage publique ou au Slovenska ?

— Tammy peut être dure parfois.

— Toi aussi.

J'ai fait tourner ma paille dans mon verre.

— Pas vraiment.

— Ce n'est pas parce que je ne vis pas ici que je ne suis pas quelqu'un de bien.

— Peut-être.

J'ai parcouru la terrasse du regard, sa décoration soignée, ses clients élégants riant, buvant et flirtant. J'ai vu la joie dans les yeux de Bridget, le plaisir qu'elle prenait à être ici. Même Tammy et Michaela semblaient s'amuser, malgré leurs a priori.

— Avant, je rêvais de sortir dans un endroit comme le Club Océan, ai-je admis.

— Tu en rêvais ? a fait Miles en riant. Waouh. C'est un endroit public, tu sais.

— Pour les gens comme toi, peut-être. Mais pour les gens comme nous… On n'a pas l'habitude de venir ici.

— Tu es là, pourtant, a dit Miles d'un air triomphant, comme si c'était grâce à lui.

Je me suis tournée vers la mer et j'ai posé mon verre sur la rambarde. Des voiliers flottaient paresseusement dans la baie, accompagnés de quelques yachts.

— Une partie du rêve incluait d'être avec des garçons comme vous.

— Tu me fais marcher ? Je ne sais jamais si tu es sérieuse ou sarcastique.

J'ai secoué la tête et bu une gorgée de Coca. Les bulles m'ont picoté la gorge.

— Non, c'est vrai.

— Tu m'en vois ravi, a dit Miles avec un sourire, mais je voyais à ses yeux qu'il était sérieux, heureux d'avoir entendu ma confession. J'espère que nous sommes à la hauteur de ton rêve.

— Je ne sais pas…, ai-je commencé doucement.

— Ah bon ?

— Attends, je n'avais pas fini.

Il s'est appuyé sur la rambarde et m'a observée. C'était la première fois que son assurance fléchissait.

— Désolé, s'est-il excusé. Continue.

— Maintenant que je suis là, ai-je repris, je ne suis pas sûre que cet endroit soit vraiment fait pour moi. Pour nous. Enfin, à part pour Bridget, peut-être.

Miles s'est retourné au moment où elle se mettait à rire.

— Elle a l'air de passer un bon moment.

J'ai pris une autre gorgée en le regardant par-dessus mon verre.

— Bridget peut s'amuser n'importe où.

Il a semblé se détendre à nouveau. Comme le volume sonore avait augmenté, il s'est penché pour pouvoir me parler.

— Alors, que peux-tu me dire d'autre à ton sujet, Jane ?

Je me suis mordu la lèvre, tâchant de décider quoi dire. C'était bien le genre de question qu'on posait lors d'un premier rendez-vous mais, après tout, j'avais accepté de me retrouver dans cette situation.

— Eh bien, contrairement aux apparences, il n'y a pas

que des Irlandais dans cette ville. Il y a aussi beaucoup de Russes et d'Italiens. Je fais partie des Italiens.

Il m'a adressé un grand sourire.

— J'aime tout ce qui est italien.

J'ai tenté de dissimuler un sourire derrière mon verre.

— Tu es toujours aussi mielleux ?

— Seulement quand je suis avec une fille qui me plaît.

J'ai levé les yeux au ciel en riant pour la première fois de la soirée. Sous ses airs sûr de lui, il semblait cacher une certaine sincérité. Il n'était peut-être pas d'ici, mais c'était quelqu'un de bien, il avait raison. Et il était mignon. Vraiment mignon. Et son charme commençait à me faire de l'effet.

Il a fait signe à la serveuse et commandé une autre bière. Puis il m'a dit :

— Je veux en savoir plus.

Alors je lui en ai dit plus et la conversation est devenue plus fluide. Nous sommes allés nous installer sur un canapé. Des lanternes pendaient au-dessus de nos têtes et je commençais à bien m'amuser.

— Voyons si je peux résumer ce que j'ai appris jusque-là, a fait Miles.

Il a bu une longue gorgée avant de poursuivre.

— Tu as grandi ici et tu vas au lycée du coin où tu entreras en terminale en septembre. Ta mère est couturière, et pendant l'été tu passes presque tout ton temps avec ces trois-là – il a désigné les filles, qui n'avaient pas bougé de place – à bronzer sur la plage ou traîner sur les quais.

— C'est ça, ai-je confirmé en riant.

Puis j'ai fait de mon mieux pour prendre un air hautain.

— Et toi, tu veux entrer dans une université, réputée

de préférence, pour jouer à la crosse, parce que les filles adorent ce sport, là d'où tu viens.

Il a souri.

— C'est vrai ! Je ne mentais pas à ce sujet.

— Et c'est ton premier été ici, ai-je fini.

— Exact ! Que dois-je savoir d'autre à propos de la mystérieuse Italienne, Jane...

— Calvetti, ai-je complété. Jane Calvetti.

— Waouh, *ça* c'est italien.

J'ai ri.

— Je sais.

— Attends une minute... Je connais ce nom. Calvetti... Calvetti. Jane Calvetti.

Miles s'est interrompu et son regard s'est assombri. Tout à coup, il m'a regardée différemment. Sa bonne humeur avait disparu.

— Tu n'es pas *cette* Jane Calvetti, quand même ? Celle du...

— Du cambriolage, si, ai-je fini pour lui.

Le verre entre mes mains était gelé à cause des glaçons. Je l'ai reposé sur la table.

— Je suis désolé, a-t-il dit.

J'ai posé mes mains sur mes cuisses et les ai contemplées.

— Je le pense vraiment, Jane. J'ignorais qu'il s'agissait de toi.

Il semblait sous le choc.

— Si tu veux en parler, je suis là, a-t-il proposé en se rapprochant de moi.

J'ai détourné le regard et lutté de toutes mes forces pour ne pas m'enfuir. Il essayait juste d'être gentil, après tout.

— Hum, merci, mais je ne préfère pas.

— Est-ce que la police...

J'ai secoué la tête pour dire *non, non, non, ne fais pas ça. Pas maintenant, pas ici.* Je ne voulais pas en entendre davantage.

— Changeons de sujet, s'il te plaît.

— D'accord. Mais je suis sincère, Jane, si tu veux…

— En parler, tu es là, l'ai-je coupé. J'ai compris. Et juste pour que tu ne te vexes pas, saches que la police m'a demandé de ne rien dire à personne. Parlons d'autre chose.

Je voulais passer à un sujet plus léger, mais je voyais à sa façon de me regarder que cela n'arriverait pas.

J'ai soudain eu envie d'être avec Handel, de me retrouver avec le garçon grâce auquel je pouvais me sentir entière à nouveau, celui qui connaissait mon monde parce qu'il y avait vécu toute sa vie, qui ne me poussait pas à aborder des sujets dont je ne voulais pas parler et qui me regardait comme si j'étais la seule fille qui avait jamais existé. J'ai réalisé, alors, à quel point je détestais l'idée d'être un secret dans sa vie. À quel point je voulais que Handel continue de parler de moi à sa mère, et qu'elle en parle à sa nièce, et que d'une façon ou d'une autre, la nouvelle se propage jusque dans l'atelier de couture de ma mère.

— Ça va ? a chuchoté Tammy près de mon oreille.

Elle s'est assise sur l'accoudoir et a serré ma main dans la sienne.

Miles me regardait d'un air coupable.

— Je n'aurais pas dû te parler de tout ça, je suis désolé.

— Ce n'est rien, ai-je dit.

— Je ne suis pas si nul, tu sais, a-t-il poursuivi d'un ton suppliant avant d'attendre ma réponse.

L'espoir qui perçait dans sa voix était presque douloureux.

— Je sais, ai-je répondu après un moment, essayant de me concentrer sur Miles plutôt que sur Handel. Tu es loin d'être quelqu'un de nul.

Puis je me suis efforcée de rappeler la Jane si douée pour faire semblant, celle qui pouvait s'éclater au Club Océan le temps d'une soirée, celle qui avait sa place aux côtés d'un garçon gentil et charmant comme Miles, et qui pouvait refouler ses souvenirs douloureux loin, très loin, ne serait-ce qu'un court instant.

17

— Tu es...

Handel s'est interrompu.

Il était tard, presque minuit.

Handel et moi avions décidé de nous retrouver au port après mon départ du Club Océan. Les lieux étaient déserts à cette heure de la nuit.

J'avais hâte de le retrouver. D'être avec lui.

Il était tout ce que je désirais.

— Je suis quoi ? ai-je demandé. Habillée comme quelqu'un que je ne suis pas ?

Je l'ai suivi jusqu'au bateau de son père, mes talons se balançant dans ma main. J'étais heureuse d'avoir retrouvé la terre ferme, de sentir les planches de bois sous mes pieds. C'était un soulagement d'être avec ce garçon qui pouvait me faire fondre en un seul regard. Handel me faisait tourner la tête sans le moindre effort et je savais, à la tension qui flottait entre nous, que c'était réciproque.

— Non, a-t-il dit en me dévisageant. Tu es magnifique. Tu es toujours magnifique, ce qui veut dire que tu es exactement celle que tu as toujours été.

Mon visage s'est enflammé.

— Tu me trouves magnifique ?

— Oui.

Sa réponse était catégorique.

— C'est nouveau pour moi.

— Quoi donc ?

— Que quelqu'un me dise que je suis jolie comme s'il s'agissait d'une évidence. Un garçon, je veux dire. Comme toi.

Il m'a tendu la main pour m'aider à monter sur le bateau.

— Comment cela peut-il être nouveau ?

J'ai enjambé la proue avant d'atterrir sur le pont. Ses doigts étaient doux, mais fermes.

— Je ne suis pas sortie avec beaucoup de garçons. J'imagine que je ne fais pas partie de celles qu'on remarque.

— Ça m'étonnerait.

— Tu veux vraiment me faire croire que tu savais qui j'étais avant cette année ?

Il nous a fait de la place sur le banc qui longeait la coque du bateau.

— Peut-être pas, a-t-il admis.

Il s'est assis et m'a fait signe de le rejoindre.

— Mais une fois que je t'ai remarquée, je ne pouvais plus m'empêcher de te regarder. Ou de penser à toi.

Il a pris ma main dans la sienne, l'a étudiée, puis il a suivi le tracé des lignes de ma paume du bout des doigts.

— Vraiment ?

Il a porté mes doigts à ses lèvres pour y déposer un baiser.

— Oui. Tu as l'air si… fragile et indestructible à la fois.

— Je ne me sens pas indestructible, pourtant. Mais merci pour le compliment.

Ses lèvres ont effleuré ma peau et leur contact m'a coupé le souffle.

Il a levé les yeux sur moi avec un grand sourire.

— Alors, comment s'est passé ton rendez-vous ?

— Ce n'était pas un rendez-vous, ai-je répondu en riant. Pas vraiment.

— Comment était ton rendez-vous de *groupe*, alors ?

— Bien. Si tu insistes. C'était sympa, à vrai dire. Pas aussi pénible que je le craignais.

Le regard de Handel était amusé.

— Que tu le craignais ? Raconte…

Je lui ai donné un coup de coude.

— Tu aurais été dans le même état que moi si tu avais dû te rendre au Club Océan.

Il a sifflé et le son a résonné au loin.

— La classe.

— N'est-ce pas ?

— Ils ont payé ta bière, au moins ?

— Oui. Mais c'était un Coca. Un Coca hors de prix, ai-je précisé.

Handel a désigné mes talons, posés négligemment à côté d'un gilet de sauvetage et d'une caisse à homards.

— Alors les chaussures et la robe, c'était pour eux, pas pour moi ?

— J'en ai bien peur.

— Ils se sont bien comportés, au moins ?

Sa question m'a surprise.

— Bien sûr. Tu étais inquiet ? ai-je demandé en riant.

— Je suis humain, a-t-il dit en riant à son tour. La plupart du temps.

181

— Et souviens-toi, je suis en partie indestructible, alors tu n'as pas à t'en faire.

Handel a regardé ses mains.

— C'est l'autre partie qui m'inquiète.

— Je veux que mes amis t'apprécient, ai-je soudain lâché.

— C'est vrai ?

— Ce serait le cas s'ils te connaissaient mieux.

Il a repoussé une mèche qui lui tombait dans les yeux.

— Tu m'as l'air bien sûre de toi.

— Je le suis, ai-je dit en replaçant sa mèche qui venait de retomber.

Son regard était si intense. Il me donnait envie de m'y noyer.

— Comment pourrait-il en être autrement ? Je t'apprécie tellement.

— Je t'apprécie aussi, a-t-il dit sans hésiter.

Il a fait glisser ses doigts sur ma peau en suivant le contour de ma robe. Puis il a pris mon pendentif en nacre entre ses doigts.

— C'est nouveau ?

J'ai dégluti avant de confirmer. Il a reposé doucement le cœur contre ma poitrine et sa main s'est attardée. Il a plongé son regard dans le mien. Je me suis avancée pour l'embrasser, du bout des lèvres, mais rapidement notre baiser s'est enflammé. Il a posé ses mains de part et d'autre de mon visage pour m'attirer à lui. Le toucher délicat de ses doigts effleurant ma mâchoire, mon cou, mes épaules, a privé mes poumons d'oxygène. J'ignorais comment – je ne me rappelais pas en avoir pris la décision – mais j'étais soudain sur lui, un genou de chaque côté de ses cuisses. Nous n'avions pas cessé de nous embrasser et, à présent, je le regardais dans les yeux, mes cheveux tombant sur nous comme un épais rideau. Handel serrait ma robe entre ses doigts, comme s'il craignait que ses mains ne s'égarent s'il se laissait aller. Ses lèvres avaient un goût iodé qui m'enivrait. Je craignais de ne plus jamais pouvoir me passer de lui, alors je me suis pressée contre son corps jusqu'à ce qu'il n'y ait plus d'espace entre nous, sans me soucier de ma robe qui remontait sur mes jambes, ni du tissu rugueux de son jean que je sentais entre mes cuisses. C'était ce que je voulais. C'était tout ce que je voulais. Peu importe où cela nous menait, je voulais y aller.

Quand nous nous sommes enfin séparés, nous étions tous les deux à bout de souffle.

Mon cœur battait à tout rompre dans ma poitrine.

Une lueur sauvage brillait dans les yeux de Handel.

— Tu me donnes envie de faire des choses, Jane.

Un rire nerveux m'a échappé. J'étais sous le choc de ce qui venait de se passer, de ce qui avait pris possession de mon corps et m'avait poussée à agir comme une fille qui avait beaucoup plus d'expérience que je n'en avais.

Aussi gracieusement que possible, j'ai quitté ses genoux pour reprendre ma place à son côté en tirant sur ma robe pour la réajuster.

— Je ne voulais pas dire ça comme ça, s'est-il rattrapé. Bien que tu me donnes aussi envie de faire ces choses-là.

J'ai passé mes doigts dans mes cheveux emmêlés en essayant de reprendre mon souffle.

— Qu'est-ce que tu voulais dire, alors ?

Il est resté silencieux un moment ; je l'ai laissé réfléchir. C'était si paisible, ici. Seul le clapotis de l'eau troublait le silence. L'éclat de la lune se reflétait sur la mer et ondoyait en rythme avec les vagues.

Handel a repris ma main. Il a tracé des cercles sur ma paume, et un frisson électrique a parcouru mon corps.

— Quand je suis avec toi, je me dis que je pourrais avoir une vie différente.

— C'est ce que tu veux ? me suis-je exclamée, surprise.

— Parfois.

— Pourquoi ?

— Je me demande comment ce serait si j'étais né dans une autre famille.

— En parlant de famille, j'ai rencontré ta cousine aujourd'hui. Jenny.

Handel a semblé surpris.

— Quoi ?

— Jenny Nolan. Elle était chez moi pour un essayage avec ma mère. Pour son mariage.

— Jenny Nolan, a-t-il répété.

— Elle est jolie. C'est son père qui est décédé ? Ton oncle ?

— Non. Le frère de son père, a répondu Handel. Comment as-tu su qu'elle était de ma famille ?

J'ai esquissé un sourire, flattée que les membres de sa famille me trouvent suffisamment importante pour parler de moi.

— C'est elle qui me l'a dit.

Je me suis appuyée contre lui.

— Apparemment, ta mère aime l'idée qu'on sorte ensemble. Elle en a parlé à Jenny, et elle lui a dit qu'elle était déçue que ça n'ait pas marché entre nous.

Handel a secoué la tête.

— Ma mère parle trop.

— Comme toutes les mères.

— C'est vrai.

Je l'ai dévisagé. Quelque chose dans son expression me rendait triste. Il avait l'air tellement perdu, en cet instant. Le masque du mauvais garçon était tombé pour révéler un garçon solitaire qui aurait vécu assez de drames pour en être changé à jamais.

— Parfois, je me dis que tu es plus vulnérable que ce que tu laisses paraître, ai-je lâché. Que tu es complètement différent de ce que les gens pensent de toi.

— Nan. Je suis sûrement comme ils le pensent.

— Je n'y crois pas. Et si tu ne veux pas l'être, ça ne tient qu'à toi.

— Si seulement c'était aussi simple.

— Ça l'est.

J'ai fermé les yeux, me laissant bercer par les cercles qu'il continuait à tracer sur ma paume.

— J'aimerais tellement que ce soit vrai, a-t-il chuchoté.

Puis j'ai senti ses lèvres se poser sur les miennes.

18

Ma mère a levé les yeux de sa machine à coudre. Il était tôt et elle semblait fatiguée. Cette fois, du tissu jaune avait envahi la pièce et le sol ressemblait à une énorme motte de beurre. Malgré le climatiseur qui soufflait près de la fenêtre – le seul de la maison – elle transpirait.

— Tu veux en parler ? a-t-elle demandé.

— Parler de quoi ?

Elle a repoussé le morceau de tissu.

— Jane, ne joue pas à ça avec moi. Je m'inquiète pour toi. Ça fait un moment que nous n'avons pas discuté, et ensuite, le professeur O'Connor vient nous annoncer que la police a une nouvelle piste. Tu ne savais vraiment rien à ce sujet ? Rien du t…

— J'ai déjà tout raconté, je ne me souviens de rien d'autre, l'ai-je coupée.

J'ai fait demi-tour et me suis arrêtée devant la porte, prête à disparaître dans le couloir.

— D'accord. Je ne vais pas te forcer.

Le nuage sombre qui s'était formé au-dessus de nos têtes s'est dissipé.

— Merci.

À présent que le sujet était clos, je me suis tournée vers elle, jetant un œil aux morceaux de tissu qui l'entouraient.

— Alors, qui oblige ses demoiselles d'honneur à porter du jaune poussin ?

Ma mère a fermé les yeux un instant, comme si elle essayait de chasser son inquiétude.

— Lizzie McCreary.

— La plus âgée des sœurs McCreary ? Elle a choisi du jaune pour aller avec leurs taches de rousseur ?

Ma mère a fait la grimace.

— Je sais. Horrible, n'est-ce pas ?

J'ai pris un morceau de tissu et l'ai posé sur mon bras. Même mon teint olive semblait délavé à côté.

— Je ne te le fais pas dire.

Ma mère a fait glisser un pan d'étoffe entre ses doigts.

— La matière est agréable, mais cette couleur serait atroce sur n'importe qui. J'ai essayé de convaincre Lizzie de choisir du bleu ou du vert, mais elle n'a rien voulu entendre. Elle veut que les robes soient assorties aux marguerites de leur bouquet.

— Oh, mon Dieu ! Promets-moi une chose.

— Quoi donc ?

— Quand je me marierai, ne me laisse pas infliger ce genre de traumatisme à Tammy, Bridget et Michaela. Rappelle-moi quelles amies fidèles elles ont été pendant toutes ces années et qu'une mariée doit toujours être gentille avec ses demoiselles d'honneur.

Ma mère a ri.

— Je n'y manquerai pas.

Puis son visage est redevenu sérieux.

— Ce n'est pas une façon détournée de me dire que tu t'es fiancée, rassure-moi ?

Comme je sentais qu'elle ne plaisantait qu'à moitié, j'ai posé une main sur ma poitrine en secouant la tête comme si elle était folle.

— *Moi* ? Me *marier* ? Tu as bu quelque chose ?

Elle a ri à nouveau.

— Pourtant, à la façon dont Jenny Nolan a parlé de toi et Handel Davies, on aurait dit qu'elle espérait vous voir mariés dans l'année.

— Jenny Nolan n'a aucune idée de ce qui se passe.

— Et toi, oui ? Envie de partager ?

— Tu n'as pas du travail qui t'attend ?

— Si tu veux en parler, en tout cas, je suis là.

— Je sais, ai-je dit, à nouveau sur le pas de la porte.

La machine à coudre s'est mise en route avant de s'interrompre.

— Jane, une dernière chose…

— Quoi ?

— Ce n'est pas à toi de sauver le monde, a-t-elle dit. Même si tu es tombée amoureuse.

Puis la machine s'est remise en route, l'aiguille piquant le tissu sans relâche et laissant derrière elle une traînée de points de couture.

— Bridget a un copain, a claironné Tammy quand je suis arrivée à la plage.

Bridget a frappé Tammy avec son magazine.

— T'as quel âge, douze ans ?

— Ça m'arrive, a-t-elle répondu en se frottant le bras.

189

— Ouais, eh bien, Tammy a aussi un copain, a raillé Bridget à son tour.

— Ce n'est pas juste, s'est plainte Tammy. Je n'ai pas de magazine pour te frapper, moi.

— J'en conclus que la soirée au Club Océan s'est bien terminée, ai-je dit en étalant ma serviette.

— Elle ne l'admettra jamais, mais sa chance n'a rien à voir avec le Club Océan, m'a chuchoté Bridget.

Puis elle a articulé Seamus et posé son index sur ses lèvres.

Je n'ai pu m'empêcher de sourire. J'adorais l'idée que Tammy et Seamus sortent ensemble.

— C'est quoi, cette histoire de copain, Bridget ?

Michaela a reniflé.

— Si tu étais restée avec nous, tu le saurais.

— J'étais fatiguée.

— Fatiguée de nous ?

— Bien sûr que non !

— C'est ça, a répliqué Tammy.

Je me suis réfugiée à côté de Bridget et passé de l'écran total. J'ai attendu que quelqu'un poursuive la conversation mais comme personne ne parlait, je me suis tournée vers les filles, me demandant quelle était la cause de ce soudain silence.

— J'ai raté un épisode ?

Michaela semblait exaspérée.

— Jane !

— D'accord...

Je savais ce qu'elles attendaient, et elles ne me lâcheraient pas avant de l'avoir obtenu.

— J'ai une autre histoire à vous raconter. Plus longue, cette fois. À propos de Handel, ai-je ajouté.

— J'en étais sûre ! s'est exclamée Bridget.

— Moi aussi, a lâché Michaela dans un soupir. J'espérais juste me tromper.

Je me suis cachée derrière mes lunettes de soleil.

— Si c'est pour que vous me jugiez, je préfère me taire.

— Allez ! s'est exclamée Tammy. Personne ne te jugera. Pas de ce côté de la plage en tout cas, promis.

— D'accord, à condition que vous me racontiez tout après.

— Bien sûr, s'est empressée de répondre Bridget, ses yeux glissant sur un sauveteur qui revenait de sa pause. Je meurs d'envie de te raconter ce qui s'est passé, de toute façon.

Michaela a reporté son irritation sur elle.

— Tu es vraiment trop faible, tu sais.

Cette fois, c'est Michaela qui s'est pris un coup de magazine.

— Et toi, tu es vraiment trop méchante.

— Du calme, les filles, ai-je dit en riant. On est toutes amies, ici.

Bridget s'est indignée.

— C'est ce que je croyais, mais peut-être que je me trompais.

— Désolée, Bridget, a marmonné Michaela en se frottant le bras.

— Tu disais, Jane ? est intervenue Tammy.

Mes lunettes me protégeaient de leurs regards inquisiteurs, et j'étais contente de les avoir. J'ai pris une grande inspiration, et me suis lancée dans mon récit.

— J'ai retrouvé Handel sur les quais, hier soir. Et, euh... il se peut que je l'aie vu plus souvent que vous

191

ne le pensez, ai-je admis avant de me recroqueviller au cas où Bridget m'attaquerait avec un de ses magazines.

Sa bouche s'est ouverte sous l'effet de la surprise.

— Tu nous l'as caché !

— Je vous ai dit que ce serait une plus longue histoire, cette fois-ci.

— Oh-oh, est intervenue Michaela. Tu l'aimes vraiment bien, n'est-ce pas ?

Un sourire s'est dessiné sur mes lèvres. Handel n'avait pas besoin d'être près de moi pour me faire fondre.

— Oui.

Michaela allait dire quelque chose mais je ne lui en ai pas laissé le temps.

— Il est différent de ce que vous pensez. Il est différent de ce que tout le monde pense de lui. Je sais qu'il a une réputation de mauvais garçon, mais après avoir passé tout ce temps avec lui, je ne comprends vraiment pas pourquoi.

— Euh, parce que c'est un Davies ? a suggéré Tammy.

— Ce qui veut dire qu'il fréquente tous les sales types de la ville, a renchéri Michaela. Ton père aurait...

Mais elle a été interrompue par un nouveau coup de magazine, venant de Tammy cette fois, qui avait réussi à en subtiliser un à Bridget.

Mon sourire s'est évanoui.

— Je vous assure, Handel n'est pas comme ça. Mon père l'aurait apprécié. Parce que Handel m'apprécie, ai-je ajouté.

Bridget a posé une main sur mon bras.

— Je te crois, Jane.

Puis elle s'est tournée vers Michaela.

— Et je suis sûre que si tu veux nous en dire plus

sur ce que tu ressens, il n'y aura plus de jugements ni de commentaires négatifs, n'est-ce pas ?

— Désolée, Jane, s'est excusée Michaela. Vraiment.

Tammy a acquiescé.

— Promis.

— Continue, m'a encouragée Bridget.

Le soleil était brûlant et je mourais de soif. J'ai pris le gobelet de café frappé que Bridget avait enfoncé dans le sable. Je l'ai vidé d'une traite et me suis aussitôt sentie mieux.

— Merci, lui ai-je dit. Je veux que vous appréciiez Handel. En réalité, j'ai besoin que vous l'appréciiez.

Le visage de Bridget s'est illuminé.

— Oh, mon Dieu ! Est-ce que tu es... *amoureuse* de lui ?

— Non, ai-je répondu trop vite. Mais on a échangé pas mal de, hum... baisers, et cætera.

Les yeux de Michaela se sont écarquillés.

— « Et cætera » ?

Tammy lui a lancé un regard sévère.

— Jane n'est pas *obligée* d'entrer dans les détails. Tu ne le fais jamais, toi.

Bridget m'a examinée, la tête penchée sur le côté.

— Je pense que tu n'es pas honnête envers toi-même, Jane. Je crois bien que tu es amoureuse de lui. Ce n'est pas ton genre d'aller aussi loin avec un garçon.

Mon visage a viré au rouge cramoisi.

— Il est possible qu'il y ait un peu de ça entre nous. Je veux dire... de l'amour. Enfin... j'ignore encore si c'est vraiment de ça qu'il s'agit, mais, ça a l'air sérieux. C'est pour ça que c'est si important pour moi que vous l'appréciiez.

Tammy a changé de position sur sa serviette.

— D'accord. Peut-être qu'on devrait passer un peu de temps avec lui. S'il nous paraît si suspect, c'est peut-être juste parce qu'on ne le connaît pas assez.

— Et parce que…, a commencé Michaela.

Mais Bridget lui a lancé un regard noir, auquel elle a répondu :

— Je n'allais rien dire de mal ! Et parce qu'on t'aime, Jane, et qu'on veut ce qu'il y a de mieux pour toi. On veut que tu sois avec quelqu'un qui te rendra heureuse.

— Je suis heureuse, ai-je affirmé. Handel me rend heureuse.

— Dans ce cas, c'est réglé, a tranché Michaela en appliquant de la crème solaire sur son bras.

— Que veux-tu dire ? ai-je demandé.

— Tu vas nous arranger une rencontre avec Handel, comme ça on pourra commencer à l'apprécier autant que toi.

— Euh… je ne sais pas pour toi, a fait Tammy, mais je n'ai pas l'intention d'apprécier Handel Davies autant que Jane.

— Oh, enfin, tu vois ce que je veux dire.

J'ai agité une main devant leur visage pour attirer leur attention.

— Je veux bien essayer d'organiser ça, mais Handel est plutôt secret.

Bridget a soupiré d'un air rêveur.

— Le mystère… C'est ce qui rend les mauvais garçons si mauvais.

— S'il tient à toi, il acceptera, a dit Tammy. On est tes amies, après tout.

— C'est vrai, ai-je approuvé.

Mais je n'étais pas sûre que ce soit aussi simple.

— Super, s'est exclamée Michaela.

— Oooh ! a couiné Bridget. J'ai toujours rêvé de devenir intime avec quelqu'un comme Handel.

— Allez, à votre tour de me raconter votre soirée.

Michaela s'est tournée sur le ventre, comme si elle ne supportait pas l'idée de devoir partager les détails, mais finalement, elle a dit :

— Bridget a eu trois mecs à ses pieds.

— C'était merveilleux, a soupiré Bridget.

— Et vous deux, vous faisiez quoi pendant ce temps-là ?

Tammy a reniflé.

— Des paris.

Michaela a relevé la tête de sa serviette.

— Je croyais que Hugh allait l'emporter.

— Mais il semblerait que Logan ait pris le dessus, a complété Tammy. Pourtant, James était en tête à un moment. Bridget, tu nous éclaires ?

Elle affichait son sourire rêveur.

— Ils étaient tous les trois très gentils. Demande à Michaela ce qu'elle a pensé de Hugh, par exemple.

Michaela a haussé les épaules.

— D'accord, Hugh est plutôt sexy. Je ne suis jamais sortie avec un black. Je devrais peut-être essayer.

— Et Miles ? ai-je demandé en réajustant ma serviette.

Tammy a soupiré.

— Il avait l'air assez abattu après ton départ.

J'ai fouillé mon sac à la recherche d'un élastique pour attacher mes cheveux. Il faisait trop chaud pour les laisser lâchés.

— C'est vrai ?

— Ne fais pas semblant de ne pas l'avoir remarqué, a

répliqué Tammy avant de me jeter un de ses élastiques. Il craque pour toi.

Bridget est redevenue sérieuse.

— Tu ne devrais pas le laisser espérer s'il n'a aucune chance, Jane.

— Je sais...

— À moins qu'il ait une chance ? a fait Michaela.

J'ai fini d'attacher mes cheveux et haussé les épaules.

— Je suis avec Handel. Je pensais que c'était clair.

— Ça reste encore à prouver, a répliqué Michaela. Si tu es avec Handel, pourquoi n'est-il pas ici aujourd'hui ?

— Parce qu'il travaille. Pourquoi tu me demandes ça ?

— Tu en es sûre ?

— Oui.

Mais elle avait raison. Je présumais qu'il était au travail ; au fond, je n'en savais rien.

— On a de la compagnie, a lancé soudain Tammy en regardant au loin.

— Faites-vous belles, les filles ! s'est exclamée Bridget.

— Jane, puisque tu n'es pas encore sûre de ce qu'il y a entre Handel et toi, pourquoi ne te rendrais-tu pas disponible pour Miles, a suggéré Michaela. Rien qu'un peu ?

— Je ne vois pas l'intérêt, ai-je lâché en observant les garçons approcher.

— Bonjour-bonjour, a chantonné Miles en nous rejoignant.

Puis il m'a gratifiée de son sourire charmeur qu'il avait dû passer des heures à travailler devant son miroir.

— Je peux me mettre là ? m'a-t-il demandé en désignant l'emplacement libre à côté de ma serviette.

— Bien sûr, ai-je répondu un peu froidement.

Bridget avait raison : il était vraiment gentil et il ignorait qu'après l'avoir vu hier, j'étais allée retrouver Handel sur son bateau. Je ne devais pas le laisser se faire de fausses idées. Ce n'était pas juste. Et ce n'était pas mon genre.

Il s'est installé à côté de moi, toujours souriant, et j'ai réalisé que c'était ce qui me plaisait chez lui : son insouciance, contagieuse et apaisante. Miles n'avait rien de mauvais ni de dangereux. C'était un gentil garçon qui me voyait comme une gentille fille.

Alors, au lieu de lui dire tout de suite que j'avais un copain — enfin, plus ou moins —, je me suis laissé envahir par la sérénité qu'il dégageait. Et tandis que j'observais mes amies, qui, malgré leurs protestations, appréciaient visiblement l'attention masculine dont elles faisaient l'objet, je me suis rendu compte à quel point il serait facile pour elles d'accepter quelqu'un comme Miles. Que si je le choisissais, je pourrais vivre un de ces amours de vacances dont je rêvais à l'époque où les garçons ne s'intéressaient pas encore à nous. Une part de moi se demandait si Michaela n'avait pas raison, et si je ne devais pas laisser une chance à Miles. Mais cette part de moi était vraiment infime.

19

— Arrête de gigoter, s'est plainte ma mère. Je vais finir par te piquer.

Je l'ai regardée d'un œil suspicieux.

Ses épingles s'approchaient dangereusement de ma poitrine tandis qu'elle travaillait sur le corset de la robe de mariée pour laquelle je lui servais de mannequin.

— Si tu arrêtais de me menacer, je serais peut-être moins nerveuse.

Elle a fait un pas en arrière et posé une main sur sa hanche.

— Depuis que tu me sers de modèle, combien de fois t'ai-je piquée avec une épingle ?

J'ai levé les yeux au ciel.

— Une fois. Parce que j'avais glissé de ce truc sur lequel tu m'avais demandé de monter.

Ma mère est passée derrière moi et s'est penchée pour ajuster le bustier.

— Et pourquoi as-tu glissé ?

— Parce que j'essayais d'attraper mon téléphone.

— Exactement, a-t-elle marmonné. Je ne suis pas responsable de ce qui s'est passé.

Je n'avais pas besoin de la regarder pour savoir qu'elle tenait une épingle entre ses lèvres.

— Bridget avait quelque chose d'important à m'annoncer !

— Pas assez important pour valoir le coup de se faire piquer.

— Définitivement pas, ai-je admis en essayant de ne pas rire.

Ma mère est repassée devant moi.

— On ne rit pas, a-t-elle protesté, tentant de se contenir, elle aussi.

Elle s'est interrompue un moment, le temps de contempler son travail, et m'a regardée avec un sourire.

— Mon écervelée de fille.

— Je ne suis pas écervelée.

— Ne le prends pas mal. Ça fait du bien parfois de faire preuve d'un peu de légèreté. Cela faisait longtemps que je ne t'avais pu vue aussi détendue.

Je me suis raidie.

— J'imagine…

Je ne voulais pas penser aux raisons qui m'avaient empêchée d'être légère ces derniers temps. Ce matin même, j'avais aperçu la Une du journal que j'étais allée chercher sur le porche.

UN SUSPECT INTERPELLÉ DANS L'AFFAIRE
DES CAMBRIOLAGES
LA POLICE NE VEUT PAS RÉVÉLER
SON IDENTITÉ.

Ma mère dormait encore. Je l'avais caché sous mon lit pour qu'elle ne le voie pas. Comme lorsque j'avais effacé les messages que l'agent Connolly avait laissés sur le répondeur. Si j'évitais toutes ces choses, je pouvais presque prétendre que ma vie était normale.

— Alors, a-t-elle dit en s'agenouillant pour retoucher l'ourlet, qu'as-tu prévu pour le 4 Juillet ? Tu vas à la plage avec les filles ? Ou avec quelqu'un d'autre ?

Elle n'avait pas clairement cité Handel, mais je savais qu'elle y pensait et j'ai senti mes joues s'empourprer. Rien que l'idée de passer une soirée avec lui me faisait rougir de plaisir – réaction plutôt embarrassante en présence de ma mère.

— Je vais voir le feu d'artifice, comme d'habitude. Sûrement perchée en haut d'une chaise de sauveteur, si j'arrive à m'en trouver une.

Je ne savais pas encore avec qui j'irais. Handel et moi n'avions rien planifié et Miles m'avait dit qu'il m'accompagnerait si j'étais libre…

— Hmm…, a fait ma mère en tirant légèrement sur le bas de la robe, visiblement peu convaincue. Voilà, maintenant, c'est une belle robe de mariée.

Celle-ci était simple, sans fioriture – ni perle, ni paillette, ni lacet. Sa coupe parfaite et la qualité du tissu suffisaient à la rendre éblouissante.

Je me suis regardée dans le miroir.

— Elle est vraiment magnifique.

— Je suis assez fière de moi, je dois dire.

— Il y a de quoi.

Quand la sonnette a retenti, ma mère a posé sa pelote à épingles sur la table de couture.

— J'y vais. Ne bouge pas, ou tu risquerais de te piquer.

— Ne t'inquiète pas pour moi ! lui ai-je répondu, soulagée de pouvoir profiter de cette occasion pour chasser Handel de mes pensées avant qu'elle ne revienne.

Puis j'ai entendu des voix, et lorsqu'elle est revenue dans l'atelier en chantonnant : « Jane, tu as de la visite », j'ai su qu'il ne s'agissait ni de son fournisseur de tissu ni du facteur. Oh, mon Dieu, ai-je pensé. C'était Miles. Il avait trouvé mon adresse et était venu me rendre une visite surprise.

Mais ce n'était pas lui non plus.

— Bonjour, Jane, a dit Handel en apparaissant dans l'embrasure de la porte. J'ai un jour de congé.

J'ai posé ma main sur ma bouche, incapable de prononcer un mot.

— Tu ne m'as pas dit que tu attendais de la visite, Jane, a repris ma mère.

J'ai retiré ma main.

— Je l'ignorais.

— Oh, a-t-elle répondu.

Les yeux de Handel ont parcouru mon corps de haut en bas avant de plonger dans les miens.

— C'est une robe magnifique, Madame Calvetti.

— Et le modèle l'est encore plus, tu ne trouves pas ?

— Maman !

Handel a ri.

— Absolument !

J'ai lancé à ma mère un regard noir.

— Fais-moi sortir de cette robe, maintenant.

— Je vais patienter dans le salon, a proposé Handel.

— Ça va prendre un moment, l'a prévenu ma mère.

— J'ai le temps, a-t-il répondu en s'éloignant déjà.

Ma mère m'a étudiée un instant, une main posée sur sa hanche.

— Il est charmant, Jane.

— Je sais.

Puis elle a commencé à dégrafer l'arrière de la robe.

— Et vraiment très beau.

— Maman ! ai-je protesté.

Mais il y avait une centaine d'agrafes à enlever et ça allait prendre des siècles. J'étais coincée.

— C'était juste une observation, s'est-elle justifiée d'une voix moqueuse.

— Je me passerais volontiers de ce genre d'observations au sujet de mon petit ami. Et s'il te plaît, parle moins fort.

— Alors c'est ton petit ami, a-t-elle chuchoté. Intéressant. Pourquoi ne me l'as-tu pas dit ?

— Parce que c'est privé.

— Pas assez pour l'empêcher de venir te voir, apparemment.

Elle a enlevé les dernières agrafes du bustier et j'ai soupiré.

— Je suis aussi étonnée que toi.

Maintenant, elle devait retirer le bustier en veillant à ne pas laisser tomber la moindre épingle.

— Intéressant…

— Tu n'arrêtes pas de dire ça.

— Parce que ça l'est, m'a-t-elle narguée.

Elle a posé délicatement le bustier sur sa table et est venue se positionner devant la robe. La délivrance était proche.

— Eh bien, je suis heureuse d'avoir pu apporter un peu de piquant à ta journée.

Elle est restée là, à m'observer.

— Jane, tu sais que tu peux tout me dire.

— Oui, je sais.

— Même en ce qui concerne le... *fameux Handel Davies*, a-t-elle chuchoté exagérément.

— Maman ! Tu veux bien finir, s'il te plaît ?

Elle a ri.

— Tu sais, ai-je repris, m'apprêtant à m'extirper moi-même de la robe, j'ai toujours pensé qu'étant donné ton âge, tu serais plus cool que les autres mères avec ce genre de choses.

Elle s'est agenouillée pour ajuster l'ourlet.

— Ah oui ?

— Mais on dirait que je me suis trompée...

Elle a pris une épingle et l'a piquée dans le bas du tissu.

— Non. Tu as raison. Mais c'est si drôle de te torturer.

— *Maman !*

Elle s'est enfin relevée pour m'aider à sortir de la robe. J'ai sauté en bas du piédestal, enfilé mon T-shirt et mon short et je suis passée en trombe devant Handel pour rejoindre ma chambre. Je me suis rapidement changée, j'ai vérifié mon reflet dans le miroir et, satisfaite, je suis retournée voir ma mère dans son atelier.

— J'y vais, l'ai-je informée.

— Jane, a dit ma mère en m'arrêtant d'une main levée.

— Quoi encore ?

— Tu te protèges, n'est-ce pas ? a-t-elle demandé.

— Oh, mon Dieu ! On n'en est pas encore là ! On ne peut pas en reparler plus tard ?

— Eh bien, lorsque vous y serez, on devrait aller chez le médecin pour s'assurer que tu as tout ce qu'il te faut.

— Si tu veux. Je t'aime, salut !

J'ai fermé la porte derrière moi, pris une grande inspiration, et descendu les quatre marches qui menaient au salon où Handel attendait toujours.

— S'il te plaît, dis-moi que tu n'as rien entendu de tout ça.

— Je n'ai rien entendu.

Mais il affichait un grand sourire.

— Tu mens.

— C'est pour ton bien.

J'ai pris mon visage entre mes mains.

— Je suis morte de honte.

— Ne le sois pas. Et puis, je t'ai raconté l'histoire mortifiante de mon prénom. Alors maintenant on est quittes. Ta mère t'aime. Elle prend juste soin de toi.

J'ai découvert lentement mes yeux.

— On dirait que tu sais de quoi tu parles.

Son sourire a faibli. Juste un peu.

— Ma mère est comme ça, aussi.

— Et tu lui as parlé ? De toi et moi ?

Je ne pouvais toujours pas me résoudre à dire « nous ». Handel n'a pas répondu. Au lieu de ça, il a dit :

— Si on allait quelque part où ta mère ne pourrait pas nous entendre ?

— Je n'entends rien du tout ! a-t-elle crié depuis son atelier.

— D'accord, ai-je aussitôt répondu. C'est une excellente idée.

— Amusez-vous bien ! Ne rentrez pas trop tard ! a poursuivi ma mère.

J'ai glissé mes pieds dans mes sandales.

— Viens, ai-je dit à Handel en ouvrant la porte. À plus, Maman, ai-je crié à mon tour.

Une fois dehors, malgré la chaleur, je respirais plus facilement.

— Où veux-tu aller ? ai-je demandé à Handel.

— Je me disais…, a-t-il commencé, mais il s'est interrompu.

— Tu te disais… quoi ?

— Qu'on devrait se montrer en public. À nouveau.

— Toi et moi ? Comme avant ?

Il n'arrêtait pas de porter la main à sa poche arrière.

— On devrait arrêter de se cacher, a-t-il ajouté. Ça n'a aucun sens de continuer à prétendre qu'on n'est pas ensemble.

— Tu as envie d'une cigarette, ai-je constaté.

— Comment tu le sais ?

— Tu es nerveux. Tu as toujours envie d'une cigarette quand tu es nerveux. Et tu n'arrêtes pas de toucher ta poche arrière, où elles sont rangées.

Il a glissé son pouce dans le passant de son jean.

— Je ne suis pas nerveux.

— Mais tu as envie d'une cigarette.

— Oui.

Il a jeté un œil à la maison.

— Mais je ne peux pas en allumer une sous tes fenêtres.

— Allons ailleurs, dans ce cas. Dans un endroit public. Ensemble.

— Je te suis, a-t-il approuvé.

Mais je me suis arrêtée au bout de l'allée, comme devant une frontière invisible que je n'étais pas sûre de vouloir franchir.

Je me suis retournée.

— Tu n'as pas peur qu'on croise tes copains ?

Il avait déjà sorti une cigarette.

— J'imagine que non.

— Qu'est-ce qui a changé ? lui ai-je demandé en franchissant la ligne.

— Je ne sais pas. Plein de choses. Cette journée me semble différente, en quelque sorte.

Il a glissé sa cigarette entre ses lèvres et l'a allumée, puis il a franchi cette frontière à son tour, me rejoignant de l'autre côté.

— Et on ne devrait pas avoir à se cacher. Je veux qu'on fasse les choses correctement.

Il a retiré sa cigarette de sa bouche.

— La première fois que je t'ai vue, Jane, que je t'ai vraiment vue, j'ai tout de suite su que tu étais quelqu'un de bien. Et je veux me laisser envahir par ce bien.

Je me suis rapprochée de lui.

— Je ne suis pas si bien que ça.

— Si, tu l'es, a-t-il affirmé, refermant sa main autour de la mienne. Et c'est ce que j'aime chez toi.

Nous avons marché tranquillement jusqu'à la plage sous les regards toujours curieux des voisins. La fille du policier assassiné main dans la main avec le fils cadet d'une des familles les moins aimées de la ville… Ma mère allait en entendre parler, mais cette fois, elle pourrait répondre qu'elle était déjà au courant, et que le petit ami de sa fille était passé à la maison pour se présenter et faire sa connaissance.

Et aujourd'hui, je me fichais du qu'en dira-t-on. Je me sentais plus éclatante que le soleil, prête à m'élever dans les airs avec la légèreté d'un ballon. Je savais qu'il en était de même pour Handel. Je le voyais au sourire qui ne cessait d'apparaître sur ses lèvres. À sa façon de me regarder et de me tenir la main. Il ne pouvait s'empêcher de jouer avec mes doigts et de tracer des cercles dans le creux de ma paume. Chaque fois que nous tournions au coin d'une rue, il portait ma main à ses lèvres et déposait un baiser sur l'intérieur de mon poignet.

Quand nous sommes arrivés à la plage, il a passé son bras autour de mes épaules et je me suis appuyée contre lui. De temps à autre, je levais les yeux vers lui, pour découvrir qu'il me regardait aussi. Nous marchions l'un contre l'autre comme un vrai couple, insouciants, profitant de l'été et de notre romance naissante, parce que c'était tout ce qui comptait.

20

Le visage de Miles s'est décomposé à la seconde où il nous a aperçus. Il s'était installé à côté des filles et bavardait avec Bridget.

Je me suis soudain sentie horrible.

J'ai desserré mon étreinte autour de la taille de Handel et me suis légèrement écartée. Il ne m'était pas venu à l'idée que nous puissions tomber sur Miles en venant ici. Mais c'était mon problème quand j'étais avec Handel : je n'arrivais plus à réfléchir.

Quand nous les avons rejoints, Miles avait retrouvé son sourire habituel. J'ai ressenti un léger pincement au cœur en constatant que ses yeux, eux, ne souriaient pas. Je n'avais aucune intention de le faire souffrir, mais visiblement c'était déjà trop tard. J'aurais dû lui parler de Handel vendredi soir, mais je n'en avais pas eu le courage et je n'en étais pas très fière.

— Salut, Jane, m'a-t-il lancé avec entrain.

— Salut, Miles, ai-je répondu avec un sourire nerveux.

Apparaître en public avec Handel me semblait tout à coup beaucoup moins excitant. Mes amies nous observaient derrière leurs lunettes de soleil et il était difficile de savoir ce qu'elles en pensaient.

— Tes copains ne sont pas avec toi ? ai-je demandé à Miles.

— Ils ne devraient pas tarder, m'a-t-il répondu – puis il a posé les yeux sur Handel : Je ne crois pas que nous nous soyons déjà rencontrés.

La formule, excessivement polie et formelle, le faisait passer pour ce qu'il était : un gosse de riche en vacances sur la côte.

— Miles, je te présente Handel.

Le bras de Handel n'a pas quitté mon dos, même lorsqu'il a tendu son autre main pour serrer celle de Miles. J'ai même senti ses doigts se resserrer autour de ma taille.

— Ravi de te rencontrer, Miles.

En les voyant là, tous les deux, je percevais clairement que Miles n'avait pas la moindre chance. En ce qui me concernait en tout cas. Miles était attirant et savait se montrer doux, mais Handel était différent. Il avait une beauté brute, naturelle. Je pouvais la voir rayonner de lui, de ses longs cheveux blonds volant au vent, de sa peau dorée par le soleil, de ses yeux sombres, profonds et vulnérables. Ses muscles à lui ne sortaient pas des salles de gym ; il les avait gagnés en travaillant dur sur le bateau de son père où il avait appris à affronter les difficultés de la vie. Son nom de famille lui collait sans doute une réputation de mauvais garçon, mais c'était tout le reste qui donnait envie à une fille comme moi de le sauver de son côté sombre, ou, si cela s'avérait impossible, de l'y rejoindre.

Je crois que Miles l'a tout de suite compris. Comment pouvais-je tomber amoureuse d'un garçon comme lui alors que Handel se trouvait là, à ma portée ? Malgré cela, je sentais que Miles n'abandonnerait pas la compétition ; ce n'était pas son genre.

— Si on s'installait ? ai-je dit aux deux garçons.

Je ne savais pas trop comment me comporter en leur présence, mais le sable bouillant commençait à me brûler les pieds.

— Je vais vous faire de la place, a proposé Miles en décalant sa serviette afin que Handel et moi puissions nous asseoir côte à côte.

Bridget a sautillé jusqu'à nous.

— Je m'appelle Bridget, a-t-elle annoncé à Handel en lui tendant la main.

Il l'a serrée avec un sourire sincère.

— Handel.

— Ça, je le savais déjà, l'a-t-elle taquiné.

— Jane vous a parlé de moi ?

— Seulement parce qu'on l'y a forcée. Mais ne t'inquiète pas, elle est restée discrète. On a des serviettes en rab, si vous voulez.

Michaela et Tammy nous souriaient à présent, mais je n'arrivais pas à décrypter leur sourire : était-il forcé, sincère, indifférent ?

— Salut, Handel, a dit Tammy. Sympa de te revoir.

— Je me souviens de toi, a-t-il répondu. La fille à la glace.

— Tammy, a-t-elle précisé d'une voix neutre.

Comme Michaela ne disait rien, je lui ai donné un coup de pied.

— Moi, c'est Michaela, a-t-elle lâché depuis sa serviette, appuyée sur ses coudes, ses genoux pointés vers le ciel.

— Ravi de te rencontrer, a dit Handel.

— Hmm, s'est-elle contentée de répondre.

Je lui ai lancé un regard noir. Puis j'ai étalé les serviettes que Bridget avait sorties pour nous le plus loin possible de Michaela. Parfois, son attitude me tapait sur les nerfs. Je n'avais pas besoin d'elle pour me dicter ma conduite !

Handel a haussé les épaules et je lui ai adressé un sourire navré.

— Je n'ai pas de maillot, m'a-t-il confié. Je pensais qu'on allait juste se promener.

— Quoi ? a lancé Bridget. Tu ne vis pas en maillot de bain, comme Jane ?

— Ne te moque pas, tu es pareille, lui ai-je rappelé en riant.

Puis j'ai commencé à enlever mon chemisier et mon short, un peu gênée. Même si je portais mon maillot de bain et que je l'avais déjà fait un million de fois devant un million de gens, y compris devant Miles et ses amis, me déshabiller devant Handel me rendait nerveuse. J'avais l'impression de faire quelque chose d'intime, et c'était à la fois étrange et excitant. J'aurais voulu savoir ce qu'il pensait en me voyant passer mon chemisier par-dessus ma tête, puis faire glisser mon short le long de mes jambes jusqu'à mes pieds. Je me demandais s'il repensait à la soirée que nous avions passée sur son bateau, à nos baisers, ou s'il songeait à reproduire ces gestes lui-même, plus tard, lorsque nous serions seuls. Ce n'est pas l'embarras qui avait transformé ma peau en brasier quand je me suis assise à côté de lui. C'est le désir, intense et torride, comme le soleil brillant au-dessus de nos têtes. Et je voulais que Handel voie à quel point son regard me faisait rougir. Je voulais qu'il me désire autant que je le désirais. J'aimais la sensation que ce sentiment me procurait.

— Ça va ? a demandé Bridget, me ramenant à la réalité et me rappelant par la même occasion que j'étais sur une plage remplie de gens. Tu vas cramer sous ce soleil. Mets de la crème, a-t-elle ajouté en me tendant son écran total.

— Merci.

J'ai ouvert le tube et étalé de la crème sur mes joues et mon nez, sans regarder Handel qui s'installait sur la serviette d'à côté. Lorsque je me suis enfin tournée vers lui, il m'étudiait exactement comme je l'avais souhaité. Le sourire qu'il m'a adressé était à peine perceptible, mais je l'avais vu, et il le savait.

— Alors, Handel, a commencé Tammy. Tu ne travailles pas, aujourd'hui ?

J'étais surprise qu'elle entame la conversation.

Handel s'est tourné vers elle et a grimacé face au soleil.

— Non. C'est rare, mais ça arrive de temps en temps.

— Job d'été ? s'est enquis Miles.

Mon cœur s'est décroché. Miles était tellement à côté de la plaque, parfois.

Handel a simplement haussé les épaules.

— Pas vraiment. Je viens d'une famille de pêcheurs.

— Oh, s'est contenté de répondre Miles.

— J'ai reporté d'un an mon entrée à la fac, a ajouté Handel.

— Vraiment ? ai-je demandé, surprise. Je veux dire, tu prévois d'y aller ?

— J'y songe. Beaucoup, ces temps-ci.

— C'est super !

— Tu dois avoir une bonne influence.

Du coin de l'œil, j'ai vu Michaela prendre une grande

inspiration – prête à faire une remarque désobligeante, j'en étais sûre –, mais Bridget et Tammy lui ont donné un coup de coude et elle s'est abstenue.

— Et toi... Miles ? a demandé Handel en appuyant sur son prénom. Quels sont tes projets ?

— Profiter des vacances. Finir le lycée l'année prochaine, et entrer à la fac directement après.

Il m'a glissé un regard.

— Je vise Harvard, mais c'est difficile. Sinon, j'irai à Dartmouth.

— Bien sûr, a lâché Handel avec un rire.

J'étais gênée pour Miles. J'aurais voulu l'aider à paraître plus terre-à-terre. Plus comme nous, j'imagine.

— Mais toi aussi tu travailles, cet été ?

Il m'a regardée d'un air confus.

— Euh... non.

— Tu n'es pas voiturier au Christie's ?

Miles a ri.

— Ce soir-là, je conduisais la voiture de ma mère.

L'élégante femme en blanc...

— C'était ta mère ?

— La seule et l'unique.

— Alors tu ne travailles pas ?

Il a secoué la tête.

— C'est un problème ? Je veux dire, tu ne travailles pas, toi non plus.

Bridget s'est mordu la lèvre. Tammy et Michaela ont échangé un regard.

— Je travaillais, avant, ai-je dit, déterminée à répondre. Mais je fais une pause.

— Michaela, est alors intervenu Handel, mettant fin à

la tension qui s'était installée. Ton nom de famille, c'est Connolly, n'est-ce pas ?

Elle l'a dévisagé avec étonnement.

— Oui, pourquoi ?

— J'en étais sûr. Tu es la petite sœur de Jason Connolly. Vous avez les mêmes yeux, lui et toi.

Elle lui a souri, franchement cette fois. Michaela adorait son grand frère, et, sans le savoir, Handel venait de dire la seule chose qui pouvait l'amadouer.

— Tu connais Jason ?

— On jouait au hockey ensemble. Il m'a pris sous son aile, en quelque sorte, quand je suis arrivé dans l'équipe, en première.

Le sourire de Michaela s'est agrandi.

— C'est du Jason tout craché. Je n'arrive pas à croire que vous ayez joué ensemble.

À ma grande surprise, Handel et Michaela ont poursuivi leur conversation, liés par leur admiration pour son frère.

Bridget s'est approchée.

— Ça se passe plutôt bien.

— Qui l'aurait cru ?

Nous avons échangé nos places pour que Handel et Michaela puissent continuer à parler et pour nous rapprocher de Tammy.

— Il n'est pas si mauvais, m'a-t-elle chuchoté.

J'ai levé les yeux au ciel.

— Non, je veux dire, je pourrais même finir par l'apprécier.

— Tant mieux. Parce que moi, je l'aime beaucoup.

— Je sais, Jane, a dit Tammy d'un air soudain sérieux. Ça se voit comme le nez au milieu de la figure.

Une heure est passée, puis une autre, et tandis que les

minutes défilaient, j'ai réalisé que Handel avait non seulement rencontré mes amies, mais qu'il apprenait aussi à les
connaître et, encore mieux, qu'elles lui parlaient comme
s'il était l'un des nôtres. Entre leur approbation et les
regards complices et pleins de désir qu'il me lançait, j'avais
l'impression de planer. Comme si je me trouvais à la fois
dans mon corps et flottant au-dessus, assistant à la scène
de l'extérieur – une scène dont j'avais si souvent rêvé.

Le seul qui ne semblait pas passer un bon moment
était Miles. Il est parti tôt, cet après-midi-là.

Et je dois l'admettre, son départ m'a rendue un peu
triste. Juste un peu.

21

— J'ai pensé qu'on pourrait aller manger près des docks, a dit Handel quand nous avons quitté la plage.

La nuit allait bientôt tomber. Nous nous dirigions vers le port.

— Dans un endroit tranquille. Je suis sûr que tu ne connais pas. Tu as faim ?

— Un peu, ai-je admis.

J'étais heureuse d'avoir passé une journée entière avec lui, une journée parfaite du début à la fin.

Il avait passé son bras autour de mes épaules et nous marchions lentement, sans nous presser, comme si nous avions tout le temps devant nous.

— Mais j'ai du mal à croire qu'il existe un endroit dans cette ville que je ne connaisse pas.

Son visage s'est fendu d'un large sourire.

— Tu verras. J'ai quelques secrets en réserve pour toi.

Mon cœur battait à tout rompre.

— Vraiment ?

— Par ici.

Il m'a entraînée vers une zone que j'avais toujours crue déserte.

— Là-dessous, a indiqué Handel quand nous avons atteint la partie de la plage où les docks s'élevaient au-dessus de larges pilotis.

— Il n'y a rien là…, ai-je commencé, mais Handel avait disparu.

Après avoir dépassé le dernier pilotis, j'ai regardé vers la mer, puis à gauche vers la digue qui nous surplombait. C'est alors que j'ai remarqué des bouées, empilées comme un panneau de bienvenue, en face d'une cabane en bois à peine visible. J'ai vu Handel franchir le seuil, se retourner et me faire signe de le rejoindre. Je suis entrée et la lumière du crépuscule a aussitôt été masquée par les épaisses planches de bois qui formaient le toit de la petite maison.

La personne qui tenait cet endroit semblait se ficher qu'il y ait du sable partout. Deux ampoules éclairaient la pièce, et un bar de fortune, devant lequel étaient disposés des tabourets, séparait l'espace en deux. Derrière le comptoir se trouvait ce qui ressemblait à une cuisine – un évier en inox, un plan de travail où étaient alignés des couteaux, un petit réfrigérateur et une vieille gazinière.

Je me suis assise sur un des tabourets.

— C'est quoi, cet endroit ?

Handel a ouvert le réfrigérateur et en a sorti un énorme cabillaud qu'il a posé sur le plan de travail.

— C'est un endroit pour nous.

— Qui ça, nous ?

Il m'a glissé un regard avant de s'emparer d'un grand couteau à la lame incurvée. Il a enfilé une paire de gants et a commencé à vider le poisson comme un pro, retirant la queue et la tête, qu'il a mises dans un sac et rangées au frigo.

— Les pêcheurs. On peut venir ici quand on veut, pour préparer les prises de la journée. Nous faire à manger. Boire quelques bières. Traîner un peu, tu vois.

Je l'observais tandis qu'il retirait soigneusement l'épine dorsale du poisson, puis les petites arrêtes. Il a pris une poêle noircie par le temps, l'a posée sur la cuisinière et a allumé le feu.

— J'ai le droit d'être ici ?

— Oui, si tu es avec moi. Il y a des bières dans le frigo. Sers-toi, et si ça ne t'ennuie pas, j'en prendrai une, aussi.

— Bien sûr, ai-je dit avant de passer derrière le bar.

J'avais l'habitude de voir préparer un poisson – nous vivions dans une ville de pêcheurs. Mais il y avait quelque chose de fascinant à voir Handel le faire. Il y a à peine quelques semaines, il ignorait mon existence ; maintenant, il me préparait à dîner.

Le réfrigérateur débordait de bières. J'en ai ouvert deux, en ai déposé une sur le plan de travail, puis je suis retournée sur mon tabouret.

— Tu gardes les restes pour ta mère ? ai-je demandé en songeant à la tête et à la queue, que les gens d'ici utilisaient pour faire de la soupe.

— Oui. J'essaye de lui en ramener autant que possible.

Il a retiré le gant de sa main gauche et bu une gorgée de bière.

— C'est une excellente cuisinière.

— D'après ce que je vois, toi aussi.

— Non ! Je me contente de vider les poissons et de les faire revenir dans du beurre. Ça n'a rien de compliqué.

Il a déposé deux longs filets dans la poêle, où ils ont

commencé à frire. Il a ouvert plusieurs placards, d'où il a sorti des épices, des assiettes et des couverts. Tandis qu'il cuisinait, je suis allée m'appuyer contre la porte pour contempler la mer et les derniers rayons du soleil. Je ne pouvais pas m'empêcher de sourire en repensant à cette journée. Ce matin encore, je n'étais pas sûre de ce que nous représentions l'un pour l'autre. À présent, je savais que Handel était entièrement à moi. Et j'étais entièrement à lui. Cela ne faisait aucun doute. Tous mes soucis, le désespoir qu'avait engendré cette nuit de février, la menace qui, selon certains, planait sur moi, tout ça me semblait soudain si loin, presque irréel.

Au bout d'un moment, la délicieuse odeur de poisson m'a tirée de mes pensées. Je suis retournée m'asseoir au moment où Handel déposait un filet grillé dans mon assiette. Un bol de chips a aussitôt suivi.

Il a tiré un tabouret près du mien et pressé un quartier de citron sur son poisson.

— J'espère que ça te plaira, a-t-il dit.

J'ai détecté une pointe de nervosité dans sa voix. Manifestement, il se souciait de ce que je pensais.

— Je suis sûre que ce sera très bon, l'ai-je rassuré.

Mais c'était avant que la première bouchée ne fonde littéralement dans ma bouche.

— Que ce sera délicieux, ai-je corrigé, soudain affamée.

Nous avons mangé en silence.

— J'aime vraiment cet endroit, ai-je repris après un moment. Merci de m'y avoir amenée.

J'ai repoussé mon assiette vide et Handel a avalé sa dernière bouchée avec une gorgée de bière.

— Je voulais t'y amener dès le premier soir, mais je me suis dit que c'était peut-être un peu prématuré.

J'ai pris les deux assiettes pour les déposer dans l'évier. J'allais faire couler l'eau quand Handel m'a arrêtée.

— Je le ferai plus tard, a-t-il dit, une main posée dans mon dos. Allons nous asseoir sur la plage. C'est une belle soirée.

Il a pris une couverture posée sur un petit coffre en bois et nous sommes allés nous installer sur le sable, à l'abri des regards indiscrets de la ville. Puis nous avons commencé à parler, les yeux rivés sur le croissant de lune qui nous éclairait. Il n'a pas fallu longtemps à Handel pour se rapprocher et m'embrasser, doucement d'abord, puis plus intensément, ses doigts glissant de ma nuque au premier bouton de mon chemisier, hésitants.

Toute la journée, j'avais imaginé Handel accomplir ces gestes puis ôter mes vêtements, chose que jamais personne d'autre que moi n'avait faite. Je lui ai donné mon accord d'un petit hochement de tête, et d'un « oui », prononcé du bout des lèvres. C'est tout ce qu'il attendait pour défaire mon bouton et laisser mon chemisier s'ouvrir un peu plus. Je crois que j'ai arrêté de respirer à cet instant. Ses yeux plongés dans les miens, brillants d'un désir partagé, il a déboutonné les boutons un à un, jusqu'au dernier.

Mon cœur battait à tout rompre.

Il a esquissé un de ces faibles sourires dont il avait le secret.

Puis je me suis décidée à lui rendre la pareille. J'ai commencé par le bouton situé à la base de son cou, pour descendre le long de son buste, jusqu'à ce que sa chemise soit complètement ouverte et que je puisse faire glisser mes doigts sur son torse. Nous sommes restés ainsi un long moment, effleurant nos peaux dorées par le soleil, comme si nous avions l'éternité devant nous, souriant de plaisir tandis qu'une douleur exquise s'épanouissait dans mon corps. Finalement, les doigts de Handel ont rôdé autour des liens de mon maillot de bain, avant de les tirer lentement. Et mon haut a glissé sur mon buste.

— Jane, a-t-il murmuré après avoir déposé une nuée de baisers dans mon cou.

— Oui, ai-je soufflé.

— Tu me rends fou.

C'était dit avec une telle simplicité, une telle intensité. J'ai plongé mes yeux dans les siens, me sentant soudain animée d'une pulsion sauvage. Ma poitrine se soulevait à un rythme effréné. Handel a déposé un baiser près du cœur en nacre. Ses doigts ont tracé le contour de ma poitrine.

J'ai fermé les yeux.

— Toi aussi, tu me rends folle.

— Tu me croirais, si je te disais que je suis en train de tomber amoureux de toi ? Ou peut-être... peut-être que je le suis déjà.

Nous nous sommes allongés sur la couverture, l'un contre l'autre, et j'ai rouvert les yeux.

— Pourquoi je ne te croirais pas ? ai-je chuchoté.

— Je veux que tu te sentes spéciale, Jane. Je veux que tu te sentes parfaite.

— Personne n'est parfait. Je ne veux pas être parfaite.

J'ai pris sa main et l'ai posée sur mon ventre, à la limite de mon short en jean. Comme il ne bougeait pas, je l'ai fait glisser plus bas, jusqu'à ce que ses doigts rencontrent le bouton en métal. Je voulais sentir ses mains sur moi. Je me suis imaginée ce que je ressentirais si Handel franchissait ce pas, si nous faisions cette chose dont j'avais si souvent parlé avec les filles sans l'avoir jamais expérimentée.

Mais Handel a dit une chose à laquelle je ne m'attendais pas.

— Je crois que nous devrions attendre.

— Attendre quoi ?

Il est resté silencieux.

— Le bon moment, a-t-il fini par répondre.

J'ai pressé sa main contre mon bas ventre. J'avais suffisamment attendu.

— Ce n'est pas maintenant ?

Il a retiré sa main et s'est assis.

— Pas encore.

Ma respiration s'est calmée. Mais pas mon cœur.

— Pourquoi pas ?

— Je veux tout savoir de toi. Et je veux que tu saches tout de moi.

— Tout ? ai-je demandé, incrédule. Qu'y a-t-il d'autre à savoir ?

— Plein de choses.

Ses yeux se sont perdus dans l'océan. J'avais presque oublié où nous étions, mais à présent, je pouvais entendre les vagues s'écraser contre les rochers.

Je me suis assise à mon tour et j'ai resserré mon chemisier sur ma poitrine.

— D'accord. Mais j'ai envie de toi, ai-je ajouté d'un ton sûr.

— J'espère que ce sera toujours le cas quand tu me connaîtras mieux.

J'ai tendu la main vers son visage et tourné sa joue pour l'embrasser.

— Évidemment.

Son sourire était presque triste.

— Parfois j'aimerais qu'on se soit rencontrés dans d'autres circonstances.

— Que veux-tu dire ?

Il a haussé les épaules.

— J'aurais pu venir d'une autre ville, d'une autre vie, même. D'une famille différente. Je serais venu ici pour les vacances et je t'aurais abordée sur la plage. Tu serais tombée amoureuse de moi.

Mon sourire à moi n'était pas triste du tout.

— Une partie de ton vœu s'est réalisée.

— Je ne serai jamais comme ton ami Miles.

— Je ne veux pas que tu sois comme lui.

— Tu dis ça maintenant.

— Et je le redirai à la fin de l'été. Et dans six mois, et dans un an.

Handel s'est approché pour m'embrasser tendrement.

— Je devrais te ramener.

Mon cœur s'est serré. Comment rentrer après ça ?

— Tu es sûr ?

— Je veux que ta mère m'apprécie, a-t-il dit, reboutonnant sa chemise.

— Elle t'apprécie déjà.

— Dans ce cas, je ne veux pas que ça change.

J'ai pris mon haut de maillot de bain et l'ai glissé dans mon sac. Puis j'ai refermé mon chemisier à mon tour.

À la façon dont il m'a regardée, j'ai cru que nous allions recommencer, incapables de nous passer l'un de l'autre. Mais au moment où je pensais qu'il allait tendre la main vers moi, le désir s'est envolé, remplacé par une noirceur que j'avais déjà vue dans ses yeux et que je m'efforçais d'ignorer. Et au lieu de faire courir ses doigts sur ma joue, Handel s'est levé et m'a ramenée chez moi.

Cette nuit-là, dans mon lit, je suis restée allongée, incapable de fermer l'œil. Le chant des criquets me parvenait depuis la fenêtre ouverte. Des images de ma soirée me revenaient sans cesse, et le simple souvenir de Handel embrasait mon corps tout entier.

J'ai pris le cœur en nacre entre mes doigts et souri dans l'obscurité.

J'étais complètement folle de Handel Davies, et c'était ce que je voulais. Je n'avais besoin de rien de plus. C'était la première fois depuis des mois que mes pensées étaient occupées par une chose aussi délicieuse, excitante et merveilleuse, et non hantées par le souvenir de cette nuit que j'essayais à tout prix d'effacer. J'étais incapable de résister au répit qu'il m'offrait. J'étais emplie d'une sérénité que je pensais perdue à jamais. Grâce à lui, je commençais à percevoir les choses différemment.

Tomber amoureux ne se fait pas en douceur, je m'en rendais compte à présent. À l'époque où je ne connaissais rien à l'amour, je croyais qu'on tombait amoureux comme une feuille tombe d'un arbre, avec grâce et légèreté. Je n'aurais jamais pensé que cela puisse être violent. Dangereux. Si on m'avait dit, avant de rencontrer Handel, qu'aimer quelqu'un pouvait être dangereux, je ne l'aurais jamais cru. J'étais trop romantique.

Aujourd'hui, je le savais.

Handel m'avait montré que le désir pouvait s'abattre sur vous avec la violence de la foudre et enflammer tout votre être, peut-être même vous marquer à jamais. J'ai réalisé, soudain, à quel point il était imprudent de m'offrir à lui de cette façon.

Mais parfois, c'est le côté dangereux des choses qui les rend excitantes.

Tandis que je me tournais et me retournais entre mes draps à une heure déjà avancée de la nuit, mes pensées ont pris un autre chemin – celui de la noirceur que je continuais de percevoir chez Handel. Malgré le bon, malgré le merveilleux, il y avait chez lui une part d'ombre que je ne parvenais pas à identifier. Elle apparaissait parfois dans son regard, ou se cachait derrière un mot, un geste. Comme lorsqu'il s'écartait prématurément après un baiser. On aurait dit qu'il en voulait plus, mais que quelque chose en lui l'en empêchait. Comme ce soir.

Je pouvais ressentir tout ça.

Mais le truc, quand on tombe amoureux, le truc qui rend l'amour vraiment dangereux, c'est qu'il nous empêche de voir ces moments-là pour ce qu'ils sont. Et quand on s'en rend compte, il est déjà trop tard. Plus *rien* ne peut empêcher la chute.

22

— Oh, mon Dieu ! s'est exclamée Tammy lorsque je me suis glissée à notre table au Slovenska. Tu as changé !

Mes joues étaient en feu.

— De quoi tu parles ?

— De quoi elle parle ? a renchéri Bridget.

— L'expression de Jane. Vous ne voyez rien ?

Michaela s'est assise à côté de Tammy.

— Voir quoi ? J'ai raté quelque chose ?

— Une partie de jambes en l'air, apparemment. Jane a couché avec Handel, a ajouté Tammy en baissant la voix.

Les yeux de Michaela se sont agrandis.

— Dis-moi que ce n'est pas vrai !

— Bien sûr que non. Il ne s'est rien passé.

Michaela a soupiré de soulagement.

— Tant mieux.

Bridget s'est rapprochée.

— Tu es sûre ? a-t-elle chuchoté. J'approuverais totalement si tu avais couché avec ce garçon. De toute évidence, il est amoureux de toi. Sans parler du fait qu'il est à tomber.

— Je n'ai pas couché avec lui, ai-je répété.

Tammy m'a étudiée.

— Mais tu y penses. Non, attends...

Elle a penché la tête.

— ... Vous l'avez *presque* fait.

— Sérieusement ? a demandé Michaela d'une voix perçante.

Cette fois, je n'ai pas répondu.

Le visage de Bridget s'est illuminé. Elle a couvert sa bouche pour étouffer un cri.

Michaela a lancé un regard noir à Tammy.

— Tu disais que Jane connaissait ses limites ?

Le visage de Tammy s'est fermé.

— Je n'ai pas précisé quelles étaient ses limites. Et je suis passée dans le camp de Handel. Je pensais que toi aussi, depuis que tu sais qu'il connaît ton frère.

— J'essayais juste d'être sympa, s'est justifiée Michaela. Ce n'est pas parce qu'il a joué au hockey avec mon frère que ça lui donne le droit de coucher avec Jane !

Les clients commençaient à nous regarder. La serveuse s'est attardée à notre table après avoir déposé un café frappé devant Tammy. Apparemment, elle aussi voulait entendre la suite.

— Michaela, ai-je sifflé. Pourquoi tu ne ferais pas une annonce publique, tant que tu y es ?

Tammy a glissé un regard assassin à la serveuse.

— Ce sera tout, merci.

Quand celle-ci s'est éloignée, Bridget a chuchoté avec envie :

— Alors, c'était comment ? De l'avoir presque fait, je veux dire.

Je me suis mordu la lèvre.

— Allez, raconte, a insisté Tammy. Nous sommes tes amies.

— Mais Michaela le déteste.

— Je ne le déteste pas, je m'inquiète pour toi. Je ne veux pas que tu t'engages avec quelqu'un qui pourrait te faire souffrir.

— Handel n'a pas l'intention de me faire souffrir. C'est lui qui nous a arrêtés, avant qu'on aille plus loin.

— Et jusqu'où vous êtes allés, exactement ? a demandé Bridget. Attends une minute, il faut que je mange un truc pendant que tu nous racontes.

Elle a levé la main vers la serveuse que nous venions de renvoyer.

— Je vais prendre une part de tarte au citron. Et mettez un crumble aux pommes pour les autres.

La serveuse a noté la commande, puis elle s'est éloignée rapidement et j'ai pris la parole.

— On n'est pas allés très loin. Je veux dire, c'était déjà loin pour moi, mais pas tant que ça. Vous voulez vraiment les détails ? ai-je demandé avant de jeter un œil au fond du restaurant où la serveuse préparait nos desserts.

— Tu plaisantes, j'espère ? a ri Tammy. Bien sûr qu'on veut les détails !

— Je ne sais pas, ai-je commencé. C'est… intime.

Bridget semblait abasourdie.

— Mais on est tes meilleures amies ! On s'est promis de tout se dire !

J'allais répondre quand la serveuse est arrivée avec notre commande. Elle a posé la tarte au citron devant Bridget et le crumble aux pommes au centre de la table avec trois cuillères. J'en ai aussitôt pris une, histoire de m'occuper, et l'ai plongée dans la glace qui recouvrait le crumble.

— Ce serait peut-être plus… facile si vous me posiez des questions.

— Je commence, a dit Bridget. Où étiez-vous quand ça s'est passé ?

— *Ça* ne s'est pas passé, ai-je corrigé. Et parle moins fort.

Bridget a regardé autour d'elle.

— Personne n'écoute. Dans ce cas, où étiez-vous quand… ce que vous avez fait est arrivé ?

— Dans un coin tranquille, sur la plage, ai-je répondu, les yeux fixés sur ma cuillère s'enfonçant à nouveau dans le crumble. Loin des quais.

— Oooh ! C'est romantique ! Vous étiez sur une couverture ? Sous les étoiles ?

— Tu fais quoi là, t'écris un roman ? s'est esclaffée Michaela, la seule à ne pas manger.

— Oui et oui, ai-je dit à Bridget. Question suivante ?

— Passons aux choses sérieuses, a enchaîné Tammy en posant sa cuillère. Habillés ou pas ?

— Tammy ! a protesté Bridget.

— Elle a dit qu'on pouvait lui poser des questions, alors je lui pose des questions !

— On a gardé nos vêtements, ai-je coupé avant que la conversation ne dégénère. La plupart.

— Haut, bas ou les deux ? a voulu savoir Michaela.

— On a gardé le bas. Mais je voulais tout enlever, ai-je ajouté avant de remarquer qu'il n'y avait plus que moi qui mangeais.

Bridget était bouche bée.

— C'est si excitant ! Je veux dire, c'était excitant, non ?

Je me suis contentée de lui sourire.

— Pourquoi n'es-tu pas allée plus loin, dans ce cas ? a demandé Tammy.

— Je vous l'ai dit, c'est Handel qui nous a arrêtés. Si cela n'avait tenu qu'à moi, nous serions allés jusqu'au bout. J'en avais vraiment envie. Je n'avais jamais ressenti ça avant. On croit tout savoir sur le sujet, entre ce qu'on a lu ou entendu, comment s'y prendre, ce qu'il faut faire et ne pas faire, comment se protéger, etc. Mais il y a une grosse différence entre savoir tout ce qu'il y a à savoir et se retrouver face à un garçon avec lequel on a vraiment envie de le faire, et qui partage votre désir. Ça change *tout*.

— Waouh ! a lâché Bridget en prenant un morceau de tarte.

— Je ne trouve pas mieux : *waouh !* a renchéri Tammy.

Et Michaela :

— Handel remonte dans mon estime.

Bridget a levé les yeux au ciel.

— Jane, je pense que tu devrais le revoir ce soir et finir ce que vous avez commencé.

— J'en meurs d'envie, ai-je admis.

— C'était si bien que ça ? a demandé Tammy.

— Tu n'imagines même pas.

Bridget a soupiré.

— J'aimerais tellement que ça m'arrive.

— Tu as l'embarras du choix en matière de garçons, lui ai-je rappelé.

— Mais sortir avec un garçon ne veut pas dire qu'il me fera ressentir ce que tu ressens pour Handel, a-t-elle dit. Ça crève les yeux que tu tiens à lui. Que tu es... amoureuse de lui ?

Mes joues se sont enflammées.

— Peut-être.

Michaela semblait soucieuse.

— Tu ne devrais pas aller si vite. Tu devrais attendre.

— Attendre quoi ? a fait Bridget.

Michaela a attrapé l'assiette de Bridget et l'a tirée vers elle. Puis elle s'est coupé un gros morceau de tarte.

— Il n'y a rien de mal à apprendre à connaître quelqu'un avant de coucher avec lui.

— Je connais Handel, ai-je affirmé.

— Mais tu ne le connais pas *vraiment*. Je veux dire, tu as déjà rencontré sa famille ?

Sa question m'a fait l'effet d'un coup de poing dans le ventre.

— Non.

— T'es sérieuse, Michaela ? est intervenue Tammy. On n'est plus au dix-neuvième siècle !

— Je vous l'ai dit, a-t-elle repris en finissant le reste de tarte, je m'inquiète simplement pour Jane.

Michaela a reposé sa cuillère et regardé les deux autres d'un air sévère.

— On s'est toutes mises d'accord pour ne pas parler de la récente Une à propos des cambriolages, mais tu as tellement de choses à gérer, Jane. Ce n'est pas le moment de prendre des risques avec Handel.

Je me suis tournée vers elle.

— Tu ne veux pas me voir souffrir et j'apprécie, mais ce n'est pas à toi de décider ce que je peux faire ou pas avec Handel.

Puis vers Tammy et Bridget.

— Et j'apprécie votre enthousiasme, vraiment, mais je peux décider toute seule de ce qu'il y a de mieux pour moi, et si les sentiments de Handel sont sincères. Maintenant, parlons d'autre chose.

Mais tandis que la conversation reprenait sur un autre sujet, les hésitations de Handel sont revenues me hanter, et je me suis demandé si la prudence de Michaela n'était pas justifiée, ou si Bridget avait raison de croire que je savais ce que je faisais. J'ignorais laquelle des deux s'approchait le plus de la vérité.

Sur le chemin du retour, j'ai croisé le regard pesant des frères McCallen. Ils étaient tous là, sauf Patrick. J'avais réussi à les éviter pendant plusieurs jours, mais ma chance avait tourné. J'ai accéléré le pas de l'autre côté de la rue. Peut-être Patrick était-il sous les verrous. Cela expliquerait pourquoi l'agent Connolly m'avait laissé tant de messages. Quoi qu'il en soit, j'étais sûre que les McCallen savaient que j'avais parlé de leur frère à la police. Leur conversation s'est interrompue. Joey a pris une grande inspiration, comme s'il était sur le point de m'interpeller, mais finalement il n'a rien dit.

J'ai compris pourquoi ensuite. Trois policiers étaient apparus au coin de la rue. J'ai attendu que l'un d'eux me salue, m'obligeant à affronter cet uniforme que mon père accrochait si soigneusement chaque soir à la porte de son placard.

Les trois policiers m'ont regardé passer. Les frères McCallen aussi.

Il y avait bien trop d'yeux braqués sur moi.

Une fois à bonne distance, je me suis crue en sécurité, mais Joey McCallen m'avait suivie et m'a interpellée de l'autre côté de la rue.

— Salut, Joey, ai-je répondu sans quitter mon trottoir.

Quand il a vu que je ne bougeais pas, il m'a rejointe.

— Tu as dit à la police d'enquêter sur mon petit frère, a-t-il commencé. Comment tu as pu faire ça ? Tu me brises le cœur, Jane. Je t'ai dit que je veillais sur toi.

J'ai haussé les épaules, comme si cela n'avait pas d'importance, mais un nœud s'était formé dans ma gorge.

— Peut-être que tu veilles sur moi uniquement parce que tu as quelque chose à cacher et que tu as peur que je le découvre, ai-je répliqué, surprise par mon audace.

Il n'y avait personne alentour. Personne pour me venir en aide si Joey s'énervait.

— Je n'ai fait que leur dire la vérité, ai-je repris. La police m'a demandé si je me souvenais de quelque chose, et quelques semaines plus tôt, quand j'ai vu Patrick, il portait ces grosses chaussures noires. J'en ai vu une paire identique la nuit du cambriolage. Il fallait que j'en parle à quelqu'un.

J'ignorais pourquoi je ressentais le besoin de me justifier. Peut-être parce que j'avais peur, ou parce que quelque chose dans son regard me faisait douter de moi.

Joey a plissé les yeux.

— Ouais, ben, un tas de gens portent ces chaussures.

Je lui ai rendu son regard. Je ne voulais pas me laisser intimider.

— Mais les siennes sont différentes. Elles ont une plaque en métal au bout.

Il secouait la tête.

— Tu ne comprends pas, Jane.

— Quoi ?

— Patrick les a trouvées dans une benne. Des chaus-

234

sures toutes neuves, et quelqu'un les avait jetées. On se demande bien pourquoi il a voulu s'en débarrasser, hein ?

— Patrick les a trouvées ? ai-je soufflé.

Joey semblait satisfait.

— Eh oui. Au moins dix personnes peuvent en témoigner, et la police a déjà écarté mon frère de sa liste de suspects.

Mes lèvres se sont entrouvertes.

— Peut-être que Patrick a fait semblant de les trouver. Peut-être qu'elles étaient à lui depuis le début.

— OK. Je vais faire comme si je n'avais pas entendu ce que tu viens de dire. Je ne sais pas ce que la police a comme preuves, mais ce qui est sûr, c'est qu'ils ne soupçonnent plus Patrick. Ils cherchent ailleurs.

Joey me regardait d'un air dur, mais je n'ai pas cillé. Si ce n'était pas Patrick, alors qui ?

— Ils ne m'ont pas dit qu'ils cherchaient ailleurs, ai-je répliqué.

J'ai occulté le fait qu'ils avaient peut-être essayé de me le dire, mais que je ne leur en avais pas laissé l'occasion.

Joey a penché la tête.

— Tu es de retour à la case départ, on dirait.

— Oui, on dirait, ai-je dit en baissant les yeux. Il faut que j'y aille, ai-je ajouté en me tournant déjà pour partir.

Une vague de déception venait de s'abattre sur moi. J'avais cru vouloir tout oublier, mais je m'étais menti à moi-même. Ce que je voulais plus que tout, c'est que ce souvenir soit une vraie piste, qui aurait clos pour de bon cet horrible chapitre de ma vie. C'est peut-être pour ça que je n'avais pas pu me résoudre à rappeler l'agent Connolly. Je ne voulais pas affronter l'éventualité que le minuscule détail que je lui avais enfin confié n'ait mené nulle part.

— Je continuerai quand même de garder un œil sur toi, Calvetti, a crié Joey dans mon dos.

Je ne me suis pas retournée. Je ne lui ai pas dit merci ou que c'était inutile.

Tout ce que je pouvais faire, c'était continuer à marcher.

23

La supérette de Mme Levinson étant sur mon chemin, j'ai décidé de m'y arrêter pour ne pas rester seule dans la rue. Je pourrais arpenter les rayons le temps de reprendre mes esprits. Ma main était déjà posée sur la poignée en métal quand je l'ai vu. J'ai tenté de faire demi-tour, mais il était trop tard.

Miles sortait du magasin, un sachet sous le bras. Il a souri en me voyant et je me suis sentie coupable à l'idée qu'il puisse encore se montrer si gentil malgré ce que je lui avais fait. La clochette au-dessus de la porte a tinté et nous nous sommes retrouvés nez à nez, aucun de nous n'osant engager la conversation.

J'ai retiré mes lunettes de soleil.

— Salut, Miles.

— Salut, Jane.

Il semblait vouloir dire autre chose, mais il hésitait.

— On peut toujours être amis, n'est-ce pas ? a-t-il finalement demandé.

— Qu'est-ce que tu veux dire ?

Je n'avais vraiment pas envie d'avoir cette discussion

maintenant. Néanmoins, si je parlais avec Miles, Joey McCallen ne risquerait pas de m'approcher.

— Bien sûr qu'on est amis.

— Je veux dire, ça m'est égal que tu sortes avec ce type, a-t-il clarifié.

— Handel, ai-je corrigé en jetant un œil derrière moi. Pas de Joey en vue.

Soulagée, je me suis retournée pour voir Miles acquiescer.

Notre voisine, Mme O'Malley, approchait et je me suis écartée pour la laisser entrer. Elle avait l'air fatiguée, son front brillait de sueur et son souffle était audible, mais elle s'est ragaillardie quand elle m'a vue avec Miles.

— Bonjour, Jane, a-t-elle dit poliment en scrutant Miles de haut en bas.

— Bonjour, Madame O'Malley, ai-je répondu, mal à l'aise. Contente de vous voir.

Elle a acquiescé. Puis elle est entrée dans l'épicerie tandis qu'un air froid en sortait.

— Tu connais tout le monde, ici ? a demandé Miles.

J'ai repensé aux McCallen, et à quel point il pouvait parfois être oppressant de vivre dans une ville comme la nôtre.

— La plupart des gens, ai-je répondu d'un ton faussement détaché. Les femmes surtout, à cause du métier de ma mère.

Miles a esquissé un sourire.

— Ça n'a pas l'air de t'enchanter.

— Non, ça ne me dérange pas. C'est juste que je suis devenue l'objet de pas mal de rumeurs, ces derniers temps.

— Et qu'est-ce que tu crois que Mme O'Malley va

aller raconter ? a demandé Miles d'un ton définitivement dragueur qui laissait entendre qu'il avait retrouvé sa confiance.

Il cherchait les compliments ; il attendait que je lui redonne espoir. Il se fichait peut-être que je sorte avec « ce type », mais s'il pouvait s'immiscer entre nous, il n'hésiterait pas une seconde. Entre la police, les McCallen, et maintenant Miles, je commençais à me sentir un peu étouffée.

— Elle dira qu'elle m'a vue avec un garçon qui de toute évidence n'est pas d'ici, ai-je répondu.

Je savais que c'était ce que Miles voulait entendre, et j'ai pensé qu'en satisfaisant son désir, nous pourrions en finir au plus vite et repartir chacun de notre côté.

— Et quoi d'autre ?

— Arrête, s'il te plaît.

— Arrête quoi ?

J'ai remis mes lunettes de soleil.

— Ce n'est pas une compétition. Il faut que j'y aille.

J'ai poussé la porte et accueilli l'air frais avec soulagement. Alors qu'elle se refermait, j'ai entendu Miles protester : « Jane, attends, je plaisantais », mais je l'ai ignoré. Je me suis enfoncée dans la supérette climatisée, sans trop savoir ce que j'y faisais ni ce que je cherchais, me contentant d'errer sans but dans les rayons jusqu'à ce qu'il se soit lassé de m'attendre.

— J'arrive à la porte, a crié Seamus tandis qu'il traversait la pelouse, plus tard cet après-midi-là. Je ne veux pas te faire peur, cette fois.

— Entre, étranger, ai-je lancé en posant mon bouquin sur le canapé.

Seamus était l'une des rares personnes dont je pouvais tolérer la présence en cet instant.

Il a ramassé le courrier éparpillé sur le porche et est venu s'asseoir à côté de moi sur le sofa grinçant.

— Désolé, j'ai été occupé.

Il m'a tendu le courrier.

— Ça a quelque chose à voir avec Tammy ? Tu passes beaucoup de temps avec elle, en ce moment.

Il a semblé gêné.

— On court ensemble, c'est tout.

— Tu devrais l'inviter pour de vrai, ai-je dit, soulagée de pouvoir me concentrer sur la vie de quelqu'un d'autre et donner des conseils. Elle dira oui. Je veux dire, à part pour aller courir, vous vous êtes vus pour manger une glace, aussi.

— C'était un accident.

Je me suis tournée vers lui et j'ai croisé mes jambes en tailleur.

— Peu importe. Vous vous êtes vus. On n'a qu'à dire que c'était une sorte de... répétition.

— De répétition ? Tu es vraiment douée pour redonner confiance aux gens.

Je regrettais d'avoir taquiné Seamus à ce sujet. Je savais à quel point c'était important pour lui.

— Désolée.

— Pas de quoi. Je sais que tu essayes de m'aider.

— Alors tu me pardonnes ?

— Bien sûr. Bon, tu as l'intention de me dire ce qui se passe entre Handel Davies et toi ou tu vas me faire mariner encore longtemps ?

La question de Seamus m'a donné soudain envie de m'intéresser au courrier. C'était à mon tour d'être gênée.

J'ai parcouru les lettres : facture d'électricité, relevé de comptes, coupons de réduction pour la pizzeria du coin. J'ai ouvert un catalogue pour étudier des canapés que nous n'aurions jamais les moyens de nous offrir et dont nous n'aurions pas voulu de toute façon.

— Je crois qu'il y a encore plein de choses à dire sur Tammy.

Seamus s'est approché pour regarder le catalogue avec moi.

— Ah ? Quoi donc ?

— Je pense qu'elle t'aime bien. Vraiment bien.

Il a désigné une théière chinoise au milieu de la page.

— Je devrais l'acheter à ta mère pour son anniversaire, a-t-il dit.

— Avec quoi ? Ton charme légendaire ?

Il a ri.

— Mon charme peut être utile, parfois.

— Tu devrais l'utiliser sur Tammy dans ce cas.

— Et toi, tu l'aimes vraiment bien ou pas ?

— Oui, ai-je admis en reposant le catalogue.

Il m'a adressé un sourire timide.

— C'est super, Jane.

— Vraiment ? Tu ne vas pas me réprimander comme Michaela ?

Il m'a regardée d'un air bizarre.

— Pourquoi je ferais ça ?

— Qui sait ? Pourquoi est-ce qu'elle le fait, elle ?

— C'est une bonne question, a-t-il dit avant de prendre le catalogue pour le parcourir à nouveau. Qu'est-ce que Michaela a contre Handel Davies ?

Mes yeux sont retombés sur le courrier tandis que je réfléchissais à sa question. Il y avait une carte de remerciement venant d'une des clientes de ma mère, la facture de téléphone, et une enveloppe portant un cachet officiel dont la découverte m'a fait tressaillir. Seamus l'a remarqué.

— Jane, qu'est-ce qui ne va pas ?

— Il faut que tu t'en ailles. J'ai besoin d'être seule.

— J'ai dit quelque chose qu'il ne fallait pas ?

— Ce n'est pas toi. S'il te plaît, ne m'en veux pas.

J'avais des larmes plein les yeux.

— Je ne t'en veux pas. Je suis là, si tu as besoin de moi.

J'ai regardé Seamus quitter la maison, se retourner une dernière fois avant de partir. Ce n'est que lorsqu'il a disparu au coin de la rue que j'ai posé les yeux une seconde fois sur la lettre que j'avais entre les mains.

Le chèque d'assurance-vie de mon père venait d'arriver.

— Tu comptais m'en parler, au moins ? ai-je demandé, furieuse, lorsque ma mère est rentrée de la plage.

J'étais assise au bar de la cuisine, face à la porte, attendant son retour.

— Tu croyais vraiment que je n'en saurais rien ?

Son visage halé était devenu livide.

— Jane…

J'ai levé la lettre devant moi.

— Ne fais pas semblant de ne pas comprendre. Tu sais exactement de quoi je parle.

La porte moustiquaire s'est refermée dans son dos. Elle a traversé le salon pour venir s'asseoir en face de moi.

— Ton père voulait que tu aies cet argent. C'est pour cette raison qu'il a contracté l'assurance.

— Eh bien, je n'en veux pas, ai-je répliqué. Jamais. C'est l'argent de sa mort.

— Chérie, je sais à quel point c'est horrible de le

voir de cette façon, crois-moi. Mais tu pourrais aller dans n'importe quelle université avec cet argent. Tu dois te montrer pragmatique et penser à ton avenir.

Je l'ai regardée d'un air horrifié.

— Tu veux que je me construise un avenir sur... sur le *meurtre* de Papa ?

— Jane...

— Tu as signé pour moi, c'est ça ? C'était le seul moyen pour que le chèque soit émis. C'est ce que m'a dit la compagnie d'assurances quand j'ai appelé.

Elle a essayé de prendre ma main par-dessus le bar, mais je l'ai retirée.

— Je suis désolée, ma puce.

Ses excuses n'ont en rien apaisé ma colère.

— Si j'ai refusé de signer ces papiers, c'est qu'il y avait une raison. Comment est-ce que je pourrais aller à la fac avec de l'argent obtenu parce que mon père a été tué ?

Pour la première fois depuis qu'elle était rentrée, son visage s'est empourpré.

— Ton père aussi avait une raison de te désigner comme seule bénéficiaire de son assurance-vie ! As-tu pensé qu'en la refusant, tu refusais aussi d'honorer ses derniers souhaits ? Tu crois que ça lui ferait plaisir de savoir que tu as refusé l'argent qu'il t'a laissé ?

Les larmes me brûlaient les yeux.

— Je ne sais pas, ai-je répondu d'une voix étranglée. C'est ma faute, s'il est mort. Il était là à cause de moi, et maintenant il est mort.

Ma mère a laissé échapper un hoquet de surprise.

— Ce n'est pas ta faute, Jane. Ça ne l'a jamais été. Tu dois arrêter de penser ça.

J'entendais à peine ses paroles.

— Je me sens si perdue sans lui, ai-je sangloté, laissant enfin les larmes rouler sur mes joues. Je ne veux pas de cet argent, Maman, je veux que Papa revienne. Je veux retrouver mon père.

— Oh, ma chérie, a-t-elle dit avant de contourner le bar pour me prendre dans ses bras.

Cette fois, je ne l'ai pas repoussée. Elle a déposé un baiser dans mes cheveux.

— Je sais. Je sais. Moi aussi je voudrais qu'il revienne.

19 février

— Papa ? ai-je crié à nouveau.
— Oh, mon Dieu, Jane ! a dit mon père quand il est arrivé en haut de l'escalier.

Tout a semblé s'arrêter, se figer, comme le paysage, dehors, sous sa couverture blanche. Les bruits se sont interrompus, les mouvements aussi, et tout est devenu silencieux. Le souffle du garçon qui veillait sur moi s'est suspendu. Mon père s'est adressé à mes agresseurs.

— J'avais une meilleure opinion de vous. De toi, surtout.

Qui ? ai-je aussitôt pensé.

La seconde d'après, le chaos a explosé autour de moi et, au milieu de ce chaos, une lutte acharnée pour me délivrer s'est engagée. On m'a tirée, poussée, j'ai crié, puis ma chaise a basculé et ma tête a heurté violemment le plancher.

Un coup de feu a retenti.

Puis un second.

J'ignorais combien de temps j'étais restée étourdie, au milieu du vacarme et des cris qui me parvenaient de très loin, mais quand j'ai enfin recouvré mes esprits, la réalité m'a saisie au vol, comme un parent retrouvant son enfant égaré, et tout est soudain devenu limpide.

Je me suis assise. J'ai retiré mon bandeau et posé ma main sur ma tempe palpitante.

Puis j'ai découvert le carnage qui m'entourait.

Mes agresseurs étaient partis.

Mon père, en revanche, était toujours là, étendu à l'entrée de la bibliothèque.

J'ai essayé de me lever, mais j'ai trébuché et je suis tombée. Alors j'ai rampé sur le sol.

Mon père n'avait pas bougé.

— Papa ? ai-je appelé d'une voix tremblante.

Il n'a pas répondu. Pas de *Je vais bien*, ni de *Jane*, ni même de *Aide-moi*.

Je me suis penchée sur sa poitrine, immobile.

Une mare de sang s'étalait à ses côtés.

Ses yeux, ses grands yeux marron, étaient vides.

Un flot de larmes m'a submergée, me terrassant tel un ouragan, me laissant en proie à des sanglots si violents que je ne parvenais plus à respirer.

Mon père, mon père adoré, était déjà mort.

24

Avant d'aller dormir, je me suis agenouillée près de mon lit, j'ai soulevé le cache-sommier et scruté l'obscurité, à la recherche d'une petite boîte en carton. Je l'ai trouvée près du journal que j'avais caché quelques jours plus tôt. Je me suis étirée de tout mon long pour la récupérer. Puis je me suis assise par terre, contre mon lit. Après une grande inspiration, puis une autre, j'ai soulevé le couvercle et l'ai posé sur le côté.

Il était là. Mon père.

Dans son uniforme, sur les quais près du commissariat, surplombé d'une épaisse couverture nuageuse annonciatrice d'orage.

Je suis passée au souvenir suivant, et il était là à nouveau, sous forme manuscrite cette fois.

« Je t'aime. Papa », écrit sur une carte d'anniversaire pour mes sept ans. Puis son écriture sur une autre carte, pour mes dix ans, avec en bas une ligne de X et de O en guise de baisers. J'avais aussi des cartes pour mon onzième, mon quatorzième et mon seizième anniversaire, mais c'était tout. J'ignorais pourquoi j'avais gardé celles-ci et pas les autres.

Avec le recul, j'aurais aimé les avoir toutes conservées. Savoir que je n'aurais plus jamais de carte d'anniversaire de la part de mon père rendait celles que j'avais infiniment précieuses. Et je me sentais bête et ingrate d'avoir négligemment jeté ou perdu les autres.

J'ai posé les cartes sur le sol et repris mes recherches.

Là, sous tout le reste, se trouvait la chose la plus précieuse que j'avais gardée.

La plaque de police de mon père. Numéro 2877. Gravure noire sur fond doré.

Le père de Michaela me l'avait donnée. Il l'avait pressée dans ma paume sans dire un mot tandis qu'il passait devant ma mère et moi dans la longue file des personnes venues nous présenter leurs condoléances. J'ignorais comment il l'avait récupérée. Tout ce que je savais, c'était que je lui étais reconnaissante de me l'avoir donnée.

Je l'avais serrée si fort que j'avais cru que son empreinte ne quitterait jamais ma paume. Quand j'étais allée me coucher ce soir-là, je la tenais toujours fermement, et ne l'avais lâchée que dans mon sommeil. À mon réveil, elle se trouvait sur ma table de chevet. Ma mère avait dû venir me voir et l'y déposer.

Après l'enterrement, je l'avais rangée dans cette boîte avec tout ce qui me restait de mon père et l'avais cachée sous mon lit. Je n'avais pas la force d'affronter les souvenirs de sa vie.

Mais à présent que je tenais sa plaque entre mes mains, j'avais presque l'impression que mon père était là. Et quand je l'ai approchée de la lumière, que je l'ai tenue dans les airs à bout de bras, je pouvais imaginer mon père se dessiner autour, dans son uniforme de police. Comme s'il était dans la pièce avec moi, prêt à partir travailler et venu déposer un baiser sur ma joue, comme il avait l'habitude de le faire quand j'étais petite.

J'ai levé la plaque aussi haut que possible, jusqu'à ce que mon bras commence à me faire mal et que l'image de mon père s'évapore complètement. Puis, délicatement, je l'ai déposée sur ma table de chevet.

Je devais à mon père – et à moi aussi – de faire tout ce qui était en mon pouvoir pour découvrir ce qui s'était réellement passé la nuit de sa mort. De me souvenir de chaque détail, aussi insignifiant soit-il, comme l'avait dit l'agent Connolly. Parce que, qui sait ce qu'il pourrait révéler ? Et, à présent que la piste au sujet de Patrick McCallen s'était avérée infructueuse, je devais essayer autre chose.

Alors je me suis levée et j'ai traversé la maison sur la pointe des pieds.

— Maman ? ai-je appelé depuis le seuil de sa chambre.

Elle a remué dans son lit. Puis elle s'est redressée.

— Jane ?

— J'aimerais appeler les O'Connor demain. Je crois que je devrais accepter leur invitation à dîner. Et... tu sais. L'autre truc.

— Je pense que c'est une bonne idée, a-t-elle répondu d'une voix endormie.

— Tu viendras avec moi ?

— Bien sûr.

— Bonne nuit, Maman.

Elle s'est rallongée.

— Je t'aime, ma puce, a-t-elle chuchoté. Tellement. Et ton père t'aimait aussi. Plus que tout au monde.

Puis elle a posé sa tête sur l'oreiller et s'est rendormie.

25

Ma mère et moi prenions notre petit déjeuner. Café et beignet à la confiture pour elle et, pour moi, café avec tellement de lait qu'il était presque blanc, accompagné de mon sandwich préféré : pain grillé au beurre de cacahuète et à la confiture. Maman était silencieuse. Elle avait ouvert le journal à la rubrique cinéma. La lettre de la compagnie d'assurances avait disparu.

— Pourquoi est-ce que tu m'as appelée Jane ? ai-je demandé, avant même de savoir que les mots allaient sortir de ma bouche.

Mais j'avais pensé à notre famille toute la nuit.

Elle a relevé la tête, la bouche pleine de beignet. Elle a dégluti.

— Pourquoi cette question ?

Dans ma tête j'ai répondu *Handel*, mais à voix haute j'ai dit :

— Je ne sais pas. Je me demandais juste. Jane est un prénom si… ordinaire.

— Pas du tout !

Sa réaction était passionnée, son regard enflammé, comme si j'avais touché un point sensible.

— Je suis désolée, me suis-je aussitôt excusée. Ce n'est pas ce que j'ai voulu dire. J'aime bien mon prénom. Je ne voulais pas te blesser.

Elle a poussé un long soupir et fermé les yeux.

— Non, ce n'est rien. Ne t'en fais pas. C'est juste que ces derniers jours ont été très éprouvants.

J'ai attendu qu'elle poursuive.

Quand elle a rouvert les yeux, ils étaient baignés de larmes.

— C'était l'idée de ton père.

— De Papa ? me suis-je étonnée, émue à la fois par la mention de mon père et par le fait de voir ma mère dans cet état.

Elle a pris sa tasse vide et en a étudié le fond.

— Il était si romantique. Et nous étions si amoureux. Il aurait fait n'importe quoi pour moi, et pour me prouver à quel point il m'aimait.

Elle a souri malgré les larmes qui avaient commencé à rouler sur ses joues.

— Il a lu tous les romans de Jane Austen.

J'ai ri, mais mon rire ressemblait davantage à un sanglot.

— Papa a lu Jane Austen ? Tu te moques de moi ? Il était si... viril, et il n'avait rien d'un littéraire.

C'était au tour de ma mère de rire. Elle s'est essuyé le visage avec sa serviette et a laissé une trace de sucre sur sa joue.

— Ça non, tu peux le dire ! Mais l'été de notre rencontre, il m'avait vue lire *Orgueil et Préjugés* sur la plage et il avait voulu m'impressionner, alors il s'en est procuré un exemplaire et s'est plongé dans sa lecture.

— C'est si romantique.

J'ai souri malgré le nœud qui s'était formé dans ma gorge.

— Et ton père, à son plus grand étonnement, est devenu fan de Miss Austen. Et il m'a confié un jour que si nous avions une fille, nous l'appellerions Jane, parce que les petites filles devraient venir au monde avec un prénom qui les destine à laisser une empreinte sur le monde.

J'ai posé ma main sur ma bouche.

Ma mère a penché la tête.

— Quoi ?

J'ai retiré ma main et fait tourner mon café au lait dans ma tasse en le fixant comme s'il allait révéler mon avenir.

— Ça me rappelle une histoire que quelqu'un m'a racontée. Sur son prénom.

— Handel.

— Oui.

— Tu tiens vraiment à lui.

— Oui.

Elle a acquiescé, enregistrant l'information, avant de changer soudainement de sujet.

— J'ai appelé les O'Connor. Ils nous attendent ce soir à six heures. Nous irons toutes les deux, d'accord ?

— D'accord.

J'ai dégluti.

— Je vais faire un tour.

Ma mère a baissé les yeux.

— Sois prudente. L'année a été rude.

J'ai baissé le regard à mon tour.

— Je sais.

★

— Si je te demandais de lire un roman de Jane Austen, tu le ferais ? ai-je demandé, plus tard, à Handel.

J'étais allée sur les quais pour voir si le bateau de son père y était accosté ou s'il se trouvait encore en mer. Je l'avais trouvé seul, fumant une cigarette, aucun bateau en vue.

Il a ri. Chassé une mèche de son visage. Elle retombait constamment sur ses yeux.

— Qui te dit que je n'en ai pas déjà lu ?

— Les garçons ne lisent pas Jane Austen, à moins d'y être obligés.

Il a plissé les yeux et tiré sur sa cigarette.

— Tu as peut-être raison.

J'avais envie de prendre sa main, mais je ne l'ai pas fait. Assis là, sur les docks, nous étions à découvert. Exposés. N'importe qui pourrait nous voir, et après notre dernière rencontre, je tenais à ce que ce genre d'attentions restent privées. Pour être franche, j'avais hâte que nous nous retrouvions seuls à nouveau.

— Tu n'en as lu aucun, alors.

— Non, a-t-il admis.

Je sentais son regard sur moi. Il embrasait ma peau.

— Mais tu le ferais ? Si je te le demandais ?

— Dis-moi d'abord pourquoi tu souris.

Je n'ai pas levé les yeux sur lui, mais mon sourire s'est agrandi.

— Je pensais...

— À quoi ?

— À l'autre nuit. À... ce qui s'est passé.

— Tu regrettes, a commencé Handel, comme si c'était évident.

Son ton était blessé.

Cette fois, je l'ai regardé. Je l'ai regardé dans les yeux le plus sérieusement du monde.

— Pas du tout. Je me demandais... quand nous aurions l'occasion de recommencer.

— Oh...

Il a semblé surpris. Soulagé. Puis le désir que j'aimais tant voir briller dans son regard est apparu.

— Pourquoi pas ce soir ?

Le ronronnement qui s'était mis à vibrer dans mon corps s'est arrêté. Mon sourire a disparu.

— J'aurais bien aimé, mais je ne peux pas.

— Change tes plans, dans ce cas.

— Ce n'est pas si simple.

Handel a fait glisser son index, presque imperceptiblement, de l'intérieur de mon coude à mon poignet. Je me suis demandé si quelqu'un nous regardait, si quelqu'un avait été témoin de ce geste.

— Qu'est-ce qui est si important au point de ne pas pouvoir le reporter ? Une autre soirée au Slovenska avec tes amies ?

J'ai décidé d'être honnête. Je voulais que Handel connaisse tout de moi, même les aspects les plus douloureux de ma vie.

— Je vais dîner chez les O'Connor avec ma mère. Je n'y suis pas retournée depuis la nuit du cambriolage, et tout le monde a l'air de penser que ça pourrait m'aider.

Handel est resté silencieux un moment.

— Tu es sûre de vouloir faire ça ?

J'ai haussé les épaules et noyé mon regard dans l'océan.

— Ils ont peut-être raison.

— Qui ça, « ils » ?

— Ma mère. Les O'Connor. La police. Ça me fera peut-être du bien. Ça m'aidera peut-être à me souvenir.

— De quoi te souviens-tu exactement ? Tu ne m'en as toujours pas parlé.

L'océan était calme aujourd'hui. Comme une fine couche de verre prête à se briser à tout moment.

— De pas grand-chose. Je me souviens d'avoir entendu des voix, mais même ça, c'est confus. Je ne voyais rien la plupart du temps. Et après... je ne me suis pas vraiment évanouie, mais je me suis cogné la tête, et tout est devenu flou.

Handel n'a pas répondu, pas tout de suite. Il s'est tourné vers moi.

— Je suis désolé que tu aies eu à endurer ça. J'aimerais pouvoir tout effacer.

Je l'ai regardé. J'ai lu la sincérité sur son visage. La tristesse. Et quelque chose d'autre aussi. Quelque chose d'indéchiffrable. J'ai pris sa main dans la mienne, peu importe qui nous regardait.

— Ça va.

Il a secoué la tête. Son regard était vide.

— Non. Ça ne va pas.

J'ai réduit la distance qui nous séparait, et il m'a attirée à lui, m'a prise dans ses bras, son visage enfoui dans mes cheveux. Nous sommes restés ainsi un long moment avant de nous séparer.

— Je ferais mieux d'y aller.

— D'accord. On se voit demain ?

L'idée m'a arraché un sourire.

— Bien sûr.

J'allais partir quand Handel m'a arrêtée.

— Pourquoi m'as-tu demandé si j'avais lu les romans de Jane Austen, tout à l'heure ?

— Oh, ai-je répondu, me remémorant le début de notre conversation. Lors de notre premier rendez-vous, avant de me raconter l'histoire de ton prénom, tu m'as dit de demander à ma mère d'où me venait le mien, et je l'ai fait. Il s'avère que Jane Austen et moi ne portons pas le même prénom par hasard.

J'ai souri à nouveau en repensant à ce que ma mère m'avait raconté plus tôt, même si cela me rendait toujours un peu triste.

— Apparemment, appeler sa fille Jane serait une façon de lui assurer un brillant avenir.

Handel a acquiescé.

— Ta mère lisait beaucoup de Jane Austen avant de t'avoir.

— Non – enfin, si. Mais c'est mon père qui a eu l'idée. Il lisait Jane Austen parce qu'il voulait impressionner ma mère.

Handel a légèrement tressailli.

— Oh ! Je vois.

Il a regardé derrière lui.

— Il faut que j'y aille, moi aussi. Je dois me remettre au travail.

— D'accord. À plus tard, alors.

Handel semblait distrait.

— Ouais. À plus.

Cette fois, je me suis éloignée. Au début, je n'ai pas remarqué que nous avions un public, mais tandis que mon attention se détachait de Handel pour s'étendre alentour, j'ai vu que son frère Colin se trouvait un peu plus loin. Cigarette au bout des lèvres, il m'observait d'un air neutre. Mais à côté de lui se tenait quelqu'un d'autre, un des types que j'avais vus avec Handel le soir où je l'avais croisé sur les quais, et où Tammy et Seamus nous avaient rejoints. Un de ces amis qui avait poussé Handel à garder notre relation secrète. Le maigrichon à l'air méchant. Je savais à présent qu'il s'appelait Cutter, et qu'il était probablement aussi mauvais qu'il en avait l'air, ce qui m'amenait à me demander pourquoi Handel traînait avec quelqu'un comme lui. Il n'avait rien à voir avec le Handel que je connaissais. Et ce garçon, Cutter, me fixait d'un œil sombre tandis que je les dépassais, l'air iodé se mêlant à l'odeur discrète d'une eau de Cologne bon marché, aigre et douce à la fois, vaine tentative pour masquer l'odeur du poisson.

Contrairement au frère de Handel, l'expression de Cutter était claire.

Comme s'il ne pouvait pas croire ce qu'il venait de voir.

Il y avait de la malveillance dans ses yeux. Dans chacun de ses traits. Elle était immanquable.

Je n'avais pas ressenti ce genre d'animosité à mon égard depuis… Eh bien, depuis la nuit du cambriolage. Ma peau me picotait tandis que j'accélérais le pas, son regard acéré – qui lui avait sûrement valu son surnom – braqué sur moi jusqu'à ce que je disparaisse de sa vue.

26

La maison des O'Connor se dressait devant nous dans toute sa splendeur coloniale. L'arrière de ma nuque fourmillait, d'anxiété peut-être, ou alors de terreur. Tout semblait différent à la lumière de l'été, et j'essayais de me raccrocher à cette impression – les fleurs colorées du jardin, la pelouse verdoyante, les plantes pleines de vie grimpant le long des murs et des colonnes.

Ma mère s'est tournée vers moi.

— Jane ?

Je suis restée là, figée, à quelques mètres d'elle.

— Hum.

Elle s'est approchée et m'a prise par la main.

— Allons-y. Ça va bien se passer.

Mais je savais à son ton, plat, incertain, qu'elle était aussi nerveuse que moi. J'ai entrelacé mes doigts aux siens et l'ai laissée me guider jusqu'à l'entrée. Nous n'avons même pas eu besoin de sonner. À la seconde où nos pieds ont touché la première marche du porche, la porte s'est ouverte.

Mme O'Connor se tenait devant nous.

— Jane !

Son enthousiasme m'a redonné des forces, je pense, parce que je me suis soudain surprise à gravir les marches d'un bond pour aller me jeter dans ses bras.

— Je suis contente de vous voir, ai-je dit, réalisant que la première étape de cette soirée venait d'être franchie.

Je me tenais sur le seuil de la maison des O'Connor, pour la première fois depuis des mois.

— Nous sommes si heureux que tu sois là.

Elle m'a relâchée. Puis elle s'est adressée à ma mère.

— Molly, c'est également un plaisir de vous voir. Merci de nous l'avoir amenée.

Ma mère s'est approchée pour étreindre Mme O'Connor.

— Martha, l'a-t-elle saluée avant de se tourner vers moi. Nous sommes heureuses d'être ici.

J'ai acquiescé, me remémorant la raison de ma présence. Je ne pouvais pas me résoudre à dire que j'étais « heureuse » d'être ici, alors je n'ai rien dit.

— Entrez, entrez, a dit Mme O'Connor en nous guidant vers la cuisine. Sam a dressé la table dans la véranda afin que nous puissions profiter de la brise marine et manger au frais.

Ma mère lui a emboîté le pas.

— Quelle charmante idée.

— Nous allons faire griller quelques poissons, a-t-elle poursuivi, disparaissant à l'angle de la cuisine.

Je me suis arrêtée à côté du grand escalier qui menait aux étages supérieurs. J'ai étudié ses marches, et constaté que la moquette qui les recouvrait autrefois avait disparu. Le bruit des pas de mon père – *bloum, bloum, bloum* – résonnait lourdement dans ma tête, comme si quelqu'un avait augmenté d'un coup le volume de mon souvenir.

Je me suis agrippée à la rampe, étourdie par ce vacarme soudain.

Ma mère s'est tournée vers moi.

— Jane ? Tout va bien ?

J'ai inspiré lentement, puis expiré.

— J'arrive.

J'ai lâché la rampe et gagné la cuisine, me demandant si ces flashs allaient se succéder toute la soirée.

Mme O'Connor versait à ma mère un verre de vin.

— Jane, tu veux du soda ? De la limonade ? De l'eau gazeuse ?

Son ton était exagérément joyeux. Visiblement, cette soirée rendait tout le monde nerveux.

— De la limonade, s'il vous plaît, ai-je répondu avant d'examiner la pièce et de remarquer que quelque chose avait changé.

Mais les placards blancs étaient les mêmes, l'îlot central aussi, le plancher en chêne également.

— Sam va être content, a-t-elle dit en ouvrant le réfrigérateur. Il l'a préparée ce matin. Il sait que tu adores ça.

Elle a versé de la limonade dans un grand verre et me l'a tendu.

— Merci.

C'était la lumière qui avait changé. La cuisine était baignée de soleil. Les grands vitraux d'autrefois n'arrêtaient plus ses rayons.

— Qu'est-ce qui est arrivé aux fenêtres ? ai-je demandé sans réfléchir.

L'enthousiasme de Mme O'Connor a faibli.

— Oh… Eh bien, tu sais, avec le cambriolage…

J'ai expiré longuement, comme si quelque chose avait emprisonné mon souffle dans mes poumons.

— Alors, Martha, a lancé ma mère pour changer de sujet. Vous êtes allée à la plage dernièrement ? Ça fait longtemps que je ne vous y ai pas croisée.

C'est le moment qu'a choisi le professeur O'Connor pour passer la tête par la porte de derrière.

— Jane ! Je suis ravi que tu sois là. Viens m'aider avec le barbecue. J'ai une surprise pour toi.

— Quel genre de surprise ?

Je l'ai rejoint dehors. Il a passé son bras autour de mes épaules et m'a serrée brièvement. Les larmes me sont aussitôt montées aux yeux devant ce geste si paternel. Il a traversé le jardin à grandes enjambées tandis que je trottinais derrière lui.

— Tu verras par toi-même.

Nous avons tourné à l'angle du patio. Quelqu'un d'autre était là.

Il a levé la tête.

Je me suis arrêtée.

— Miles ?

Miles a souri d'un air gêné.

— Salut, Jane.

— Qu'est-ce que tu fais ici ?

— C'est ma faute, est intervenu le professeur O'Connor en posant sa main sur son cœur, comme s'il jurait de dire toute la vérité, rien que la vérité. Je connais bien le père de Miles, et quand j'ai appris que vous étiez amis, j'ai pensé que tu aimerais avoir quelqu'un de ton âge pour te tenir compagnie.

J'acquiesçai, essayant d'avoir l'air convaincue par son idée.

— C'est gentil de votre part de l'avoir invité, ai-je dit.

— Alors j'ai bien fait ?

Le professeur O'Connor semblait si optimiste. Si sincère. Il voulait seulement me rendre la tâche plus facile.

— Oui, l'ai-je rassuré en lui offrant mon plus beau sourire.

Le visage de Miles s'est illuminé.

Le professeur O'Connor est allé s'occuper du barbecue et j'ai regardé Miles en secouant la tête. Je ne voulais pas qu'il se fasse de fausses idées.

— Laissez-moi vous aider, ai-je proposé au professeur.

J'ai pris une spatule et commencé à retourner les poissons un à un. Des bars rayés, frais du jour à n'en pas douter.

Miles s'est joint à nous.

— Je ne serais pas contre une petite leçon de cuisine.

Le professeur O'Connor s'est aussitôt lancé dans une explication détaillée sur la façon de choisir le meilleur poisson, de le saler, suivi d'autres conseils de préparation, pendant que j'observais. Alors que j'écoutais leur échange, je me suis demandé si la présence de Miles me permettrait d'éviter d'avoir à aborder certains sujets. Peut-être m'épargnerait-elle le supplice de devoir me rendre dans la bibliothèque et revivre la pire nuit de ma vie.

Mais ensuite, après avoir envoyé Miles chercher un plat à la cuisine, le professeur O'Connor s'est tourné vers moi.

— C'est formidable que tu sois là, Jane. Je sais que c'est dur pour toi, mais cela en vaut la peine si tu arrives à te souvenir de quelque chose. C'est bien, d'avoir franchi ce pas. Tu nous as manqué.

Je me suis contentée d'acquiescer. Apparemment, rien ne me permettrait d'y échapper.

— Tu es sûre de ce type ? a demandé Miles après que nous eûmes débarrassé la table.

Ma mère, le professeur et Mme O'Connor s'étaient retirés dans le patio pour boire un autre verre de vin. Miles et moi étions dans la cuisine, en train de rincer les assiettes.

— Une fois de plus, par ce type, tu veux dire Handel ? Mon petit ami ?

Appeler Handel « mon petit ami » me donnait des frissons d'excitation.

Miles a soupiré.

— Oui.

— De quoi devrais-je être sûre, au juste ?

Je lui ai tendu une assiette à essuyer.

— J'ai entendu dire que ses amis...

Miles a marqué une pause, essuyant l'assiette d'un air absent. Il l'a posée sur la pile d'assiettes déjà sèches.

— ... Hmm, n'étaient pas très fréquentables.

Puis un bol dégoulinant.

— Ça ne veut rien dire.

L'expression de Miles était septique.

— Tu en es sûre ?

— Handel est gentil avec moi.

J'ai plongé mes yeux dans l'évier. J'étais si fatiguée, d'un coup, et il restait encore tant de vaisselle à laver. J'aurais dû écouter les O'Connor et la leur laisser pour le lendemain. Mais j'avais insisté.

Miles a posé le bol sur le comptoir.

— Sa famille n'a pas très bonne réputation.

Je me suis dirigée de l'autre côté de l'îlot central, loin de l'évier rempli de vaisselle sale. Je secouais la tête, de plus en plus agacée par les remises en question de Miles. J'ai pressé mes mains contre le plan de travail pour me soutenir.

— Tu n'es pas ma mère.

Miles m'a rejointe. Il a posé sa main sur la mienne.

— Ce n'est pas ce que je souhaite.

J'ai retiré ma main et me suis retournée.

— Je suis désolée.

— Pour quoi ?

J'ai croisé les bras sur ma poitrine.

— Je ne peux pas te donner ce que tu attends de moi.

J'ai changé de position, mal à l'aise. Je ne pouvais pas le regarder, alors j'ai reporté mon attention sur les placards, le réfrigérateur, la manique bleue accrochée au mur. Tout me semblait si nouveau.

— Je suis prise. Et ce n'est pas près de changer.

Miles a haussé les épaules.

— On ne sait jamais, a-t-il dit.

La colère m'a envahi.

— Je crois que je le sais mieux que toi.

Il a pincé les lèvres.

— Je ne lui fais pas confiance, Jane.

— Eh bien moi, si.

— Je vois ça.

Le regard de Miles était si intense, si profond, que je me suis demandé s'il savait quelque chose que j'ignorais. Avant que je puisse lui demander, les O'Connor et ma mère ont fait irruption dans la cuisine.

Il était temps pour moi de faire ce pour quoi j'étais venue.

— Je veux y aller seule, ai-je annoncé.

Avant que quiconque puisse protester, je me suis dirigée vers le grand escalier qui menait à la bibliothèque du professeur. J'avais l'impression d'être un fantôme, flottant dans la maison. J'ai retiré mes sandales avant de gravir les marches, je ne voulais pas faire de bruit. Mes pieds nus glissaient sur le bois récemment ciré. Un craquement a retenti. Je me suis arrêtée.

— Jane ?

Ma mère semblait si nerveuse. Si inquiète.

Tout le monde s'était réuni au pied de l'escalier, les yeux rivés sur moi.

— Ça va, ai-je assuré, avant de reprendre mon ascension, marche après marche, jusqu'au dernier étage.

J'apercevais déjà la bibliothèque. La porte était entrouverte. Un mince rayon de soleil perçait par l'entrebâillement. J'ai avancé de quelques pas, posé une main sur la porte et l'ai poussée lentement. Un long grincement a brisé le silence.

J'ai fermé les yeux pour bloquer la prochaine image.

L'air semblait crépiter autour de moi, comme dans l'attente de ce qui allait se passer. J'avais l'impression de pénétrer dans une forêt enchantée, mes sens à l'affût du moindre signe de magie, et non des souvenirs d'horreur et de mort.

J'ai pris une grande inspiration. J'ai ouvert les yeux.

Et l'image à laquelle je m'attendais, inévitable, était là.

Mon père. Étendu sur le sol. Gisant dans une mare de sang.

J'ai eu un hoquet de stupeur et refermé les yeux.

— Jane ? a appelé ma mère. Tu n'as pas à faire ça toute seule.

— Je vais bien, ai-je crié.

Mais était-ce vraiment le cas ?

J'ai essayé de respirer. Je me suis agrippée à la poignée de la porte.

— Il n'y a rien ici qui puisse me faire du mal, ai-je chuchoté, essayant de me rassurer, de forcer mes yeux à s'ouvrir.

Il n'y avait personne d'autre ici à part moi, et une poignée de personnes qui tenaient à moi, en bas de l'escalier. Pas de voleurs. Pas d'agresseur.

Mais ces hommes, ces garçons, avaient-ils vraiment besoin d'être présents pour me faire du mal ? N'avaient-ils pas changé ma vie au point de m'infliger une douleur qui ne disparaîtrait jamais, où que je sois, quoi que je fasse ? Une perfusion de douleur, qui se répandait dans mes veines, goutte après goutte, continuellement ?

Peut-être.

Peut-être pas.

Les O'Connor pensaient que venir ici pourrait non seulement m'aider à recouvrer la mémoire mais aussi à aller mieux. Que ça pourrait me permettre de tirer un trait sur ce qui s'était passé et aller de l'avant.

Je me suis forcée à ouvrir les yeux.

— OK, Jane. Tu peux le faire.

Soudain, les évènements de cette nuit de février se sont mêlés à ceux d'aujourd'hui, comme deux bobines de films que l'on aurait superposées et projetées en même temps.

Tout était à la fois semblable et différent.

Mes livres étaient posés sur la table de lecture, comme si personne n'y avait touché. Comme si personne ne les avait brutalement jetés au sol. Les coussins étaient soigneusement disposés sur le fauteuil, prêts à accueillir quiconque souhaiterait s'y asseoir pour observer les quais depuis la fenêtre. Le bureau du professeur avait retrouvé sa place et l'amoncellement de papiers qui le recouvrait. Les étagères étaient à nouveau remplies de dossiers.

Mais les lampes étaient différentes. Les vases étaient différents. La petite sculpture en verre représentant deux poissons entrelacés avait disparu. Disparu aussi, le grand cendrier dans lequel le professeur déposait des pièces, ses clés et d'autres objets du quotidien.

Puis j'ai vu l'endroit sur le sol. Si je n'avais pas su où regarder, si cela n'avait pas été le dernier endroit où j'avais vu le corps de mon père, je ne l'aurais même pas remarqué. Les lattes avaient été poncées et repeintes dans la même teinte brune que le reste du plancher. La différence de couleur était à peine visible, mais quand je me suis concentrée sur l'endroit, quand j'ai permis au souvenir de mon père étendu de refaire surface, son corps sans vie est réapparu sous mes yeux aussi clairement que s'il s'y était réellement trouvé. Ceux qui avaient restauré la bibliothèque avaient fait du bon travail. Ils avaient presque réussi à effacer le terrible souvenir que cette maison renfermait. Presque.

C'était étrange, de voir que les maisons, comme les gens, avaient une mémoire. Je me suis demandé si cette maison était disposée à partager ses souvenirs avec moi.

Je suis allée m'asseoir dans le fauteuil. Dans la même position que cette nuit-là. Pieds rassemblés sur l'assise, livre sur les genoux, tête penchée sur les mots.

J'ai attendu que les deux films se fondent.

Puis que le film de cette nuit prenne le dessus.

Je n'ai pas eu à patienter longtemps.

Les images se sont succédé sous forme de flashs. Tout était flou, désordonné. Les voix, les bruits, tellement de bruit. Le bras autour de mon cou, le corps d'un homme pressé contre mon dos, fort, robuste, le couteau sous ma gorge, la lame tranchant ma peau. Le deuxième corps, d'autres voix, mêlées au vacarme des objets qui se brisent en tombant sur le sol. La surprise, la surprise terrible des intrus découvrant que la maison n'est pas vide.

Gentille fille. Gentille fille. Sois une gentille fille.

Ces mots, répétés à plusieurs reprises et par deux personnes différentes.

Les pas de mon père dans l'escalier, sa voix appelant *Jane* et la mienne, désespérée, répondant *Papa*.

Mais autre chose me tracassait, tentait de se frayer un chemin à la surface de ma mémoire. Un nouveau souvenir. Là. À portée de main. Prêt à être révélé. Impatient de refaire surface.

Une odeur. Légère. Horrible.

De sucre et de pourriture. De quelque chose en décomposition.

Elle s'est rappelée à moi, enveloppant l'air qui m'entourait, s'insinuant dans mes poumons. J'arrivais presque à l'identifier, j'étais à deux doigts, si proche...

— Jane ! s'est écriée ma mère depuis l'embrasure de la porte avant de se ruer dans la pièce.

Le sortilège s'est brisé.

L'odeur, son souvenir s'est volatilisé.

— Je ne pouvais pas attendre plus longtemps, a-t-elle dit. Est-ce que ça va ? Ce n'était peut-être pas une bonne idée, tout compte fait.

Je l'ai regardée, debout au milieu de la pièce, un rayon de lumière éclairant les particules de poussières qui flottaient autour d'elle. Un halo semblait l'entourer, comme si c'était un ange.

— Je vais bien.

J'ai reposé mes pieds sur le sol, tentant de masquer ma frustration alors que j'avais été si proche de me souvenir de quelque chose, d'un nouveau détail. D'une nouvelle piste. N'importe quoi.

— Je t'assure, ai-je poursuivi en me levant. Mais je n'ai pas réussi à me souvenir d'autre chose. Pas vraiment.

Elle m'a attirée dans ses bras.

— Ce n'est pas grave. Chaque chose en son temps.

— J'imagine. Tu crois qu'on peut rentrer maintenant ? Je suis fatiguée.

— Bien sûr. Allons-y.

Je l'ai suivie hors de la pièce et j'ai descendu l'escalier à sa suite, une fois de plus avec l'impression d'être un fantôme flottant à quelques centimètres du sol, comme si mon corps se trouvait là mais pas mon esprit. Le souvenir reviendrait quand il serait prêt. C'est ce que je me suis dit tandis que ma mère et moi prenions congé de nos hôtes et que les derniers rayons du soleil disparaissaient à l'horizon.

27

— Je n'arrive pas à croire que Miles était là ! ai-je dit aux filles.

Nous étions assises sur la digue face à la mer, les jambes dans le vide et les pieds nus, en short en jean et haut de maillot de bain. Les touristes nous regardaient, les locaux aussi, et les garçons, bien sûr.

— Miles doit vraiment bien t'aimer, a commenté Bridget.

Tammy a reniflé.

— Ou être totalement stupide, vu qu'il sait que tu es avec Handel.

— Je pense qu'il veut bien faire, ai-je repris, surprise de prendre sa défense.

Mais il semblait toujours si sincère quand il me parlait.

— Peut-être que si je n'étais pas avec Handel, Miles et moi serions sortis ensemble.

Cela pouvait paraître surprenant, mais c'était vrai.

— Tu devrais peut-être reconsidérer la question, est intervenue Michaela. Il n'a clairement pas l'intention d'abandonner, et c'est un gentil garçon. Et vous voulez tous les deux faire de grandes études, a-t-elle ajouté par-dessus le bruit des feux d'artifice.

Le 4 Juillet n'était que le lendemain, mais les gens faisaient déjà claquer des pétards sur la plage.

Je me suis penchée pour regarder Michaela, assise de l'autre côté de Bridget.

— Ce qui est sûr, c'est qu'il n'approuve pas ma relation avec Handel.

— Il me plaît de plus en plus, ce Miles, a raillé Michaela.

— Sois gentille, l'ai-je rabrouée avant de me redresser.

Une énorme vague s'est écrasée sur la plage et j'ai soudain eu envie d'aller nager. Il faisait vraiment très chaud.

Bridget a posé sa tête sur mon épaule.

— Aaah ! comme j'aimerais avoir deux garçons, l'un riche, l'autre rebelle, qui se battent pour moi.

— Tu plaisantes ? Ce n'est pas toi qui as trois garçons riches à tes pieds ?

— Malheureusement, non, a-t-elle soupiré.

— Menteuse, a répliqué Michaela.

— Je serais contente d'avoir ne serait-ce qu'un garçon qui se batte pour moi, a dit Tammy à l'autre bout de notre rangée.

— S'il n'y en a qu'un, il ne peut pas y avoir de bataille, a observé Michaela.

— Bien sûr que si ! s'est indignée Tammy. Il peut se battre pour me séduire.

— Dans ce cas, tu as déjà Seamus, lui ai-je rappelé, triste à l'idée que Tammy ne lui accorde pas plus de crédit.

Un autre *boum* a retenti derrière nous et nous a fait sursauter. Michaela s'est retournée pour voir qui avait fait sauter le pétard, mais le coupable s'était déjà volatilisé.

— Un jour quelqu'un va perdre une main dans cette ville.

J'ai changé de position pour m'asseoir en tailleur avant de reporter mon attention sur Tammy.

— Peut-on parler de Seamus et de toi ?

— Oui, je suppose, a-t-elle concédé, comme si cela lui coûtait.

Mais ensuite elle s'est tournée vers moi d'un air sérieux.

— Mais on ne devrait pas plutôt parler d'abord du reste de ta soirée chez les O'Connor ?

— Ce n'était pas trop dur ? a demandé Michaela avant que je puisse répondre.

J'ai soupiré. Je savais qu'elles me questionneraient à ce sujet, alors autant en finir au plus vite.

— Oui et non, ai-je commencé, les yeux fixés sur le mur, occupée à jouer avec un petit caillou. Je veux dire, oui, c'était effrayant, et si je ne me concentrais pas, si je ne contrôlais pas ce qui se passait dans ma tête, je revoyais sans arrêt des images de ce qui est arrivé. Des images de mon père. Et des bruits, comme si j'entendais tout une deuxième fois. Comme si j'y étais à nouveau.

Bridget a passé un bras autour de mes épaules.

— Jane, c'est horrible.

J'ai acquiescé.

— Mais même si je n'en avais pas envie et que j'ai évité cette maison pendant des mois, ça m'a fait du bien d'y retourner. Je suis assez fière de moi.

— Tu peux, a approuvé Tammy.

J'ai fait rouler le caillou dans ma paume.

— Merci.

— Tu t'es souvenue d'autre chose ? s'est enquise Michaela.

J'ai esquissé un sourire et levé les yeux sur elle.

— Tu parles comme la fille d'un flic.

Elle a souri tristement.

— Tu sais ce que c'est.

Son ton était doux.

— Malheureusement, non, ai-je répondu. Enfin, pas tout à fait. Je me suis presque souvenue de quelque chose. C'était bizarre. Quand je suis allée dans la bibliothèque, là où ça s'est passé, j'ai eu l'impression qu'un souvenir cherchait à refaire surface. J'étais à deux doigts de me le rappeler, mais il m'a échappé.

— Ça viendra, m'a rassurée Bridget. Tu as juste besoin de temps.

Je sentais ses yeux posés sur moi mais j'ai gardé les miens rivés sur l'océan.

J'ai ouvert la main et laissé tomber le caillou sur le sable.

— Je crois qu'il s'agissait d'une odeur. Une eau de Cologne, ai-je murmuré.

Michaela a haussé les sourcils.

— Une eau de Cologne ? Tu la reconnaîtrais, si tu allais dans un magasin et les essayais toutes ?

J'y ai réfléchi un instant. C'était une idée intéressante. Mais j'ai secoué la tête.

— Je ne sais pas. Ce n'était pas juste une eau de Cologne. C'était comme un mélange.

J'ai poussé un profond soupir. Pressé mes mains sur mes tempes.

— Je déteste ça, ai-je grommelé.

— Ne te force pas, a dit Tammy. Tu as déjà bien avancé, c'est tout ce qui compte. Et on est là pour toi.

Bridget a pressé mon bras.

— Elle a raison.

Michaela est descendue du muret et venue se placer à côté de moi.

— Tu devrais voir un thérapeute. Tu aurais dû y aller il y a longtemps. Juste après que ça s'est passé.

— Il pourrait peut-être t'hypnotiser pour que tu te souviennes, a ajouté Bridget.

Michaela a ri.

— Je crois que ça ne marche qu'à la télévision, Bridget.

— Pas du tout ! Ça marche vraiment.

Je n'avais pas besoin de la regarder pour savoir que Michaela levait les yeux au ciel.

— D'accord, madame l'Experte, a-t-elle répondu. Mais je voulais dire que ça pourrait t'aider à aller de l'avant, a poursuivi Michaela. Pas que ça t'aiderait à te souvenir. Mais si ça arrive, tant mieux.

Je me suis tournée vers elle.

— Peut-être. J'y penserai. Ma mère voulait que j'y aille, mais, je... Je ne l'ai pas fait.

Tammy s'est levée à son tour et a rejoint Michaela.

— Quand tu seras prête, Jane, a-t-elle précisé.

J'ai acquiescé.

— On verra. Mais revenons-en à Seamus et toi...

— Mon Dieu ! a-t-elle gémi. Vous n'abandonnez jamais, n'est-ce pas ?

— Si on le faisait, tu continuerais à nier qu'il se passe quelque chose entre vous, disait Bridget quand mon attention a été attirée par un groupe de garçons qui traînaient au bout de la digue.

Je les ai remarqués parce qu'ils semblaient me regarder. Ou peut-être qu'ils nous regardaient toutes les quatre. Mais j'avais l'impression que c'était moi, alors j'ai glissé mes lunettes de soleil sur mon nez pour pouvoir les observer discrètement. J'ai reconnu un des frères aînés de Handel, Colin. De loin, leur ressemblance était troublante. Ils avaient la même carrure, les mêmes cheveux blonds, la même peau hâlée. Mais malgré ça, il était clair que Colin n'avait rien à voir avec Handel. Handel partageait peut-être la mauvaise réputation de ses frères, mais il y avait du bon en lui, contrairement à eux. Du moins à celui-ci. Tout chez lui inspirait la méfiance.

Je devais l'admettre, cela me faisait un peu peur.

Je me demandais si le mauvais pouvait gagner du terrain au fil des ans. Si Handel finirait un jour comme ses frères, ou s'il était déjà sur cette voie. Colin n'avait que quelques années de plus que lui.

Mais il y avait pire encore : l'ami de Handel, Cutter, me terrifiait. Et il semblait me suivre partout où j'allais. Il était là, aujourd'hui, une cigarette au bout des lèvres, les yeux rivés sur nous, comme s'il se fichait que je puisse le remarquer. J'ai détourné les yeux, de peur que mes lunettes de soleil ne suffisent pas à masquer mon regard. Tandis que j'étais assise là, dos tourné aux garçons, incapable d'oublier leur présence, un vent chaud a balayé les quais, amenant avec lui – si vite que j'ai cru l'avoir imaginée – une odeur qui a empli mes narines. Douce, amère, horrible.

Ça n'a duré qu'une seconde. Puis elle a disparu.

Non.

Cela pouvait-il être possible ?

Qui était-ce ? Cutter ? Colin ?

Au même moment, un énorme *boum* a retenti dans les airs, suivi d'une série de crépitements. J'ai sursauté, si fort que j'ai failli tomber. Bridget m'a rattrapée par le bras.

— Ça va ? a-t-elle demandé.

J'ai acquiescé, parcourue d'un frisson, comme s'il pouvait m'aider à me débarrasser de l'attention de ces garçons.

— Qu'est-ce que vous disiez à propos de Seamus et Tammy ? ai-je demandé, préférant me concentrer sur mes amis plutôt que sur ceux de Handel.

Quand je suis rentrée à la maison, j'étais contente de trouver ma mère seule dans son atelier.

Je me suis avancée sur le seuil, et avant de me dégonfler, je lui ai demandé :

— Comment sait-on quand on est amoureux de quelqu'un ?

Ma mère a reposé son travail. De longs pans de soie gris se déversaient à côté d'elle comme une cascade.

— Tu penses être amoureuse de Handel ?

J'ai acquiescé.

— Ce n'est pas rien, ma chérie.

— Je sais.

Je me suis appuyée contre la porte. Parler d'amour et de Handel me donnait le vertige. Puis je lui ai posé une autre question, celle qui me tourmentait vraiment.

— Qu'est-ce que tu sais de sa famille, exactement ?

Ma mère m'a fait signe de m'asseoir sur la chaise destinée à ses clientes.

Je me suis exécutée.

— Qu'est-ce que sa famille a à voir avec le fait que tu puisses être amoureuse de lui ?

J'ai hésité. Je n'étais pas sûre de le savoir.

Finalement, je me suis lancée.

— Je me demande quelle influence ont ses frères sur lui. Ils ont une réputation, et elle n'est pas bonne.

— Ça ne veut pas dire que Handel est comme eux.

— Mais comment en être sûre ?

— Jane, pourquoi me demandes-tu ça ? Il s'est passé quelque chose ?

— Non, ai-je répondu un peu trop vite. C'est juste que... je les croise souvent en ville. Enfin, un plus que les autres, il est toujours avec le même garçon, et je n'aime pas leur façon de me regarder. Et ne me dis pas que tu ne sais rien au sujet des Davies, je sais que c'est faux.

J'ai jeté un œil à l'atelier de ma mère.

— Tous les secrets de la ville sont passés par ici, et sûrement dans plusieurs versions.

Ma mère a lissé la soie grise sur laquelle elle travaillait.

— Je n'aime pas les ragots.

— Mais tu en as entendu ?

Elle a soupiré.

— Ça fait un moment que je n'ai pas vu la mère de Handel, et la dernière fois qu'elle est venue, c'était pour un enterrement.

J'ai acquiescé.

— Son oncle. Il m'en a parlé.

Délicatement, elle a posé le tissu sur sa table et plongé ses yeux dans les miens.

— Tout ce que je dirai, ma puce, c'est qu'elle est triste pour sa famille. Triste à cause des affaires dans lesquelles ils trempent – ce sont ses mots, pas les miens – et triste de ne pas pouvoir les en sortir. La seule chose qui semblait lui redonner un peu d'espoir était son plus jeune fils, Handel.

J'essayais de déchiffrer son expression.

— Et tu n'es pas inquiète de me voir avec un Davies ? Tout le monde l'est.

— J'essaie de ne pas juger les gens que je ne connais pas, a-t-elle dit.

Elle s'est approchée.

— Et je te fais confiance, ma puce. J'ai confiance en ton jugement.

— Mais... si je me trompais ?

— J'espère que ce ne sera pas le cas, a-t-elle répondu. Je ne veux pas que tu aies le cœur brisé après tout ce que tu as traversé.

— Moi non plus, ai-je soufflé. Mais Handel n'est pas comme ça. Ses sentiments pour moi sont sincères. Je le sais.

— Dans ce cas, raccroche-toi à ça. Le doute peut tout détruire, surtout quand il n'est pas justifié.

Ses paroles rassurantes tournaient en boucle dans ma tête. Je la laissai reprendre son travail, me demandant néanmoins si mon jugement était aussi digne de confiance qu'elle le pensait. Elle avait raison sur une chose, en revanche. Je venais de vivre une période difficile, et je ne voulais pas qu'on me brise le cœur par-dessus le marché.

Mais peut-être que ça n'arriverait pas.

Handel était trop bien pour le permettre.

Plus tard ce soir-là, devant le miroir, j'essayais d'apercevoir la Jane que j'avais été autrefois. Pas juste celle que les garçons voyaient aujourd'hui ou celle frappée d'un terrible malheur. La Jane d'avant, celle qui vivait dans un monde qu'elle croyait résolument bon, persuadée que rien de mal ne pouvait lui arriver tant qu'elle ferait ce qu'on lui disait, tant qu'elle prendrait les bonnes décisions.

J'avais été cette Jane pendant des années, pourtant, je la distinguais à peine sous les cernes qui soulignaient mes yeux et l'air méfiant plaqué sur mon visage.

Puis je me suis demandé ce que Handel voyait quand il me regardait, s'il aimait les longs cheveux bruns qui tombaient dans mon dos, mes jambes, dont Bridget disait qu'elles étaient sveltes, la rondeur de ma poitrine. J'ai essayé d'étudier mon visage comme il l'aurait fait, sa forme ovale, mes lèvres pleines, l'éventail de cils qui agrandissait mon regard.

Je me suis tournée, comme si mon profil pouvait révéler la Jane d'avant, mais au lieu de cela, j'ai remarqué les courbes de mon corps, celles qui devaient en partie être responsables de l'intérêt que Handel me portait cet été, celles qui l'avaient probablement attiré à moi, captant naturellement son attention.

Le souvenir de ses doigts effleurant ces courbes m'est revenu, de ses mains sur ma peau, du désir que j'éprouvais de le voir continuer plus loin, vers cette zone juste sous mon ventre qui se languissait de lui rien que d'y penser. J'ai songé à la façon dont nos caresses pourraient me changer, faire apparaître une troisième Jane. Tel un caméléon, j'avais acquis la capacité de me transformer à chaque nouvelle expérience. L'une d'elles avait été tragique, bien sûr, mais il y en avait eu d'autres, surprenantes, excitantes même. J'aimais l'idée de ne pas laisser une tragédie me définir. Je voulais me sentir différente à nouveau, réécrire la Jane que j'étais aujourd'hui pour que celle marquée par la tristesse s'éloigne encore un peu plus.

Et je savais exactement comment m'y prendre.

Ce soir, j'allais coucher avec Handel. J'étais amoureuse de lui, après tout.

J'ai jeté un dernier regard à la Jane du miroir. Je lui ai souri et fait mes adieux, puisque demain, je savais qu'une nouvelle Jane l'aurait remplacée.

28

J e suis allée directement chez lui.
Handel était assis sous le porche quand je suis arrivée,
le regard plongé dans l'océan, fumant une cigarette.
Comme s'il m'attendait.

— Je suis tout seul, m'a-t-il prévenue.

— C'est grave ? ai-je dit en riant, soulagée.

— Non. J'imagine que non.

Je me suis arrêtée devant lui, je voulais qu'il voie la
Jane que je venais de contempler dans le miroir, qu'il
pense aux choses auxquelles j'avais pensé un peu plus
tôt. Il a écrasé sa cigarette dans le cendrier posé sur la
table, et quand il a relevé les yeux sur moi, son sourire
m'a transportée.

— Je suis content que tu sois là, a-t-il dit.

Je l'ai rejoint sur le canapé en osier. J'ai fait courir
mes doigts sur le coussin près de sa cuisse, en évitant de
le toucher.

— Moi aussi.

— Tu voulais me dire quelque chose ?

Sa question m'a surprise. Handel pensait peut-être que

j'allais lui raconter mon dîner chez les O'Connor, mais je n'avais pas envie d'en parler.

— Pas vraiment, ai-je répondu.

Mes doigts ont interrompu leur ballet.

— J'avais juste besoin de te voir.

Il a esquissé un sourire.

— Besoin ?

J'ai acquiescé et souri à mon tour.

Puis nous avons parlé pendant un long moment, tandis que le ciel s'assombrissait. De nos parents, de la fac, de nos livres préférés, de nos rêves, de nos projets. Les sujets de conversation se sont enchaînés, tantôt légers et joyeux, tantôt graves et profonds.

Et plus d'une fois, j'ai pensé :

Il y a tant de façons d'aimer quelqu'un, parfois juste avec des mots.

La lune est apparue, et bientôt, seule sa lueur délicate nous éclairait. Handel s'est levé et je l'ai suivi derrière la maison, dans un jardin luxuriant que je n'aurais jamais cru trouver là. Des fleurs poussaient partout, des plantes grimpaient le long de hautes palissades qui parvenaient à peine à les retenir. Le décor semblait sorti tout droit d'un livre. Trop magique pour être vrai.

— C'est quoi, cet endroit ? ai-je demandé.

— C'est à ma mère. Elle l'appelle son « havre de paix ».

— C'est magnifique, ai-je soufflé, songeant que Handel partageait peut-être les gènes de ses frères, mais aussi ceux de la femme qui avait créé ce lieu.

Handel m'a regardée, il a fait glisser son doigt sur ma mâchoire.

— C'est la première fois que je le montre à quelqu'un. Je n'ai jamais amené personne ici.

— C'est vrai ? ai-je demandé, le cœur battant à tout rompre.

Il a acquiescé.

— Merci de me l'avoir fait découvrir, ai-je dit.

— Jane, il y a des choses qu'il faut que je te dise, a-t-il commencé. Des choses qu'il faut que tu saches avant que nous...

Mais je ne pouvais pas attendre plus longtemps. Je l'ai embrassé, à l'abri de ce jardin secret, de la plus... suggestive des façons. Pressée contre son corps, enivrée par l'odeur entêtante des fleurs, libérée par l'obscurité. J'ai cessé d'être Jane dans cet endroit irréel pour devenir une nymphe sauvage et sûre d'elle. J'ai fait glisser ses mains sur ma poitrine pour m'assurer qu'il découvre que je ne portais pas de soutien-gorge. Je voulais ce qui allait se passer.

J'étais prête.

— Jane, a-t-il lâché d'une voix rauque, détachant ses lèvres de mon cou.

Mais je me suis pressée contre lui, inclinant un peu plus la tête, exposant ma gorge, m'offrant à lui complète-ment. Je voulais sentir ses doigts sur ma peau, je voulais le sentir partout sur moi.

— Je suis à toi, ai-je murmuré, et je le pensais.

Je lui faisais une confiance aveugle.

Je voulais tout essayer avec Handel.

— Suis-moi.

Il a pris ma main et m'a attirée dans un étroit passage entre deux pins touffus, sous un minuscule dôme de lierres. Il y avait un banc au milieu. Handel s'y est assis, et il a attendu que je l'y rejoigne. Mais je suis restée debout devant lui. J'ai posé ma paume sur sa joue et me suis approchée, m'arrêtant à quelques millimètres de ses lèvres, un sourire taquin sur le visage.

Il a soupiré.

— Tu me rends fou.

Mon sourire s'est agrandi.

— Vraiment ?

— Comme si tu ne le savais pas.

Son rire était rauque.

Mais il hésitait à me toucher. Quelque chose l'en empêchait.

— Ça va aller, l'ai-je rassuré en m'approchant un peu plus.

Et c'était vrai. En cet instant, avec Handel, dans ce jardin secret caché derrière sa maison, je me sentais invincible.

Il a fait glisser son doigt sur ma clavicule jusqu'au premier bouton de mon chemisier. Cette fois, il n'a pas hésité ni demandé. D'un geste rapide, il l'a défait. De son autre main, il a effleuré lentement ma cuisse, juste sous l'ourlet de ma jupe. Nous nous sommes embrassés un million de fois, échangeant murmures et mots doux, avant que ses doigts ne remontent le long de ma jambe jusqu'à l'orée de ma culotte, puis un million de fois encore, m'a-t-il semblé, avant qu'ils ne se glissent en dessous, errant nonchalamment sur ma peau.

J'ai accueilli ses doigts d'un gémissement, les yeux mi-clos.

— Tu veux que j'arrête ? a demandé Handel, sa voix déchirée entre inquiétude et désir.

— Non, ai-je murmuré. Surtout pas.

Il a ri, et je me suis abandonnée à lui, laissant le plaisir me changer une nouvelle fois. J'étais sans aucun doute devenue une autre Jane lorsque j'ai rouvert les yeux et plongé dans ceux de Handel, qui me regardait comme s'il me voyait pour la première fois.

Ce qui devait être le cas, je suppose. Il n'avait jamais vu cette Jane-là.

Il a battu des paupières.

— Je t'aime, a-t-il déclaré, au milieu de ce jardin incroyable, sous ce magnifique clair de lune, à des années-lumière de la ville où nous avions passé notre vie.

— Je t'aime aussi.

Puis nous nous sommes étendus l'un contre l'autre dans l'herbe et n'avons plus dit un mot.

29

— Bridget ? ai-je chuchoté depuis la fenêtre. Tu es réveillée ?

Pas de réponse. Pas même un bruissement de draps.

— Bridget. C'est moi.

J'ai entendu remuer.

— Jane ?

J'ai pressé mes mains contre la vitre.

— Je suis à ta fenêtre.

— Qu'est-ce que tu fais ici ? Quelle heure est-il ?

— Tôt. Je ne sais pas, sept heures, peut-être.

— Pourquoi tu n'es pas dans ton lit ?

— Hum... j'y étais, mais maintenant, je suis ici.

J'ai jeté un œil à l'intérieur mais il faisait trop sombre pour distinguer quoi que ce soit.

— Tu peux me laisser entrer ?

— Bien sûr, a répondu Bridget, et j'ai entendu plus de bruit.

— Il faut que je parle à quelqu'un, lui ai-je dit, tentant de m'expliquer.

— C'est bon ou mauvais ?

— Bon, je pense. Avec peut-être un peu de mauvais. Ça a semblé la réveiller.

— Rejoins-moi derrière la maison.

Dans la lumière trouble de l'aube, je me suis glissée par la porte arrière que Bridget me tenait ouverte et nous nous sommes faufilées jusqu'à sa chambre. Ses yeux étaient gonflés de sommeil, ses longs cheveux ébouriffés. Elle s'est jetée dans son lit et blottie sous sa couette.

— Alors ? Tu viens ou quoi ?

J'ai retiré mes sandales et l'ai rejointe.

— Bridget, j'ai fait quelque chose.

— Qu'est-ce que tu as fait ?

— J'ai fait… la chose. Cette nuit, avec Handel, ai-je ajouté.

Bridget a eu un hoquet de surprise. Elle s'est redressée brusquement et appuyée sur son coude, toute trace de sommeil balayée de ses yeux. Ils étaient grands ouverts.

— Oh, mon Dieu ! Tu n'as pas fait ça ?

J'ai souri d'un air rêveur en regardant le plafond.

— Si…

— Je suis la première à le savoir ?

— Oui. Je n'arrivais pas à dormir. Il fallait que j'en parle à quelqu'un.

— Je suis flattée.

Je me suis tournée vers elle.

— Il fallait que ce soit toi. Tu m'as toujours soutenue. Michaela m'aurait fait la leçon et Tammy n'aurait pas pu s'empêcher de se moquer de moi et je… je ne voulais pas gâcher ce moment.

— D'accord, a-t-elle dit doucement. Alors… tu es heureuse ?

— Très.

— Ça t'a plu ?

— Tu n'imagines même pas.

— Est-ce que tu as… tu sais… ?

— Oh ! oui.

— Raconte !

J'ai fermé les yeux.

— C'était… excitant, et lent, et merveilleux et… sexy.

Bridget a gloussé.

— Eh bien, c'était du sexe. Ce n'est pas censé être « sexy » ?

— Je suppose. Mais je n'avais aucune idée de ce que cela pouvait signifier avant Handel. Il me fait… faire des choses.

La bouche de Bridget s'est ouverte en grand.

— Qu'est-ce qu'il t'a fait faire ?

J'ai rouvert les yeux et me suis tournée vers elle.

— Non, je veux dire par là qu'il fait ressortir quelque chose en moi dont j'ignorais l'existence.

— De bonnes choses, alors ?

J'ai acquiescé vivement, avant de reporter mon attention sur le plafond. Un ventilateur tournait lentement au-dessus de nos têtes, soufflant une brise légère sur la chambre.

— Il m'a dit qu'il m'aimait. Juste avant… tu sais.

Bridget a plaqué ses mains sur sa bouche.

— Oh, mon Dieu, c'est si romantique !

— N'est-ce pas ?

— Tu lui as dit aussi ?

— Oui. Parce que c'est vrai. Je suis amoureuse de lui.

Elle a soupiré.

— Beau, sexy, et tu es amoureuse de lui. Que demander de plus ?

J'ai souri.

— Du sexe.

— Oh, mon Dieu ! Ça y est, t'es accro !

— Définitivement.

— Oh, mon Dieu !

— Arrête de dire ça !

Bridget m'a adressé un grand sourire.

— Pourquoi ? Ça te rappelle des souvenirs de cette nuit ?

— Bridget !

— Désolée, désolée. Je n'ai pas pu m'en empêcher.

Le planché a grincé dans le salon. Les parents de Bridget étaient peut-être réveillés.

— J'ai besoin de digérer l'information, a-t-elle dit en baissant la voix.

— Digérer l'information ? ai-je chuchoté. Tu parles comme un psy.

Elle a pouffé.

— Un psy qui s'exclame « Oh, mon Dieu ! » toutes les deux secondes ?

J'ai ri à mon tour.

— OK, peut-être pas un psy.

Bridget est allée augmenter la vitesse du ventilateur pour couvrir notre conversation puis elle est revenue se coucher.

— Bon, maintenant c'est le moment où je dois me comporter comme une amie digne de ce nom, m'a-t-elle prévenue. Et une amie digne de ce nom doit s'assurer que son amie s'est protégée.

J'ai levé les yeux au ciel.

— Je ne suis pas si stupide. J'ai toujours l'intention

d'aller à la fac après le lycée. Tu n'as pas à t'inquiéter pour ça.

— Tant mieux, a-t-elle dit, soulagée. On dirait bien que c'était parfait.

Je me suis redressée et tournée vers elle.

— Ça l'était. Presque, ai-je ajouté.

Ses grands yeux bleus se sont légèrement assombris.

— Pourquoi presque ?

— Il y avait cette... hésitation de sa part, ai-je admis. Comme si... comme s'il retenait quelque chose.

— Eh bien, c'est ce côté mystérieux qui rend Handel si sexy, m'a rappelé Bridget.

J'ai repoussé les mèches de cheveux qui me revenaient constamment devant les yeux à cause du ventilateur.

— Ça n'a rien à voir avec son côté mystérieux, ai-je repris. C'est comme s'il avait... un secret. Hier, j'ai cru qu'il allait me le dire, mais il ne l'a pas fait.

J'ai repensé à ses frères. À Cutter. Puis j'ai chassé ces pensées. Ce n'était pas ça. C'était impossible. J'étais en train de devenir folle.

Bridget a secoué la tête.

— Je suis sûre que tu te fais des films. Le sexe est une étape importante, c'est normal que tu te sentes nerveuse. Mais tu n'as rien fait de mal.

— Je sais. Tu as sûrement raison. C'est juste mon imagination.

— Bien sûr que j'ai raison. Alors, quand allez-vous recommencer ?

— Je ne sais pas... – j'ai souri à nouveau, je ne pouvais pas m'en empêcher – ce soir ?

Bridget a étouffé un couinement avec sa couverture.

— Ce sera le deuxième feu d'artifice du 4 Juillet !

— T'es bête ! l'ai-je taquinée.

— Je sais. C'est comme ça, je n'y peux rien.

J'ai ri.

— C'est bien de l'admettre. C'est aussi pour ça que je t'aime, Bridget.

— Je t'aime aussi, Jane.

J'ai souri.

— Ce n'est pas parce que tu viens de me dire que tu m'aimes que je vais coucher avec toi, ne rêve pas.

Bridget a grogné.

— N'importe quoi.

Et elle m'a envoyé son oreiller en pleine figure.

— Tu es partie tôt ce matin, a dit ma mère quand je suis rentrée.

Assise au bar de la cuisine, elle mélangeait du sucre dans son café frappé avec une longue cuillère. Ses cheveux étaient remontés en queue-de-cheval et elle était toujours en pyjama.

— Je suis allée voir Bridget.

J'ai désigné son verre.

— Il en reste ?

— Dans le frigo. J'en ai refait à trois heures du matin. Je n'arrivais pas à dormir.

— Oh, ai-je lâché en lui tournant le dos pour me servir, priant pour que le rouge qui m'était monté aux joues disparaisse rapidement.

— C'est comme ça que je sais que tu es rentrée tard, a-t-elle poursuivi.

Je me suis figée, main sur le bac à glaçons. J'ai pris une grande inspiration avant d'en laisser tomber plusieurs dans mon verre. Puis je me suis versé du café froid et j'y

294

ai ajouté deux cuillères de sucre que j'ai lentement fait tourner, profitant de ce rituel pour reprendre mes esprits et retrouver une couleur normale, avant de rejoindre ma mère de l'autre côté du bar. Je me suis hissée sur le tabouret et j'ai bu une longue gorgée.

— J'imagine qu'il était tard, oui, ai-je dit après un moment.

— Je ne juge pas, je ne fais qu'observer. Je te fais confiance, Jane.

— Je sais.

La culpabilité a aussitôt pointé le bout de son nez. C'est pourquoi j'ai ajouté :

— Il y a une chose dont je devrais sûrement te parler.

— Ah ?

C'était à son tour de feindre le détachement.

— Tu peux tout me dire. Tu le sais.

Je n'ai pas parlé tout de suite. J'ai d'abord rassemblé mon courage. Rajouté du sucre dans mon café, qui allait finir par être imbuvable, mais j'avais besoin de faire quelque chose.

— Ça a un rapport avec notre visite chez les O'Connor ?

J'ai secoué la tête.

— Non. Pas du tout.

— D'accord. Parce que tu peux m'en parler, aussi. Quand tu seras prête.

— Je sais.

— Bien.

Un autre silence a suivi. Les mots n'arrivaient pas à sortir.

Ma mère a alors demandé :

— C'est à propos de notre conversation d'hier ? Sur l'amour ?

— Oui, ai-je admis.

Puis j'ai pris une grande inspiration et je l'ai dit.

— J'ai couché avec Handel.

Ma mère a battu des paupières. Plusieurs fois.

— Oh ! C'était rapide.

— Ne te fâche pas, s'il te plaît.

Elle s'est accrochée au bar pour se soutenir.

— Je ne suis pas fâchée.

Mais je ne pouvais pas la regarder. Je sentais ses yeux posés sur moi. Mes joues se sont enflammées.

— Tu es sûre ?

— Oui. Mais avant de poursuivre cette conversation, il faut que tu me rassures et que tu me dises que vous vous êtes protégés.

— Maman, ai-je soufflé, m'autorisant afin à croiser son regard. Évidemment ! Tu parles comme Bridget. Elle m'a dit la même chose tout à l'heure.

— Tant mieux, a-t-elle répondu avec un sourire. Je suis contente que ma fille ait des amies qui veillent sur elle.

J'ai bu une longue gorgée de mon café frappé et grimacé. Il était archi sucré.

Ma mère a haussé les sourcils.

— Je veux juste m'assurer que tu fais attention à toi. Après l'année que tu as vécue, la dernière chose dont tu as besoin est… qu'un autre malheur t'arrive.

Cette conversation prenait des airs de torture.

— Maman !

— J'arrête. Mais nous devrions peut-être aller voir un médecin avec qui tu pourrais discuter de contraception. Tu n'es pas obligée de le faire avec moi si tu ne veux pas, tu peux y aller avec Bridget ou une autre de tes amies, si tu préfères.

— D'accord, d'accord.

J'ai repoussé mon café. Je n'en voulais plus.

— Bien. Alors, tu veux me raconter comment ça s'est passé ?

J'ai glissé du tabouret pour me préparer du pain grillé à la confiture et au beurre de cacahuète afin de ne pas avoir à la regarder.

— Tu veux dire, dans les détails ?

Je pouvais presque l'entendre hausser les épaules derrière moi, essayant de paraître détachée.

— Si tu veux me donner les détails, tu peux. Je t'écouterai.

J'ai ouvert et refermé plusieurs placards à la recherche de la confiture et du beurre de cacahuète pour finalement les trouver derrière une boîte de préparation pour pancakes. J'ai réfléchi à ma réponse.

— Je ne suis pas sûre de vouloir les partager. C'est plutôt privé.

— D'accord. Peux-tu au moins me dire si ça s'est bien passé ? C'est important que ce genre de choses se passe bien, Jane.

Quand la tartine a bondi du grille-pain, j'ai failli sursauter.

— Ça s'est très bien passé, Maman, ai-je admis, gênée.

J'ai déposé le pain grillé dans une assiette et commencé à étaler du beurre de cacahuète.

— Si on changeait de sujet ? C'est trop bizarre.

Elle a soupiré.

— D'accord.

— Tu n'es pas fâchée, promis ?

— Promis.

J'ai mangé ma tartine et elle a bu son café frappé en

silence. Mon petit déjeuner terminé, j'allais me rendre dans ma chambre quand elle m'a arrêtée.

— Merci de me l'avoir dit.

J'ai posé l'assiette dans l'évier.

— Je te dis tout.

— Vraiment ?

Ma mère parlait-elle de ma soirée avec Handel ? Ou de cette nuit de février ? Pensait-elle que je lui cachais quelque chose ? Avant de répondre, je l'ai regardée droit dans les yeux, avec le plus de sérieux et de franchise possible.

— Oui, vraiment, ai-je répondu, parce que c'était si proche de la vérité que c'en était presque vrai.

— Bien. Tant mieux. Je serai toujours là pour toi, Jane. On peut tout affronter ensemble. *Tout.*

— Je sais.

Et je savais aussi que je serais heureuse de l'avoir le jour où j'aurais besoin d'elle pour m'aider à surmonter un évènement difficile.

Ma mère m'a soudain adressé un grand sourire.

— Alors, tu veux des tuyaux sur le sexe de la part de quelqu'un qui s'y connaît vraiment ?

J'ai fait la grimace.

— Oh, mon Dieu ! Non. Beurk ! Dégoûtant. N'en dis pas plus.

J'ai attrapé mon café frappé et l'ai vidé dans l'évier.

— Il faut que j'y aille ou on va se faire piquer notre place pour la fête du 4 Juillet. La plage doit déjà être pleine.

— D'accord, a-t-elle dit en riant. Je suis là, si tu as des questions.

— Non merci ! Mais je t'aime quand même.

J'ai rassemblé mes affaires de plage en faisant de mon mieux pour ne pas imaginer ma mère me donnant des conseils sur le sexe, une idée qui m'horrifiait autant qu'elle m'amusait.

30

Handel est arrivé un peu après six heures.
— Salut, a-t-il dit en levant les yeux sur la chaise de sauveteur où je m'étais installée, telle la reine de la plage.

Je venais à peine de sortir de l'eau et mes cheveux et mon maillot de bain étaient encore trempés.

— Salut, ai-je répondu, soudain timide. Je ne t'attendais pas si tôt.

Il m'a fait un grand sourire.

— J'avais hâte de voir le feu d'artifice.

Tous les 4 Juillet, Michaela, Tammy et moi réquisitionnions une des chaises de sauveteur qui surplombaient la plage. À cinq heures, quand ils finissaient leur journée, nous étions prêtes, serviette pendue au bras, glacière pleine de sandwichs et de boissons – dont certaines mélangées avec du rhum – et pull au cas où le temps se rafraîchirait à la tombée de la nuit. Puis nous gardions la chaise à tour de rôle jusqu'à ce que le feu d'artifice commence.

— Oh, alors c'est le spectacle qui t'a donné envie de

venir ? l'ai-je taquiné, rougissant en repensant aux muscles saillants qui se cachaient sous ce jean et ce T-shirt.

— Évidemment.

Handel souriait. Il a attrapé ma cheville et m'a regardée droit dans les yeux.

Puis il a fait courir son doigt sur ma peau.

— Pour quelle autre raison serais-je venu ?

— Tu montes ? ai-je demandé.

— J'arrive.

Il a relâché ma cheville.

Je me suis mordu la lèvre tandis que je le regardais gravir l'échelle en bois. La seconde d'après, il était assis à côté de moi.

— Alors, c'est l'endroit où il faut être ce soir ? a-t-il dit.

— Le seul et l'unique, ai-je répondu, sûre de moi, même si je ne pouvais pas me résoudre à regarder Handel dans les yeux.

— Je dois reconnaître que c'est plutôt cool.

Je lui ai jeté un regard rapide avant d'esquisser un sourire. Handel a effleuré mon genou du bout des doigts. Son contact était doux, léger.

— L'eau était bonne ?

— Très. Les vagues étaient fantastiques.

Il m'a regardée de la tête aux pieds.

— J'ai déjà vu ce maillot de bain.

J'ai feint la surprise.

— Ah oui ?

Je portais le même Bikini que le jour où Handel m'avait parlé pour la première fois. Je l'avais mis exprès. Pour voir s'il allait le reconnaître.

Il a fait glisser ses doigts vers l'attache la plus proche, sur ma hanche gauche, et a tracé des cercles en dessous.

— Comment pourrais-je l'oublier ?

J'avais du mal à respirer.

— Et moi donc, ai-je dit, le regard plongé dans le sien.

— Tu l'as fait exprès, n'est-ce pas ?

J'ai souri.

— Peut-être.

Au même moment, un chœur tonitruant de « Salut, Jane » et de « Salut, Handel » a résonné sur la plage. Tammy, Michaela et Bridget revenaient de leur baignade et nous prévenaient de leur arrivée.

— On interrompt quelque chose ou on peut approcher sans danger ? nous a taquinés Tammy.

J'ai levé les yeux au ciel.

— Vous pouvez venir.

— Salut, Handel, a lancé Bridget d'un ton qui en disait long sur ce qu'elle savait.

— Salut, Bridget, a-t-il répondu comme si de rien n'était.

J'espérais qu'il n'avait vraiment rien remarqué. Je ne voulais pas que Handel croie que je m'étais ruée chez mes amies pour leur raconter notre nuit, même si c'était exactement ce que j'avais fait. Du moins, avec Bridget.

Cet après-midi, j'avais parlé à Michaela des évènements de la veille, sans entrer dans les détails pour ne pas avoir à affronter son jugement. En revanche, je n'avais pas pu échapper aux remarques sarcastiques de Tammy, qui avaient fusé dès qu'elle avait appris la nouvelle.

— Miles et ses amis seront là dans une minute, a prévenu Michaela en me regardant, puis Handel, puis moi à nouveau.

Je l'ai fixée depuis mon perchoir.

— Merci pour l'info, Michaela.

Bridget a posé une main sur l'échelle.

— Je peux prendre le prochain tour si vous voulez… je ne sais pas… aller faire un tour ou vous baigner ?

— Merci, Bridget.

Je lui ai adressé un sourire complice. Elle devait se douter que je voulais passer un peu de temps seule avec Handel, et éviter Miles par la même occasion.

Je me suis tournée vers Handel.

— Ça te dit de te baigner ? Je meurs d'envie d'aller nager.

Il a haussé les épaules.

— Bien sûr. Il fait trop chaud, ici.

Handel a sauté de la chaise, et je l'ai imité. J'ai atterri lourdement et failli perdre l'équilibre mais il m'a rattrapée. Le contact de sa peau sur la mienne, même innocent, même devant mes amies, embrasait mon corps tout entier. Il m'a aussitôt relâchée mais je ne pouvais pas m'empêcher de vouloir qu'il me touche à nouveau. Sauf qu'avec tout ce monde autour de nous, le moment n'était pas tout à fait propice à ce genre de rapprochement.

Bridget s'est installée sur la chaise. J'ai glissé un regard à Handel et je l'ai surpris en train de m'observer, le sourire aux lèvres. Je me suis demandé s'il pensait à la même chose que moi. Au fait qu'ici, nous étions exposés, entourés de la moitié de la ville, à faire comme si, quelques heures plus tôt, ses mains ne s'étaient pas trouvées sur mon corps, caressant des endroits que les gentilles filles ne devraient pas permettre aux mauvais garçons de toucher.

— Miles arrive, a annoncé Michaela avant de me regarder d'un air entendu.

— Avec James, Logan et Hugh, a ajouté Bridget, une main en visière pour se protéger du soleil.

— Lequel devrais-je choisir ? Je les aime tous ! s'est moquée Michaela en l'imitant.

Bridget lui a donné un coup de pied.

— La ferme.

Handel s'est approché.

— On y va ?

J'étais partagée entre le devoir de me montrer gentille avec Miles et mon envie d'être seule avec Handel.

Il a déposé un baiser rapide sur mes lèvres.

— Jane ?

Mon prénom, dans sa bouche, comme le premier jour. Une question, un constat, une invitation.

L'entendre me faisait tourner la tête.

Le temps que je reprenne mes esprits, Miles nous avait rejoints.

— Jane ?

Mon prénom, encore, venant de Miles cette fois.

Il s'est dirigé droit sur nous et s'est planté à côté de moi.

— Comment vas-tu ? Tu sais, après l'autre soir.

Il n'a pas fait attention à Handel. Il ne l'a même pas regardé.

Mais Handel regardait Miles. D'un œil noir.

Je me suis tournée vers Miles.

— Ne parlons pas de ça maintenant. C'est gentil de t'inquiéter pour moi, mais je vais bien. Mieux que bien, ai-je ajouté, en faisant glisser mon regard sur Handel.

Miles n'était pas prêt à abandonner.

— Jane, a-t-il chuchoté en se rapprochant. Reste avec moi. Viens nager avec moi.

Choisis-moi. Il ne l'avait pas dit, mais c'était tout comme.

Je lui ai lancé un regard sévère.

— Arrête, ai-je dit entre mes dents.

— Non, a répondu Miles, la voix tremblante.

J'ai observé Handel. Ses yeux étaient deux puits sans fond. Il était clair qu'il n'appréciait pas ce qui était en train de se passer, qu'il ne faisait pas confiance à Miles. Mon cœur s'est serré. Peut-être que cela signifiait qu'il ne me faisait pas confiance non plus, qu'il n'était pas sûr que je resterais avec lui si je pouvais être avec Miles. C'était ce qu'il attendait, que je le choisisse, mais avant que je n'en aie le temps, il a haussé les épaules et dit :

— On ira se baigner une autre fois, Jane. Ça ne fait rien. Vraiment.

Puis il s'est éloigné vers la mer, sans moi.

J'ai enfin retrouvé l'usage de la parole.

— Attends !

Il s'est arrêté, le dos toujours tourné.

— Janes…, a commencé Miles.

— Il faut que j'y aille. Je dois rejoindre Handel, ai-je ajouté, comme si ce n'était pas assez clair.

Puis je me suis éloignée à la hâte.

— Jane, je suis désolé, a crié Miles derrière moi.

Je ne me suis pas retournée ; il n'y avait rien à ajouter. Je ne me suis pas arrêtée non plus, pas avant d'avoir attrapé la main que Handel me tendait et entrelacé mes doigts aux siens. Ensemble, nous avons rejoint la mer. Lorsque les vagues ont léché nos orteils, nous étions si près l'un de l'autre que je ne savais plus où ma peau finissait et où la sienne commençait. Cela m'était égal que Miles nous voie. Je me fichais de qui nous regardait. Miles, mes amies, les amis de Handel. Ses frères. Tout ce qui comptait en cet instant, c'était Handel et moi, ensemble.

Seuls dans l'océan.

Lorsque j'ai regagné la chaise de sauveteur, plus tard ce soir-là, le soleil avait presque disparu et le ciel s'était teinté d'un rose orangé. J'avais marché seule sur la plage, pendant si longtemps que mon maillot de bain avait eu le temps de sécher. Après notre baignade, Handel était allé se changer sur les quais. J'avais cru qu'il reviendrait vite, mais cela faisait plus d'une heure qu'il était parti.

J'essayais de ne pas trop y penser.

J'espérais juste qu'il serait bientôt là.

Il me manquait terriblement. J'avais besoin de lui.

Il y avait du monde autour de notre chaise, à présent. Bridget y était toujours perchée, James à sa gauche et Hugh à sa droite. Tandis qu'elle parlait à James, Michaela, debout sur les premiers barreaux de l'échelle, était en pleine conversation avec Hugh, qui se penchait tellement qu'il allait bientôt tomber. Aux pieds de la chaise, assis l'un près de l'autre sur le sable, Tammy et Seamus riaient.

Tout cela faisait plaisir à voir.

Miles était parti. Je n'ai pas pu m'empêcher de me sentir soulagée.

J'ai attrapé mes vêtements et enfilé ma jupe en jean.

— Hé, Bridget ? ai-je appelé. Tu as vu Handel ?

— Je croyais qu'il était avec toi.

— Ouais. Peu importe, c'est pas grave, ai-je dit, me demandant où Handel était passé.

Et juste quand je commençais à me sentir un peu abandonnée, je l'ai vu rejoindre la plage, mais pas du côté des quais où il était censé se trouver.

— Où étais-tu ? ai-je demandé quand il nous a rejoints, d'un ton faussement détaché.

Il s'est aussitôt penché pour m'embrasser. À la seconde

où sa bouche a rencontré la mienne, mes lèvres se sont écartées. Je me suis hissée sur la pointe des pieds et j'ai plongé mes doigts dans ses cheveux. Je ne pouvais pas m'empêcher de le vouloir plus près – de le vouloir d'un million de façons différentes, des façons dont je ne soupçonnais même pas l'existence avant de le connaître. Ses mains se sont posées sur mes reins, légères contre ma peau. Tammy et Bridget ont commencé à siffler et à applaudir. Michaela a crié :

— C'est une plage publique, Jane !

Handel riait – un rire grave et sexy – quand il s'est écarté.

— Tu m'as manqué, a-t-il dit.

— Toi aussi. Mais où étais-tu passé ? ai-je répété, incapable de me retenir.

Son sourire a faibli. Il a regardé au loin.

— Je suis tombé sur des amis.

Mon estomac s'est noué.

— Des amis du genre de Cutter ?

Il a reporté son attention sur moi.

— Pourquoi tu me demandes ça ?

— Je ne sais pas.

Mais je savais. Bien sûr que je savais. Cette odeur, ce mélange de sucre et de pourriture, a soudain empli mes narines.

— C'est le premier nom qui m'est venu à l'esprit.

— Cutter n'est pas vraiment un ami, a expliqué Handel. C'est plus un collègue de mon frère.

L'odeur a disparu, remplacée par le soulagement. J'ai haussé les épaules.

— Je les ai vus traîner dans le coin, hier. Cutter et Colin.

— Oh…, a-t-il fait d'un air absent.

Il a attrapé ma main et m'a souri. Puis il a déposé un baiser sur mes lèvres qui m'a ramenée au présent. À lui.

Je ne pouvais pas lui résister.

Sa bouche a glissé jusqu'à mon oreille.

— Si on chassait ton amie Bridget de son trône ? a-t-il chuchoté. Le feu d'artifice va bientôt commencer.

Ma bonne humeur était revenue. Aussi vite et facilement que ça.

— Elle n'est pas près de descendre. On a plus de chances avec Hugh. Il est déjà presque en bas de toute façon.

J'ai attendu un moment, le temps de reprendre mes esprits. Puis je me suis dirigée vers eux.

— Hé, Hugh, ça te dit de changer de places ?

— Bien sûr.

Il a sauté sur le sable tout en continuant de parler avec Michaela, comme si nous étions transparents.

Je me suis tournée vers Handel.

— Tu vois ? Viens.

Je lui ai fait signe de me suivre et j'ai commencé à grimper. James et Bridget étaient bien trop heureux de se serrer pour nous faire de la place. Nous nous sommes installés tous les quatre, prêts pour le feu d'artifice.

— Tu avais raison pour cet endroit, la vue est idéale, a avoué Handel en me prenant la main.

— J'ai raison pour un tas de trucs, ai-je répondu. J'ai raison pour toi, ai-je ajouté avant de lui donner un rapide baiser sur la joue. Et j'avais définitivement raison pour eux.

J'ai désigné le carré de sable où Tammy et Seamus se

tenaient, pressés l'un contre l'autre. Puis j'ai levé les yeux vers le ciel où le feu d'artifice explosait.

Lorsque le dernier a retenti au-dessus de nos têtes, laissant derrière lui de longues traînées d'étincelles, Handel et moi avons quitté la chaise et les autres. Nous avons marché, enlacés, entre les serviettes de plage étalées sur le sable. Les plus jeunes spectateurs avaient fini par s'endormir, tandis que les autres contemplaient encore le ciel d'un air émerveillé.

— Je me sens si bien, ai-je murmuré dans le cou de Handel, juste sous son oreille.

— Moi aussi.

Il a resserré son étreinte autour de ma taille, ses doigts effleurant ma peau nue.

Quand nous avons atteint les quais, nous avons traversé le parking où un million de voitures luttaient déjà pour sortir. Sur notre gauche, le snack était plein à craquer. Mais à droite, le labyrinthe formé de vieilles cabines dont les locaux se servaient pour ranger leurs affaires de plage était désert. Handel nous y a entraînés, puis il a tourné dans une allée plus sombre que les autres. L'ampoule qui l'éclairait avait grillé, et personne ne s'était donné la peine de la remplacer.

— Où crois-tu m'emmener comme ça ? ai-je dit en riant.

— Quoi, tu as peur ?

— Horriblement.

— Comme c'est dommage, a fait Handel tandis qu'il m'entraînait plus loin dans l'obscurité. On peut retourner sur la plage, si tu as peur de te retrouver seule avec moi.

— Peut-être que c'est toi qui devrais avoir peur de te retrouver seul avec moi, l'ai-je provoqué.

— J'en suis persuadé. Surtout après la façon dont tu as profité de moi hier soir.

— Je n'ai pas profité de toi, ai-je protesté en le poussant légèrement.

Il s'est arrêté et appuyé contre le mur au bout de l'allée.

— Oh, alors maintenant tu me repousses ?

Je me suis adossée contre la cabine en face de lui. Seuls quelques centimètres nous séparaient.

— Seulement parce que tu le mérites.

— Comment puis-je me faire pardonner ?

J'ai levé le genou et pressé mes orteils contre sa cuisse, son jean rugueux sous mon pied nu.

— J'ai quelques petites choses en tête.

— Ah oui ?

Ses doigts ont glissé jusqu'à mon mollet.

J'ai acquiescé.

— Mm-hmm.

J'ai regardé ses doigts remonter le long de ma jambe, effleurer l'intérieur de ma cuisse et s'arrêter.

Délicatement, Handel a reposé ma jambe sur le sol. Puis il s'est approché, l'air grave.

— Tu ne regrettes pas ? Ce qui s'est passé hier soir, je veux dire.

J'ai plongé mes yeux dans les siens.

— Je ne regrette absolument rien. C'est ce que je voulais. Et je le veux encore, ai-je murmuré.

— Tant mieux, a-t-il dit.

J'ai ri.

— De quoi ? Que je le veuille encore ?

Il a ri à son tour.

— Ça aussi. Mais surtout que tu ne regrettes pas ce qui s'est passé. Je veux que tout aille bien pour toi. Je veux que tu sois heureuse. Je veux te rendre heureuse, Jane. C'est tout ce que je désire.

— Tu me rends heureuse, ai-je affirmé.

J'ai déposé un baiser dans le creux de son cou.

— Et j'ai une petite idée de ce que tu pourrais faire pour me rendre encore plus heureuse.

— Quoi ? *Maintenant ?*

J'ai embrassé la ligne de sa mâchoire.

— Ce n'est pas pour ça que tu m'as amenée ici, dans cette allée sombre et déserte ?

— J'ai pensé que ce serait un bon endroit pour s'embrasser.

Je me suis reculée et l'ai regardé d'un air faussement étonné.

— Attends ! Tu pensais que je parlais de sexe ? Je parlais de nous embrasser, moi aussi.

Handel a poussé un grognement.

— Je t'ai déjà dit à quel point tu me rendais fou ?

— Peut-être une fois ou deux.

Il a éclaté de rire. Son visage s'est éclairé.

— Je t'aime, Jane Calvetti. Tu me transformes.

— Je t'aime, Handel Davies, ai-je répondu. Toi aussi, tu me transformes.

— C'est vrai ?

Il semblait surpris. Un peu inquiet de ce que cela pouvait signifier.

J'ai acquiescé.

— Embrasse-moi maintenant. Je n'attendrai pas une seconde de plus.

— T'es accro, hein ?

— Ne sois pas si sûr de toi, ai-je répliqué, même si je me hissais sur la pointe des pieds pour presser mes lèvres contre les siennes, laissant la nuit et ce qui nous entourait se volatiliser.

Et quelque part au milieu de notre baiser enflammé, j'ai pensé : je ne pourrais pas être plus heureuse que maintenant.

C'était un bonheur qui semblait pouvoir durer à jamais.

31

Pendant des jours, tout ce à quoi j'étais capable de penser était Handel. Handel et moi en train de nous embrasser. Handel et moi nous regardant dans les yeux. Le son de sa voix disant *Je t'aime, Jane.* Ses yeux qui me faisaient chavirer. Le toucher soyeux de ses cheveux sous mes doigts.

Et un million d'autres choses.

Les souvenirs de mon passé s'effaçaient peu à peu. Tout comme ce qui pouvait se produire dans le futur. Seul le présent comptait. Et mon présent, c'était Handel. Je l'aimais, il m'aimait, c'était tout ce qui importait.

J'avais l'impression de vivre un rêve éveillé.

Tout le monde savait pourquoi. Handel et moi étions redevenus source de ragots.

J'étais trop heureuse pour m'en soucier.

Puis un après-midi, je suis allée à la plage. Sandales à la main, sac rebondissant sur ma hanche, je chantonnais quand, sorti de nulle part, quelqu'un s'est planté devant moi. Je me suis arrêtée et j'ai relevé la tête.

Joey McCallen, un mètre quatre-vingts de laideur, me barrait le chemin.

Si j'avais fait plus attention, j'aurais peut-être pu éviter le plus âgé des frères McCallen. Je l'aurais vu assis sous son porche en train de boire une bière et j'aurais tourné à gauche au lieu de continuer tout droit. Mais j'étais trop occupée à repenser à ce que Handel et moi avions fait la veille sur le bateau de son père, le clair de lune et les vagues pour seuls spectateurs.

— Jane. Il faut qu'on parle, a déclaré Joey.

Ses taches de rousseur avaient bruni sous le soleil d'été. Je me suis forcée à ne pas baisser les yeux.

— Je croyais qu'on s'était tout dit la dernière fois. Patrick a trouvé les chaussures. J'ai compris. Qu'est-ce qu'il y a de plus à ajouter ?

Il a fini sa bière d'une traite avant de jeter la canette dans sa pelouse.

— Tu sors avec Handel Davies.

— Et alors ? ai-je rétorqué, m'efforçant de maîtriser ma voix tandis que mon cœur cognait dans ma poitrine.

Il me fixait sans ciller.

— Ce n'est pas une bonne idée.

J'ai laissé tomber mes sandales sur le sol et les ai enfilées, histoire d'avoir une excuse pour me concentrer sur autre chose.

— Tu sais quelque chose que j'ignore ?

Quand j'ai relevé les yeux sur Joey, une lueur de panique a traversé son regard. Comme s'il n'avait pas réfléchi à l'issue de cette conversation et que, maintenant qu'il était coincé dedans, il regrettait de l'avoir commencée. C'est bizarre de voir quelqu'un comme Joey McCallen aussi nerveux, ai-je pensé.

— Les Davies ne sont pas bons pour toi, a-t-il affirmé. Tu ne devrais pas les fréquenter.

— Ah oui ? Je ne suis pas sûre que Mme Davies soit de ton avis, ai-je répliqué, d'un ton plus virulent que je ne l'aurais souhaité. Elle s'est toujours montrée gentille avec moi, tout comme son fils.

Handel m'avait amenée chez lui à plusieurs reprises, quand il n'y avait personne ou seulement sa mère. Dire qu'elle était heureuse de me voir avec son fils était un euphémisme. Mais Handel me gardait à bonne distance de ses frères.

Joey m'a fixée du regard, malgré le soleil qui l'éblouissait.

— C'est juste un conseil.

J'ai penché la tête. Plissé les yeux.

— Alors les Davies ne sont pas bons pour moi, mais les McCallen oui ?

Joey a fait un pas en arrière, comme s'il avait reçu un coup en pleine poitrine. S'il était possible de blesser un McCallen dans son orgueil, je venais de le faire.

— Fais comme tu veux, peu importe. J'essaie juste de te protéger. J'ai toujours – et seulement – voulu te protéger.

Je me suis approchée, me sentant soudain téméraire.

— Et pourquoi ce serait à *toi* de me protéger ?

— Ton père était un type bien, a-t-il dit d'une voix tremblante que je ne lui aurais jamais soupçonnée. Il m'a aidé, une fois. Et maintenant qu'il n'est plus là pour veiller sur toi, j'ai pensé que quelqu'un d'autre devait le faire.

— Oh, ai-je lâché, surprise par cette révélation.

J'ai fait glisser mon sac sur mon autre épaule, le temps de retrouver mes mots.

— J'ignorais que tu connaissais si bien mon père, ai-je repris, un peu plus à l'aise. J'apprécie vraiment que tu t'inquiètes pour moi et que tu veuilles m'aider, mais je suis une grande fille, je sais ce que je fais.

— Je n'en suis pas si sûr, a répondu Joey, mais il avait déjà reporté son attention sur son porche, où une autre bière l'attendait.

— C'était sympa de te voir Joey, mais il faut que j'y aille.

J'ai rassemblé mon courage pour le contourner et poursuivre mon chemin.

J'ai supposé qu'il irait retrouver sa bière sans tarder, mais quand je me suis retournée, il était toujours là, à me regarder. Il a levé la main pour me dire au revoir.

C'est cette image – Joey McCallen me faisant signe depuis le trottoir, l'air si désemparé – qui, pour la première fois depuis des jours, est parvenue à chasser Handel de mes pensées.

— Qu'est-ce qui ne va pas ? a demandé Bridget quand j'ai rejoint les filles sur la plage. Je ne t'ai pas vue dans cet état depuis, eh bien… tu sais…, elle s'est interrompue.

— Je sais, ai-je dit. Ça va. Enfin, je crois. Je viens de voir Joey McCallen. C'était bizarre, ai-je ajouté, mais je l'ai aussitôt regretté.

Je n'avais pas envie de parler de ce qu'il m'avait dit.

Mais Michaela allait m'y forcer. Ou du moins, elle allait essayer.

Elle a levé les yeux de son magazine.

— Pourquoi bizarre ?

— Laisse tomber.

J'ai étalé ma serviette sur le sable et me suis allongée sur le dos. Puis j'ai ôté mon T-shirt et m'en suis servie pour me couvrir le visage.

Michaela l'a retiré.

— Crache le morceau.

— Ce n'est rien.

J'ai cherché mes lunettes de soleil dans mon sac et les ai glissées sur mon nez avant de reprendre mon T-shirt.

— Où est Tammy ?

— Quelque part en train de rouler des pelles à Seamus, a ricané Bridget.

— Sérieux ? me suis-je exclamée, ma bonne humeur aussitôt retrouvée.

Ces deux-là agissaient enfin comme le couple qu'ils étaient destinés à former. J'ai jeté un œil à Michaela pour avoir confirmation.

Elle avait repris la lecture de son magazine.

— On n'en est pas sûres.

J'ai tourné la tête vers Bridget.

— Mais on a des soupçons, a-t-elle dit.

— Et James ?

— Avec sa famille. Au *golf.*

Elle a levé les yeux au ciel.

Je lui ai adressé un grand sourire.

— Qui aurait cru que tu sortirais avec un golfeur cet été ?

Elle a retiré ses lunettes de soleil et m'a rendu mon sourire.

— Ah ouais ? Et qui aurait cru que tu *coucherais* avec Handel Davies à la moindre occasion ?

Mon visage s'est enflammé.

— Pas à la *moindre* occasion.

— C'est ça, a fait Michaela d'un ton faussement ennuyé.

— Tu peux parler, Miss je-fais-les-yeux-doux-à-Hugh.

Elle a tourné la page de son magazine.

— Peut-être. Mais moi je ne couche pas avec lui.

— Maintenant tu me juges parce que j'ai une vie sexuelle ?

Cette fois, Michaela a tourné sa page si brusquement qu'elle s'est déchirée.

— Merde, a-t-elle lâché.

Puis elle m'a regardée.

— Je ne te juge pas parce que tu as une vie sexuelle. Pas du tout. Je te juge parce que tu as une vie sexuelle *avec Handel*.

Je me suis assise.

— Handel m'aime.

— C'est ce qu'il dit.

Bridget a eu un hoquet indigné.

— Michaela !

Je me suis levée. J'ai attrapé mon sac et fourré mon T-shirt à l'intérieur.

— Je n'ai pas besoin de ça aujourd'hui. Ni un autre jour. Tu as un problème avec Handel et moi depuis le début, Michaela, et à force, c'est moi qui commence à avoir un problème avec toi.

J'ai retiré ma serviette si vite que du sable lui a giclé à la figure.

— Hé ! a-t-elle protesté en se frottant le visage et en secouant ses cheveux.

J'étais si satisfaite que j'ai failli sourire.

— Je m'en vais. À plus, Bridget.

La bouche de Bridget était grande ouverte. Elle l'a refermée.

— Jane. Ne pars pas.

— S'il n'y avait que toi, je resterais. Mais certaines

personnes ici ne me donnent pas l'impression d'être la bienvenue.

J'ai tourné le dos à Michaela avant de faire signe à Bridget et de partir. Où, je n'en savais rien. Définitivement pas vers le porche de Joey McCallen, ça c'était sûr. J'avais eu assez de rencontres désagréables pour la journée.

Ou pas.

J'ai marché sans réfléchir en quittant la plage, et pour une raison quelconque, mes pieds m'ont guidée vers le quartier riche de la ville. J'y étais avant d'avoir eu le temps de réagir. Je me suis surprise à entrer dans ce café chic, le même où Handel et moi nous étions retrouvés quand nous nous cachions encore de ses amis. Il n'y avait personne, à part cette même fille qui travaillait derrière le bar.

Et Logan, l'ami de Miles. Celui qui ne s'était intéressé à aucune de nous cet été. Ou s'il s'était intéressé à Bridget, il avait perdu la bataille.

Logan a levé les yeux de la table où il mangeait un bagel.

— Jane ?

— Hé, ai-je lancé en me dirigeant vers lui. Ça fait un moment que je ne t'ai pas vu. Ou Miles, ai-je ajouté.

Il a bu une gorgée de son café frappé puis l'a reposé. Il a haussé les épaules.

— Je me sens de trop, avec vous, a-t-il expliqué, sans amertume ni colère.

Il s'agissait simplement d'un fait.

— Mais Miles non plus ne...

Logan m'a stoppée d'un regard qui disait *Sérieusement, Jane ?*

— Il ne sort peut-être pas avec l'une de vous, mais on sait tous qu'il t'apprécie.

J'ai étudié le sol.

— Oui. Je sais.

Logan m'observait. Je sentais son regard sur moi.

— C'est vraiment un mec bien.

Quelque chose chez ce garçon imposant et sûr de lui plaidant la cause de son ami me donnait envie de pleurer.

— J'en suis sûre.

— Tu n'aurais pas dû lui donner de faux espoirs. Miles te traiterait comme une reine si tu sortais avec lui.

J'ai soupiré. Coupable.

— Je sais.

— Dans ce cas pourquoi tu ne le fais pas ?

Mes orteils frappaient le pied de la table. Je ne pouvais toujours pas me résoudre à croiser le regard de Logan.

— Parce que je suis déjà avec quelqu'un.

— Miles est mille fois mieux que ce type.

— Pas pour moi, ai-je répliqué, levant enfin les yeux sur lui. J'apprécie Miles. Vraiment. Mais pas de cette façon.

Pour la première fois, Logan a perdu son sang-froid et laissé échapper un rire amer. Il secouait la tête, comme si je le dégoûtais.

— Tu ne lui as laissé aucune chance.

La colère m'a envahie, comme elle n'avait cessé de m'envahir toute la journée. J'ai essayé de me calmer, mais c'en était trop. Trop de colère et trop de jugements de la part des gens qui m'entouraient.

— C'est parce qu'il n'en a jamais eue. Miles n'arrive pas à la cheville de Handel et il le sait.

Logan a poussé un soupir contrarié. Je me suis levée et j'ai quitté le café sans rien commander. J'ai senti son regard désapprobateur s'accrocher à moi et me suivre tandis que je m'éloignais.

Je ne pouvais plus m'en débarrasser.

32

Ce soir-là, j'ai attendu le retour de Handel sur les quais. M. Johansen et ses fils déchargeaient leur pêche du jour. M. Lorry et le vieux Boyd aussi. L'un des fils Sweeney, le plus vieux, fumait cigarette sur cigarette, les yeux rivés sur l'océan. Les anciens collègues de mon père faisaient leur ronde.

Mais pas de Handel.

Je pensais pourtant qu'il travaillait, aujourd'hui.

Il m'avait dit qu'il travaillait.

Ses plans avaient-ils changé ? Ou pire : Handel avait-il menti ?

L'image de la mine désemparée de Joey McCallen a ressurgi dans ma tête et, avec elle, les avertissements de mes proches, menaçant soudain de briser mon bonheur avec Handel.

J'ai pris une grande inspiration et chassé cette pensée.

Lorsque le soleil a disparu à l'horizon, j'ai dû me rendre à l'évidence : Handel ne viendrait pas. J'ai cessé de l'attendre et je suis rentrée chez moi. D'abord par les quais, puis par la rue Chestnut, en me disant que j'allais faire le grand tour. C'était une nuit agréable. Ou peut-être parce qu'en prenant cette route, j'allais passer devant tous les endroits où Handel et ses amis avaient l'habitude de se retrouver. Et près de chez lui. Suffisamment près pour me permettre de l'apercevoir depuis le coin de la rue.

Il n'a pas fallu longtemps pour que mes efforts soient récompensés.

J'ai entendu des voix et des rires en traversant sa rue. Mon cœur s'est arrêté quand j'ai vu ces longs cheveux blonds désormais familiers flotter dans la brise légère. Je me suis dirigée vers lui sans hésiter. Le soulagement et l'excitation se mêlaient à la méfiance que j'éprouvais de le trouver ici, et pas là où il m'avait dit qu'il serait. Mais, à mesure que je me rapprochais, j'ai réalisé que je m'étais trompée, que le garçon aux longs cheveux blonds était légèrement plus petit que Handel, que je l'avais confondu avec son frère, Colin. Sortis de l'ombre, Cutter et Mac sont apparus à ses côtés.

Je me suis arrêtée au milieu de la rue.

Puis j'ai vu une autre tête blonde. Handel était bel et bien avec eux. Des voix se sont à nouveau fait entendre, mais cette fois, j'ai compris que ce que j'avais pris pour des rires était des cris de colère. Les garçons se disputaient.

Je ne savais pas quoi faire. J'ignorais de quoi j'étais témoin. Je suis restée là, plantée au milieu de la rue, ne sachant pas si je devais continuer mon chemin ou faire demi-tour.

Ils ne m'avaient pas vue. Pas encore.

Mais ensuite, Cutter a tourné la tête, juste un peu. Ses yeux se sont posés sur moi. Ses lèvres ont bougé, formant des mots que je ne pouvais pas entendre, et les autres se sont retournés.

Handel aussi.

Et une odeur, cette odeur de sucre et de pourriture, est arrivée jusqu'à moi, portée par le vent.

J'ai cru que j'allais m'évanouir.

Pouvait-elle venir de Handel ?

Je me sentais mal.

— Jane, a-t-il appelé avant de me rejoindre en courant.

L'odeur a disparu.

Ce n'était pas Handel.

Bien sûr que ce n'était pas lui.

— Qu'est-ce que tu fais là ? a-t-il demandé.

Tout le monde nous regardait.

— Je rentre chez moi, ai-je répondu d'un ton presque agressif. Qu'est-ce que tu crois que je fais ?

— Oui. Bien sûr.

Il a parcouru les alentours du regard, comme s'il craignait que quelqu'un ne nous observe, même s'il savait, évidemment, que c'était déjà le cas.

— Je t'ai attendu sur les quais pendant plus d'une heure.

— Oh, vraiment ? a-t-il dit de cet air détaché, comme si ça lui était égal.

C'est là que j'ai su qu'il ne me disait pas tout.

— Je comprends mieux pourquoi tu n'y étais pas, puisque tu es ici. Je croyais que tu travaillais sur le bateau de ton père, aujourd'hui.

Handel a soupiré. Puis il m'a enfin regardée dans les yeux.

— J'ai eu un changement de programme.

— Je vois ça.

Il a jeté un œil en direction de ses amis et de son frère.

— Allons ailleurs, tu veux ?

J'ai haussé les épaules.

— Viens.

Il a pris ma main et m'a entraînée derrière lui.

Il était trop fort pour que je tente de lui résister.

Nous avons dépassé Cutter, Colin et Mac, qui se sont contentés de nous observer sans un mot, de cet air incrédule que je leur avais déjà vu avant. J'ai retenu mon souffle aussi longtemps que possible. Je ne voulais pas renifler cette odeur encore une fois.

Nous avons fini par atteindre sa maison, Handel me traînant toujours derrière lui. Arrivés devant sa pelouse, je me suis arrêtée net, comme stoppée par un mur. Handel a tiré sur mon bras, mais je n'ai pas bougé. Il s'est arrêté à son tour et s'est tourné vers moi.

— Qu'est-ce qu'il y a, Jane ?

Mon cœur palpitait, mais pas d'une façon agréable.

— Je ne sais pas. À toi de me le dire.

Il a lâché ma main et fouillé ses poches à la recherche de ses cigarettes. Il mourait d'envie d'en griller une. Il était nerveux.

— Il n'y a rien à dire.

— Je crois que tu mens. Ne me mens pas, Handel.

Il a sorti une cigarette et l'a allumée. Pour ne pas avoir à me regarder, je pense. Il a pris une longue bouffée, puis il a recraché la fumée.

— Ce sont des trucs de famille.

— Il n'y avait pas que ta famille, là-bas. Il y avait aussi tes amis.

— Je me disputais avec mon frère.

— À quel sujet ?

— Je ne peux pas t'en parler.

— Pourquoi ?

Il a enfin posé les yeux sur moi. Il y avait à nouveau cette noirceur dans son regard. Je ne l'avais pas vue depuis longtemps.

— C'est compliqué.

— Je peux gérer. On a déjà vécu des choses compliquées, tu ne crois pas ?

— Jane, n'insiste pas. Je ne peux pas t'en parler. C'est trop tard, de toute façon.

Son regard était devenu implorant.

— Tu peux tout me dire, ai-je poursuivi, mon cœur battant de plus en plus fort. Je ne partirai pas.

— Tu n'en sais rien. Tu n'es pas prête à l'entendre.

— Rien de ce que tu me diras ne me fera fuir. Plus maintenant.

J'ai fait un pas en avant pour franchir le mur qui nous séparait. J'ai plongé mes yeux dans les siens, sans crainte, ni doute, ni inquiétude.

— Je t'aime.

Handel a ouvert la bouche. Je croyais qu'il allait me dire ce qu'il avait sur le cœur, ce qui le tracassait et qui, peut-être, l'effrayait. Mais il l'a refermée, sans un mot.

C'est là que j'ai remarqué les larmes dans ses yeux.

Mon cœur s'est déchiré.

Handel Davies, pleurer ?

Je devais empêcher cela. Je n'avais pas la force d'assister à ce spectacle.

Alors je me suis approchée de lui, j'ai passé mes bras autour de sa taille et pressé ma joue contre son torse. Je suis restée là jusqu'à ce qu'il pose son menton sur ma tête et m'enlace à son tour. Nous sommes restés ainsi un bon moment. Quand il m'a enfin relâchée, nous sommes entrés chez lui en silence. La maison était vide. Nous avons gravi l'escalier jusqu'à sa chambre et verrouillé la porte derrière nous.

Je ne suis pas rentrée chez moi, cette nuit-là.

33

Il était huit heures du matin quand je me suis glissée par la porte de derrière.

J'ai prié pour que ma mère soit toujours au lit.

La chance n'était pas de mon côté.

— Jane !

Ma mère m'est tombée dessus à la seconde où je suis entrée dans la cuisine. Elle s'est levée de son tabouret pour me serrer dans ses bras.

— Oh, Jane !

Je me suis écartée, affolée.

— Maman ? Qu'est-ce qui se passe ? Pourquoi tu pleures ?

— Parce que je ne savais pas où tu étais !

— Calme-toi. Je suis là, je vais bien.

Elle a reculé d'un pas.

— Ne me demande pas de me calmer.

Le soulagement qui avait empli ses yeux lorsque j'étais rentrée s'était changé en colère.

— Je me suis fait un sang d'encre ! Je suis debout depuis trois heures du matin à attendre que tu rentres en essayant de me convaincre que tu vas bien, mais franchement, Jane, tu m'as fait la peur de ma vie ! À partir de maintenant, tu me diras où tu vas chaque fois que tu sors !

— J'étais chez Handel, ai-je murmuré.

Puis je me suis dirigée vers le frigo. Le pichet de café frappé était presque vide.

— Tu as tout bu ? Tu aurais pu m'en laisser.

— Il en resterait peut-être si tu m'avais dit où tu étais, a-t-elle répliqué.

Je l'ai dévisagée.

— Qu'est-ce qui te prend, tout à coup ?

— Assieds-toi. Il faut qu'on parle.

Quelque chose dans sa voix m'inquiétait. Je me suis assise sur mon tabouret de l'autre côté du bar.

Elle s'est installée face à moi.

— La police a appelé. L'agent Connolly.

J'ai dégluti. Il s'était finalement lassé d'essayer de me joindre et était passé à ma mère.

— Ah bon ?

Elle a acquiescé.

— C'est pour ça que je me suis réveillée, Jane. Il voulait s'assurer que tu allais bien.

Ma mère a posé ses mains sur le bar et les a étudiées un instant. Ses ongles étaient courts et abîmés à cause de son travail. Elle a relevé la tête et pris une grande inspiration avant de poursuivre.

— Il y a eu un autre cambriolage, cette nuit. Le premier depuis…

Elle n'a pas fini. Elle n'en avait pas besoin.

J'ai laissé échapper un hoquet de surprise.

— Où ?

— À la limite de Smallton. Personne de notre connaissance. Famille riche. Résidence secondaire.

Je hochais la tête tandis qu'elle parlait, comme si tout ça avait un sens.

— Est-ce que quelqu'un...

— Il n'y a pas de témoin.

J'ai acquiescé à nouveau.

— D'accord, d'accord.

— L'agent Connolly tenait à nous apprendre personnellement la nouvelle avant qu'elle ne se propage.

Elle m'a glissé un regard.

— Il m'a dit que cela faisait des semaines qu'il essayait de te joindre.

J'ai ignoré son commentaire.

— Ils ont une idée de qui...

Ma mère a secoué la tête. Elle a posé sa main sur la mienne. J'ai repris la parole :

— C'est pour ça que tu étais si inquiète quand je suis rentrée.

— Oui.

— J'étais avec Handel. J'étais en sécurité avec lui.

— Je sais, ma puce. Tu me l'as déjà dit. J'aurais simplement aimé le savoir plus tôt, ça m'aurait évité de m'inquiéter pour rien.

— Handel était avec moi, ai-je soufflé, prenant conscience de quelque chose. Toute la nuit.

— Jane ?

Mais je ne pouvais pas répondre. Pas tout de suite. J'essayais de comprendre ce qui m'arrivait, pourquoi une vague de soulagement m'avait soudain envahie, balayant sur son passage les craintes et la suspicion qui avaient commencé à germer dans mon cœur. Au même moment, mon cerveau me disait que je devrais être inquiète, en colère, effrayée même à l'idée que les cambrioleurs aient repris leur activité. Qu'à cause d'eux, je devrais parler à nouveau à la police et revivre ce qui s'était passé alors que je commençais à peine à aller de l'avant. Mais le soulagement était plus grand.

Ma mère a serré ma main.

— Jane ? a-t-elle répété.

J'ai souri. Je me sentais euphorique. Légère. Comme si je pouvais accomplir tout ce que je voulais. Comme si tout était possible.

— Pourquoi tu souris ?

— Je ne sais pas, ai-je menti. C'est nerveux, j'imagine. Mon corps ne sait pas comment réagir.

— Tu devrais prendre le temps de digérer la nouvelle, d'accord ? On en reparlera plus tard. Je suis soulagée que tu sois rentrée. Que tu ailles bien.

— Hmm, me suis-je contentée de répondre.

Mon esprit était ailleurs.

Avec Handel.

Handel, qui était avec moi pendant le cambriolage.

C'est alors que j'ai su. Quelque part au fond de moi, je craignais qu'il y ait une possibilité, même infime, que Handel soit lié à ces cambriolages, qu'il soit lié au chaos et au chagrin qui s'étaient abattus sur ma vie cette nuit-là. Que la noirceur que je décelais parfois dans son regard, qui se dressait parfois entre nous et nous éloignait, ne vienne de là. Cette minuscule once de suspicion était apparue la nuit dernière, lorsque j'avais découvert qu'il m'avait menti et l'avais trouvé avec son frère et ses amis, en train de se disputer. De se battre. Elle s'était logée dans mes poumons, m'empêchant de respirer.

Mais je connaissais la vérité, à présent.

Ça ne pouvait pas être lui.

Un rire soulagé s'est formé dans ma gorge.

— Je crois que je vais aller me baigner.

Je me suis levée et dirigée vers ma chambre, ignorant la confusion de ma mère devant mon air joyeux.

— Je ne veux pas que tu restes toute seule aujourd'hui, a-t-elle crié tandis que je me changeais et rassemblais mes affaires de plage.

J'ai attaché mes cheveux en queue-de-cheval et traversé la pièce sous les yeux de ma mère qui me scrutait comme si j'étais dérangée. Et peut-être que je l'étais.

Mais ce matin-là, j'ai quasiment dansé sur le chemin qui menait à la plage.

— Je pensais que tu serais plus contrariée, Jane, a dit Bridget en arrivant.

C'était la première à me rejoindre.

Je lui ai souri, détendue sous le soleil brûlant.

— Je le serai peut-être plus tard. Pour l'instant, je me sens bien.

— Oh... super. Bizarre, mais super. Quand j'ai appris la nouvelle, mon cœur a fait un bond. Je n'arrêtais pas de penser à ce que tu devais ressentir, mais apparemment, ça a l'air d'aller.

— Ça va très bien, ai-je confirmé.

Bridget a déplié sa serviette et s'est installée à mes côtés. Elle m'a glissé un regard narquois.

— Ta bonne humeur aurait-elle quelque chose à voir avec Handel ?

Mon sourire s'est agrandi.

— Peut-être bien.

— Vous êtes pires que des lapins.

— Parce que James et toi, non ?

Bridget a éclaté de rire.

— Oh non ! Ça ne risque pas d'arriver. Pas tout de suite, en tout cas.

— Pourquoi pas ?

— Parce que je ne suis pas amoureuse.

— Tu n'es pas forcée de l'être.

— Mais j'aimerais. Et puis pour l'instant je préfère me contenter de l'embrasser.

Je me suis redressée et appuyée sur mon coude.

— D'ailleurs, je crois qu'il est temps que tu me donnes quelques détails à propos de vous deux.

Le visage de Bridget s'est illuminé.

— Avec plaisir ! s'est-elle exclamée.

Elle m'a raconté ce qui s'était passé entre elle et James depuis qu'ils avaient commencé à sortir ensemble, analysant leur relation sous tous les angles jusqu'à ce qu'il ne reste plus rien à ajouter.

Plus tard, Michaela et Tammy nous ont retrouvées, elles aussi inquiètes suite aux évènements de la nuit dernière. Mais le soulagement que j'avais éprouvé plus tôt me maintenait toujours à flot.

Alors au lieu d'évoquer les cambriolages, nous nous sommes concentrées sur les garçons.

Sur Seamus, James, Hugh et Handel.

Comme n'importe quel groupe de copines qui se retrouvent sur la plage par une belle journée d'été. Exactement comme nous l'avions imaginé, des années plus tôt, quand les garçons ne nous prêtaient pas encore attention.

Un rêve devenu réalité.

34

Lorsque la chaleur est devenue écrasante, je suis rentrée à la maison pour enfiler autre chose que mon maillot de bain, pour changer. Puis j'ai filé droit chez Handel. Je ne pouvais pas attendre le soir pour le voir. J'ai gravi les marches de son porche d'un pas chaloupé, emplie d'une assurance nouvelle après la nuit que nous avions passée ensemble. Je suis entrée dans la maison sans frapper et suis montée dans sa chambre.

Je l'ai trouvé, tête entre les mains, dos voûté, comme si le poids du monde reposait sur ses épaules.

— Que se passe-t-il ?

Je ne saurais dire s'il regardait dans le vide ou s'il étudiait quelque chose sur le bureau auquel il était assis.

Il a sursauté et pivoté sur sa chaise.

— Jane ! s'est-il exclamé, esquissant un sourire.

— Tu es tout seul ? Je n'ai croisé personne, en montant.

— Oui, a-t-il répondu avant de me tendre la main.

— Tant mieux.

Je l'ai saisie et l'ai guidé jusqu'au lit où je l'ai fait asseoir.

— Je parie que je peux te faire oublier ce qui te tracasse.

J'ai plaqué mes paumes sur son torse et l'ai poussé. Docilement, il s'est allongé sur le lit, ses yeux plongés dans les miens.

— Je n'en doute pas.

Je me suis étendue près de lui et nous nous sommes regardés un moment, tandis que je faisais glisser mes doigts dans ses cheveux.

— Je suis bien avec toi, Handel.

Je l'ai attiré à moi pour l'embrasser.

Il a marqué une pause, battu des paupières, ses longs cils clairs braqués sur le plafond d'un air préoccupé. Hésitant. Puis l'instant est passé, et il s'est tourné vers moi, un immense sourire sur le visage. Il s'est brusquement mis à me chatouiller, et j'ai ri, et crié, et aussitôt l'atmosphère s'est allégée. Puis de légère, elle est passée à passionnée, et de passionnée à romantique, exactement comme je le souhaitais.

Handel a défait les boutons de mon chemisier un à un. Je l'avais mis exprès, dans l'espoir qu'il m'en débarrasse de cette façon précise. Plus tôt, lorsque je m'étais changée, j'avais sorti de mon armoire l'ensemble en dentelle blanc que Bridget m'avait fait acheter pour le jour où je rencontrerais quelqu'un de spécial. Après tant d'attente, ce jour était enfin arrivé. Handel a défait le dernier bouton et, lentement, il a écarté les pans du chemisier, ses yeux rivés sur moi, observant ma poitrine se soulever à chaque inspiration.

Je tremblais.

Je ne savais pas pourquoi. Nous l'avions déjà fait. Plusieurs fois.

Je n'entendais plus que nos souffles.

— Joli, a-t-il dit en effleurant la dentelle. C'est pour moi ?

Un frisson m'a parcourue, malgré mes joues en feu. J'ai ri, comme s'il avait dit quelque chose de stupide.

— À ton avis ?

Il a souri. Puis déposé une nuée de baisers sur mon ventre avant de remonter jusqu'à mon cou.

J'ai soupiré. J'en voulais plus, comme toujours lorsque j'étais avec lui.

Je me suis redressée, assez pour que mon chemisier glisse sur mes épaules et mes bras. Handel a retiré son T-shirt et l'a jeté au pied du lit, puis il a passé une main dans mon dos et dégrafé les attaches de mon soutien-gorge avant de le laisser tomber lui aussi. Il s'est ensuite occupé de ma jupe, et je me suis retrouvée en culotte, étendue sur les draps, pressée contre Handel, nos jambes entremêlées. Nous avions passé quelques semaines à répéter ces gestes, ce lent effeuillage, que ce soit sur la plage à la nuit tombée, sur le bateau de son père, ou ici, dans sa chambre, quand il n'y avait personne d'autre que nous à la maison.

Comme maintenant.

J'avais appris une chose, cet été : il n'y a rien de tel que de se retrouver étendue sur un lit, hors du temps et du monde, avec le garçon que l'on aime.

Et j'aimais Handel Davies.

— Je t'aime, Jane, a murmuré Handel dans mon oreille, comme s'il avait lu dans mes pensées.

Il a effleuré ma peau du bout des doigts, m'envoyant un frisson délicieux.

Nous avons passé l'heure suivante à résister, nous désirer, chuchoter, nous embrasser, attendant ce moment, où Handel passerait ses doigts sous l'élastique de ma culotte pour la faire glisser, lentement, sur mes cuisses, mes genoux, mes chevilles, jusqu'à la pointe de mes pieds. Jusqu'à ce qu'il ne reste rien d'autre que le petit cœur en nacre reposant sur ma poitrine. Puis ce serait au tour de son jean et de ses sous-vêtements de se retrouver sur le sol, tandis que nous tenterions, haletants, de reprendre notre souffle. Nous savions tous les deux ce qui allait se passer. Nous l'avions su à la seconde où j'étais entrée dans sa chambre.

Nous nous sommes pressés l'un contre l'autre.

Lorsque le moment est enfin arrivé, mon cœur s'est emballé. Tout a semblé s'éclairer de l'intérieur. Lui, moi, la chambre, tout.

Chaque nouvelle fois était meilleure que la précédente. Handel était parfait.

Nous sommes restés allongés un moment en silence, les joues rosies par l'effort, le souffle court.

Je me suis tournée vers lui, tentant d'effacer le sourire béat qui étirait mes lèvres. Les rayons du soleil se reflétaient dans ses cheveux.

— Bridget nous a traités de lapins.

Handel a relevé la tête pour m'étudier, une expression à la fois sérieuse et amusée sur le visage.

— Maintenant que tu le dis, c'est vrai que tu ressembles un peu à un lapin.

— Tais-toi. Tu sais très bien ce qu'elle a voulu dire par là.

— Mon petit lapin, a-t-il poursuivi d'un ton taquin.

— Tu me rends mauvaise, et ça me plaît.

Je me suis assise sur le lit et le drap a glissé sur mon

ventre, mais je m'en fichais. J'aimais sentir le regard de Handel sur moi, sur mon corps, partout. Je voulais qu'il me voie. Qu'il voie la façon dont le cœur en nacre se balançait au-dessus de ma poitrine.

— « Mauvaise » ? a-t-il murmuré avec un sourire. Tu ne seras jamais mauvaise, Jane. C'est impossible.

J'ai levé les yeux au ciel.

— J'en ai marre qu'on me prenne sans arrêt pour la gentille fille de service, ai-je protesté en faisant la moue, même si je savais que ce n'était plus vraiment le cas.

Le cambriolage m'avait changée. Non. Handel m'avait changée.

— Je n'arrive pas à me débarrasser de cette image. Même avec toi, ai-je ajouté d'un ton enjôleur en l'attirant sur moi.

Handel a ri. Puis il a enfoui son visage dans mon cou, ses mains caressant mes courbes.

J'ai fermé les yeux, un sourire aux lèvres.

Sa bouche a effleuré mon oreille et il a chuchoté d'une voix sexy :

— Je ne te qualifierais pas tout à fait de gentille fille.

Quelque chose en moi s'est enclenché. Comme deux pièces d'un puzzle que l'on aurait enfin assemblées.

Deux mots, *gentille fille*, ramenant un souvenir des tréfonds de ma mémoire, l'extirpant du coin sombre où il s'était tapi. Le pire souvenir de tous.

Et mes yeux se sont ouverts.

35

J e n'ai rien dit.
Pas tout de suite. Je ne pouvais pas.
C'était *impossible*. Je me trompais.
Mon corps s'était vidé de son sang.
Handel a relevé la tête.
— Je vais me chercher un verre d'eau.
Il m'a souri, le regard empli de tendresse.
— Je t'en ramène un ?
J'ai secoué la tête. Je ne pouvais pas parler.
Je n'arrivais pas à y croire.
Ce n'est que lorsque Handel a quitté la chambre que j'ai réussi à m'arracher à l'horreur qui m'avait paralysée. Et ce n'est que lorsque je me suis levée, perdue, regardant autour de moi d'un air paniqué – les commodes, l'armoire, les vêtements empilés sur une chaise, le petit miroir accroché au mur –, parvenant à peine à respirer, que je l'ai vu.
Mon collier.
L'autre, le premier. Le cadeau d'anniversaire de ma mère pour mes dix-sept ans. Cassé. Perdu la nuit du

cambriolage. Délicatement enroulé dans un petit pot sur le bureau de Handel, comme un souvenir.

Mon petit ami, celui dont j'étais amoureuse, *Handel Davies*, conservait un souvenir de la pire nuit de ma vie. C'était lui.

Mon collier était là, il me fixait. Le petit cœur tout en nuances de bleus – comme celui que je portais aujourd'hui, mais différent. Il était presque impossible à manquer, si bien en vue que je me suis demandé s'il n'avait pas été mis là – si Handel ne l'avait pas mis là – exprès. Parce qu'il voulait que je le trouve. Parce qu'il voulait que je sache, que je connaisse *enfin* la vérité.

Il voulait que je le voie tel qu'il était vraiment.

Et j'ai compris à cet instant. Comment aurais-je pu ne pas ouvrir les yeux ? C'était forcément Handel, cette nuit-là, me chuchotant à l'oreille d'être une gentille fille, essayant de me calmer, après que son ami Cutter avait pressé cette lame contre mon cou, son ami qui sentait l'eau de Cologne et la pourriture. C'était Handel qui avait vu la Jane de l'époque se briser en mille morceaux, ce même garçon qui m'avait embrassée si tendrement, avec tant d'amour et de passion et de désir que je l'avais cru capable de recoller les morceaux et me rendre entière à nouveau.

J'ai pris le collier cassé. L'ai regardé pendre au bout de mes doigts. Observé le petit cœur bleu, puis celui qui reposait sur ma poitrine.

Des pas ont résonné dans l'escalier. *Bloum, bloum, bloum.*

Se dirigeant vers moi.

C'est à cet instant que Handel est réapparu, qu'il est entré dans sa chambre et m'a vue plantée là, hypnotisée par le balancement innocent du cœur pendant au bout de la chaîne brisée. Mon cœur. Celui qui racontait une histoire à laquelle je ne voulais pas croire.

— Jane.

Il n'a rien dit de plus. Juste ça. Juste mon prénom.

Prononcé pour la première fois maintenant que tout serait différent, qu'il n'y avait aucune chance de revenir en arrière – qu'il n'y en aurait *jamais*. Mon prénom, parce que, franchement, qu'y avait-il d'autre à dire ?

— C'était toi, ai-je lâché, et j'ai senti mon cœur se déchirer tandis que je levais les yeux sur lui. C'était toi depuis le début. Toi et Cutter, et si je devais deviner qui d'autre, je dirais ton frère.

Des larmes ont roulé sur ses joues.

— Jane, s'il te plaît. Je peux tout t'expliquer.

Mais je m'endurcissais déjà. Me changeais peu à peu en pierre.

— Non. Non, tu ne peux pas.

J'ai ramassé mes vêtements sur le sol, enfilé ma jupe et boutonné mon chemisier d'une main tremblante.

— C'est trop tard, ai-je conclu.

Puis j'ai quitté la chambre. Je suis passée devant lui en veillant à ce qu'aucune partie de mon corps ne touche le sien. Lentement, prudemment, j'ai descendu l'escalier jusqu'au rez-de-chaussée.

— Jane, l'ai-je entendu implorer depuis l'étage, tandis que je saisissais la poignée de la porte d'entrée.

Mon prénom, sur ses lèvres, une dernière fois, ai-je alors pensé.

J'allais m'en assurer.

Je me suis enfuie en courant. J'ai couru, couru, couru et couru encore.

Lorsque j'ai enfin ralenti, je me suis aperçue que j'avais atteint la ville voisine. D'une certaine manière, j'étais soulagée. De ne plus me trouver dans ma ville. La ville où je ne me sentais plus en sécurité. Où je croyais que les gens prenaient soin les uns des autres. Où tout le monde connaissait tout le monde et où la plage tenait une place sacrée dans nos cœurs.

Un endroit idyllique. Comme sorti d'un autre temps.

J'ai ri. D'un rire presque hystérique.

Qui avais-je cru tromper, pendant tout ce temps ?

Un homme qui promenait son chien m'a regardée de travers avant de changer de trottoir.

Cela m'a fait rire de plus belle.

Est-ce que je faisais si peur à voir ?

J'ai foncé droit vers le centre-ville, cette ville qui n'était pas la mienne. Je n'avais pas mon portefeuille parce que j'avais laissé mon sac chez Handel, et je n'avais pas de monnaie non plus, mais cela ne m'a pas empêchée d'entrer et sortir des magasins.

J'ai volé quelque chose dans une pharmacie. Un vernis à ongle bleu. Je l'ai étudié, assise sur un banc, au bout de la rue principale.

À présent, j'avais un point en commun avec Handel. J'étais une voleuse.

J'ai commencé à pleurer.

Ce sont les larmes qui m'ont finalement poussée à rentrer.

J'avais erré sans but pendant des heures, riant et me parlant à moi-même comme si j'étais folle, comme si rien ne s'était passé. Rien de terrible, d'horrible, d'absolument épouvantable. Pendant tout ce temps, je n'avais pas pleuré. Mais quand les larmes sont finalement apparues, elles se sont déversées avec la violence d'un torrent.

Les sanglots me nouaient la gorge lorsque je suis arrivée. La nuit était tombée. J'ignorais combien d'heures s'étaient écoulées depuis que j'avais quitté Handel. Je ne suis pas allée chez moi, ni chez Bridget ou Tammy. Je me suis étonnée moi-même quand j'ai découvert où mes pas m'entraînaient, même si, dans le fond, je savais que c'était là où je devais me trouver.

Michaela était sur les marches de son porche, assise dans la pénombre.

Elle a relevé la tête.

— Jane, a-t-elle dit, d'un ton mêlant espoir et soulagement, comme si elle s'était attendue à me voir débarquer.

Je me suis assise à côté d'elle et recroquevillée sur moi-même.

Elle a passé ses bras autour de mes épaules.

Puis j'ai enfin repris ma respiration, les sanglots se sont calmés et j'ai enfin pu parler.

— Il faut que je te dise quelque chose, Michaela. Tu avais raison. Tu avais raison sur lui depuis le début.

J'ai tendu la main et écarté mes doigts pour révéler le collier que j'avais trouvé dans la chambre de Handel.

Elle a étudié le cœur en nacre posé au creux de ma paume. Puis elle a levé les yeux sur moi. Il n'y avait pas de triomphe ni de suffisance dans son regard. Juste de la tristesse.

— Je sais, Jane.

J'ai pris une inspiration tremblante. Refermé ma main et glissé le collier dans la poche de ma jupe.

— Tu sais ? De quoi tu parles ?

Elle a baissé les yeux.

— Handel est allé voir la police.

Ça, je ne m'y attendais pas. Je me suis tendue, le dos raide comme une planche de bois.

— Il a fait quoi ?

— Il leur a tout raconté. La police t'a cherchée. Tout le monde t'a cherchée. Mon père. Les O'Connor. Seamus, Bridget, Tammy. Ta mère est morte d'inquiétude. Nous nous sommes tous inquiétés. Mon père aimerait te parler.

— Ton père ?

Elle a acquiescé.

— Il veut s'assurer que tu vas bien. Et prendre ta déposition.

Mes poumons se sont vidés de leur air. Mon corps s'est affaissé.

— Viens. On peut y aller ensemble. Bridget, Tammy, Seamus et ta mère peuvent nous accompagner aussi, si tu veux. Tu n'es pas seule, Jane. Tu ne l'as jamais été.

— Pourtant, si, ai-je murmuré d'une voix étranglée.

Parler me faisait mal. Respirer me faisait mal. Tout me faisait mal, et Handel en était le responsable. Cela paraissait impossible, pourtant c'était la vérité.

— C'est de ma faute si je me retrouve seule. Je ne peux m'en prendre qu'à moi-même. Tu m'as prévenue si souvent.

— Mais, Jane, je ne savais pas ! Personne ne savait.

Un rire amer m'a échappé.

— On dirait bien. Moi encore moins que les autres.

— Tu n'y es pour rien, Jane.

Son regard s'est perdu au loin, avant de revenir sur moi. Michaela semblait hésiter. Elle a pris une grande inspiration.

— Il y a autre chose que tu dois savoir. À propos de Handel.

Je me suis préparée pour la terrible nouvelle. Un oiseau a voleté au-dessus de nos têtes. Un moineau. Il s'est posé dans le petit carré de pelouse en face de la maison. Je l'ai regardé sautiller gaiement dans l'herbe.

— Handel était présent cette nuit-là, a-t-elle repris d'un ton prudent, mais il n'était pas censé y être. Il ne devait pas prendre part au cambriolage.

Une mince lueur d'espoir a transpercé mon cœur. J'ai détaché mes yeux de l'oiseau.

— C'est vrai ?

Michaela a hoché la tête.

— C'est ce qu'il a dit.

La lueur s'est intensifiée, gagnant du terrain dans mon cœur, m'infligeant une douleur à la limite du supportable.

— Qu'est-ce qu'il a dit d'autre ?

Michaela a cueilli une pâquerette à ses pieds et étudié ses pétales.

— Il a dit qu'il s'y était rendu dans l'unique but de te protéger de son frère et de ses amis, qu'il y était allé parce qu'il voulait te sauver, qu'il avait essayé de sauver ton père aussi, mais que les choses avaient mal tourné. Que vous vous étiez retrouvés au mauvais endroit au mauvais moment, et ton père encore plus que vous deux.

Michaela m'a tendu la fleur. Je l'ai prise.

— Tu crois qu'il dit la vérité ? ai-je demandé.

— Je ne sais pas, Jane. Je pense que c'est à lui que tu dois poser cette question.

L'espoir m'a abandonnée, laissant mon cœur glacé. L'idée de me retrouver face à Handel après qu'il m'eut menti tout l'été, qu'il m'eut caché tant de choses, me semblait inconcevable. Qu'il se soit retrouvé au mauvais endroit au mauvais moment n'y changeait rien. Rien ne changerait le fait qu'il m'avait gardée dans l'ignorance pendant tous ces jours et toutes ces nuits passés ensemble. Il avait gâché sa chance.

Gâché notre chance.

— Jane ?

La voix de Michaela m'a tirée de mes pensées.

Ses yeux étaient posés sur la pâquerette.

Sa tige était enroulée autour de mon doigt. Je l'ai défaite et posée sur les marches du porche. Elle est restée là, immobile et mourante.

— Il est hors de question que je lui demande quoi que ce soit maintenant. Je ne sais même pas si je voudrai le revoir un jour, ai-je ajouté, même si je savais que ce n'était pas vrai.

J'ai essuyé mes larmes du revers de la main. Trouvé la force de me lever. Michaela m'a imitée, puis elle m'a offert son bras. Je m'y suis accrochée, parce que j'en avais besoin. Parce qu'elle était mon amie et que je pouvais lui faire confiance. Michaela avait toujours été là pour moi, même dans les moments où je ne le méritais pas. Nous avons marché le long des quais, vers l'endroit où mon père avait autrefois travaillé, là où mes proches m'attendaient, ensemble.

Un mois plus tard

36

Il était là, devant moi.

Assis à une table marron, semblable à celles de la cafétéria du lycée. Ses yeux étaient baissés, encadrés de cernes noirs. Ses cheveux avaient été coupés. Fini la longue crinière, les mèches qu'il écartait toujours de son visage et dans lesquelles j'aimais plonger mes doigts. Ils étaient si courts à présent qu'il avait l'air plus jeune, presque enfantin.

Presque innocent.

Le gardien m'a guidée au milieu de la pièce grisâtre que seule une fenêtre éclairait. Il m'a laissée là et a fait demi-tour pour regagner sa place, près de la porte.

Handel a relevé la tête. Ses yeux se sont agrandis quand il m'a vue.

— Jane.

Son ton était calme mais la peine dans sa voix était immanquable.

J'ai avancé vers lui.

Je me suis assise, lui faisant face pour la première fois depuis que j'avais quitté sa chambre, un mois auparavant.

Lorsque j'ai plongé mon regard dans le sien, dans ces yeux qui me faisaient fondre, j'ai ordonné à mon cœur de se changer en pierre.

Qu'aurais-je pu faire d'autre ?

Handel a posé ses mains à plat sur la table, sa peau blanche contre le marron hideux.

— Je suis venu ici tous les jours, a-t-il commencé. J'espérais te voir franchir cette porte pour venir me parler.

J'ai cligné des yeux. Incapable de prononcer un mot.

C'était sûrement mieux comme ça. Pour le moment.

— Tu m'as manqué, a-t-il chuchoté, la voix rauque. Je n'arrête pas de penser à toi.

Je me suis demandé s'il allait se mettre à pleurer.

Il *devrait* pleurer.

Moi j'en avais envie, en tout cas.

Le gardien a bougé derrière nous, ses chaussures ont crissé sur le sol.

Handel l'a regardé par-dessus mon épaule.

— Ça m'a tué de ne pas pouvoir te voir, de ne pas avoir une chance de m'expliquer.

— De t'expliquer ? ai-je répliqué d'un ton sec.

Le mot a empli la pièce sombre, explosé dans l'air étouffant.

— Qu'est-ce qu'il y a à expliquer ?

Mais même à travers la colère, je percevais l'espoir dans mes mots.

Je voulais que Handel me convainque que je ne m'étais pas trompée sur lui. Plus que cela, que je ne m'étais pas trompée sur *nous*.

Handel est resté immobile.

— Tu ne connais pas toute l'histoire.

Je me suis noyée dans ses yeux, malgré moi. Sa façon de

me regarder, comme si j'étais la seule chose qui comptait dans sa vie, me manquait.

— J'en sais assez, ai-je répondu. Je connais le plus important. Je sais que tu as menti. Que tu m'as menti tout l'été, ai-je ajouté, comme s'il ne le savait pas déjà. Tu as eu tout le temps de t'expliquer, et tu as choisi de ne pas le faire.

— Je n'étais pas censé être dans cette maison, ce soir-là, Jane. Ce n'était pas prévu.

J'ai détourné les yeux. Contemplé le mince rayon de lumière qui perçait à travers l'étroite fenêtre, les particules de poussière flottant dans la pièce.

— C'est ce qu'on m'a dit.

Mon ton était plat. Mes yeux se posaient partout, sauf sur Handel.

— Si tu n'étais pas censé y être, dans ce cas, pourquoi est-ce que tu te retrouves ici ?

— Parce que j'aurais dû aller voir la police plus tôt. Parce que je savais pendant tout ce temps et que je n'ai rien dit. Parce que je mérite d'être puni.

— En effet, ai-je dit doucement, les yeux fixés sur le mur.

— Jane, a-t-il imploré.

Mon prénom, encore une fois, mais je ne me suis pas tournée vers lui.

— Je n'y suis allé que quand ils m'ont appelé, quand ça a commencé à dégénérer, parce que je voulais te protéger.

Ça m'a fait rire. Un goût amer est remonté dans ma gorge.

— Va dire ça à mon père.

— Jane...

J'ai enfin reporté mon attention sur lui.

355

— Quoi, Handel ?

Je luttais de toutes mes forces pour ne pas me lever et me mettre à hurler.

— Tu crois vraiment que ce que tu as à me dire va arranger quoi que ce soit ? Peut-être que tu dis la vérité, peut-être que tu es allé chez les O'Connor, cette nuit-là, pour essayer d'empêcher les choses de mal tourner. Mais ça ne change pas ce que tu as fait après. Alors je n'étais rien d'autre qu'une sorte de jeu malsain pour tes amis et toi ? Pour ton *frère* et toi ? Un fantasme tordu que tu voulais réaliser ? Pousser la fille que vous avez prise en otage à tomber amoureuse de toi ? À coucher avec toi ? Tu leur as raconté comment j'étais au lit, c'est ça ?

— Non.

— C'est tout ? Juste « non » ?

Sa façon de me regarder, à cet instant, avec plus d'amour, de vulnérabilité et d'intensité que je ne lui en avais jamais vu, m'a coupé le souffle. J'ai dû baisser les yeux. Mon cœur commençait à s'attendrir. Malgré tout ce qu'il avait fait, Handel me faisait toujours cet effet. Il pouvait prendre mon cœur et le modeler comme il voulait. Je pouvais faire de lui un monstre tant que je ne le voyais pas, mais à présent qu'il se tenait devant moi, le monstre disparaissait, et tout ce qui restait était le garçon que j'aimais et qui, de toute évidence, m'aimait aussi. Qui, je le savais au fond de moi, n'avait jamais voulu me faire souffrir.

— Je n'avais pas prévu de tomber amoureux de toi, a murmuré Handel, comme s'il lisait dans mes pensées, comme avant, comme si rien n'avait changé et qu'au lieu de nous trouver dans cette salle de visites, nous étions dans sa chambre, sur son lit, étendus sur ses draps.

— Tu veux vraiment parler d'amour ? ai-je répliqué. Ici ?

— Je t'aime, pourtant. Tu le sais.

Je me suis sentie faiblir.

— Je n'avais rien prévu de tout ça, a-t-il plaidé.

J'ai gardé les yeux baissés ; je voulais que mon cœur se solidifie, qu'il se change en bloc de glace. Mais j'ai commis l'erreur de regarder ses mains, et alors, je n'ai pas pu m'empêcher de penser à ses doigts sur ma peau.

— Bien, qu'avais-tu prévu dans ce cas ? suis-je parvenue à articuler. Comment se fait-il que tu sois sorti avec la fille que vous avez agressée ?

— Je voulais juste... J'avais besoin de savoir qui tu étais. Si tu savais quelque chose. Si tu pouvais les identifier. Nous identifier, a-t-il corrigé. Ils avaient peur que tu ne découvres qui ils étaient et que tu ne les dénonces à la police. Ils voulaient te tuer avant que tu n'en aies l'occasion. Je leur ai dit que j'allais gérer la situation. Je voulais te protéger.

J'ai levé les yeux vers lui – je n'ai pas pu m'en empêcher.

— D'accord. Donc c'est pour ça que tu m'as parlé ce jour-là sur la plage. Ce n'était pas parce que j'avais attiré ton attention. Tu avais planifié notre rencontre. Tu voulais savoir si j'allais reconnaître ta voix.

Il n'a rien dit. Il n'a pas dit oui, mais il n'a pas nié non plus.

Moi aussi, je suis restée muette.

Finalement, il a ouvert la bouche.

— Est-ce que tu pourras un jour me pardonner ?

Mes jointures étaient blanches tant j'avais serré les poings. Respirer me faisait souffrir.

— Non. Jamais, ai-je murmuré, même si je savais que c'était faux.

Avec du temps, je pourrais lui pardonner. Avec beaucoup de temps.

Handel a pris une inspiration tremblante. La pièce était silencieuse. Si silencieuse.

— Tu m'as brisé le cœur, ai-je repris, réalisant que, même à ce moment, même après avoir appris la vérité, Handel avait toujours le pouvoir de m'atteindre, de me rendre vulnérable.

Je savais aussi, sans l'ombre d'un doute, qu'aujourd'hui encore la seule chose qu'il voulait était m'aimer de toutes ses forces jusqu'à ce que je sois entière à nouveau. Qu'en m'aimant comme il l'avait fait cet été, il m'avait rendue plus forte, plus sûre de moi, malgré tout ce qui s'était passé.

C'est ce que l'amour véritable fait aux gens.

Et cet amour que nous avons partagé, plus vrai que tout ce que j'avais jamais connu, je ne pourrais jamais le regretter. Jamais. Et je ne le souhaitais pas.

Handel a posé ses mains sur la table.

— Tu te trompes si tu penses que tu n'as pas attiré mon attention, ce jour-là, sur la plage. Je t'avais déjà remarquée au lycée, je t'ai toujours trouvée jolie. Quelque chose en toi me donnait envie de te regarder, de te parler, Jane.

Il a tourné la tête un moment, marquant une pause, avant de reprendre.

— Je t'ai aimée à la seconde où je t'ai vue à la fenêtre des O'Connor, avant même d'entrer dans la maison. Je t'ai aimée même si je ne m'en suis pas rendu compte à l'époque. Je crois que je t'aime depuis tout ce temps.

Ses yeux étaient remplis de larmes, c'était la deuxième fois que je le voyais ainsi.

— Et que je t'aimerai toujours.

— Ça m'est égal, ai-je dit, les mots me choquant moi-même.

Mais ce n'était pas vrai. J'aimerai probablement toujours Handel moi aussi, malgré mes efforts pour l'oublier. Mais ça, je ne lui ai pas avoué. Comment aurais-je pu ?

À la place, j'ai lancé :

— Je te déteste.

Parce que c'était vrai aussi.

Parfois l'amour et la haine sont si proches qu'il devient impossible de les différencier. Proches au point de ne former plus qu'un.

— Je t'en prie, ne me déteste pas. Je t'en prie. Jane ?

Je l'ai regardé une dernière fois.

— Quoi, Handel ?

— Tu peux me détester, mais je ne cesserai jamais de t'aimer.

Tandis qu'il m'étudiait, attendant un signe que je pourrais un jour lui pardonner, que notre amour était assez fort pour surmonter cette épreuve, j'ai pris conscience de quelque chose.

C'était à mon tour de briser le cœur de Handel.

Peut-être pas pour toujours. Mais au moins pour l'instant.

Parfois l'amour est comme ça, aussi. Violent, dangereux et injuste.

— Il faut que j'y aille, ai-je dit à Handel, puis nous avons baissé les yeux et nous ne nous sommes plus regardés.

J'ai quitté la pièce sans me retourner.

Bridget a relevé la tête.

— Jane ?

Tammy et Michaela se sont tournées vers moi. Mes amies m'attendaient devant le centre de détention.

Miles avait proposé de venir, aussi. Il avait proposé un tas de choses, durant ce dernier mois d'été. De m'emmener au ciné, au resto, manger une glace, rencontrer sa famille autour d'un barbecue, faire un tour dans la Mercedes de sa mère. Je n'avais rien accepté. En tout cas, pas au début. Puis j'avais commencé à dire oui.

Mais pas ce jour-là.

— Jane, a soupiré Michaela, les bras tendus vers moi.

Je les ai rejointes et me suis blottie contre elles.

Nous sommes restées ainsi longuement, toutes les quatre. Ensemble.

Quand nous nous sommes séparées, Bridget a pris ma main. Elle l'a serrée dans la sienne.

— Tu penses que tu pourras lui pardonner ?

Je suis restée silencieuse un moment. Les filles ont semblé cesser de respirer en attendant ma réponse.

— Je ne sais pas. Mais j'en aurai peut-être envie, un jour. Je l'aime toujours, ai-je ajouté d'une voix étranglée.

— Tu as le droit, personne ne te juge, m'a rassurée Bridget en serrant ma main plus fort. Pas nous, en tout cas.

— Pas même moi, a soufflé Michaela.

— Tu lui as dit ce que tu ressentais ? a demandé Tammy.

J'ai secoué la tête.

— Non. Ce n'est pas le bon moment. Pas encore. Un jour, peut-être.

Bridget avait les larmes aux yeux.

— Rien ne presse. Tu as le temps.

J'ai poussé un long soupir, comme si, en vidant mes

poumons, je me soulageais du poids que j'avais porté pendant tout ce temps.

— Allons à la plage, ai-je finalement proposé.

Le sourire de Tammy était triste.

— C'est un jour parfait pour se baigner.

Nous avons commencé à marcher, toutes les quatre, sous le soleil, vers le lieu où je me rendais quand j'avais besoin de réconfort, quand j'avais besoin de me sentir mieux. Quand j'avais besoin de réfléchir, et quand j'avais besoin d'arrêter de réfléchir, aussi.

Aujourd'hui, je m'y rendais pour toutes ces raisons.

Sur le chemin, alors que le bruit familier des vagues se rapprochait peu à peu, j'ai repensé à la Jane que j'étais devenue ces derniers mois, aux différentes Jane que j'avais été cette année. Et à celle que j'étais maintenant, à cet instant précis.

Je n'étais plus la gentille fille d'autrefois. Cette fille était partie. Définitivement. J'ignorais quelle Jane j'étais en train de devenir, là, maintenant, tandis que nous longions les quais qui menaient à la plage. Peut-être un mélange de toutes les autres, ou peut-être une nouvelle, une fille qui me surprendrait. Une fille assez forte pour tout surmonter. Une fille gentille, aussi, mais différente de celle que j'étais. Une fille qu'il me faudrait apprendre à découvrir et à apprécier.

Ou peut-être étais-je déjà cette fille.

Peu importe, les deux me convenaient. J'étais prête à attendre cette Jane. Je savais qu'elle était là. Je pouvais la sentir en moi alors que je retirais mes sandales et descendais sur la plage, lentement, marche après marche, en veillant à ne pas trébucher.

Je suis arrivée en bas, entière, droite, forte.

J'ai pris une grande inspiration, laissé l'air iodé emplir mes poumons. J'ai regardé mes amies dans les yeux, Bridget, Tammy, Michaela, sachant du plus profond de mon cœur que, garçons ou pas, tant qu'elles étaient dans ma vie, je serais toujours aimée.

Puis j'ai posé mes pieds nus sur le sable.

Remerciements

À Jill Santopolo, mon merveilleux éditeur et ami, qui a cru au potentiel et à l'avenir de ce roman. Merci pour tes conseils, tes encouragements et ton talent pour avoir su faire de cette histoire exactement ce qu'elle devait être. Je suis heureuse de t'avoir comme éditeur et, d'une manière générale, dans ma vie ! À toute l'équipe de Philomel qui m'a accueillie à bras ouverts, notamment Michael Green et Talia Benamy. À tous ceux chez Penguin qui ont pris part à la réalisation de ce livre, merci pour le rôle que vous avez joué dans sa venue au monde.

Carlene Bauer, Marie Rutkoski, et Daphne Grab ont lu des ébauches de cette histoire à différents moments de sa vie. Merci pour vos remarques, vos idées et, surtout, vos encouragements et votre amitié indéfectible au cours de ces dernières années.

Je crois pouvoir affirmer que Miriam Altshuler est le meilleur agent au monde. Je suis si chanceuse de t'avoir auprès de moi, Miriam. Je crois que nous venons de passer nos noces d'étain. Merci pour tes encouragements constants, tes remarques, ton soutien dans l'accomplissement de ma carrière et, plus que tout, ton amitié. Merci aussi à Reiko Davis de MA Literary d'avoir cru en ce roman et pris le temps de le lire, de m'offrir ses conseils, et de me retrouver autour d'un déjeuner.

À Daniel Matus, pour tout ce que tu représentes dans ma vie.

Chaque fois que je commence un nouveau roman, je réalise que mon cœur est définitivement attaché aux plages et aux villes du Rhode Island, où j'ai grandi. Je tiens à remercier cet endroit et tous ces gens qui m'ont inspiré les diverses histoires que j'y ai situées.

Composé par Nord Compo Multimédia
7, rue de Fives, 59650 Villeneuve-d'Ascq

Achevé d'imprimer en février 2016
par Normandie Roto Impression s.a.s. à Lonrai
Dépôt légal : mars 2016
N° 123947-1 (1506147)

Imprimé en France